DELILAH MARVELLE
Siempre una Dama

Editado por Harlequin Ibérica.
Una división de HarperCollins Ibérica, S.A.
Núñez de Balboa, 56
28001 Madrid

© 2012 Delilah Marvelle
© 2016 Harlequin Ibérica, una división de HarperCollins Ibérica, S.A.
Siempre una dama, n.º 102 - 1.4.16
Título original: Forever a Lady
Publicada originalmente por HQN™ Books

Todos los derechos están reservados incluidos los de reproducción, total o parcial. Esta edición ha sido publicada con autorización de Harlequin Books S.A.
Esta es una obra de ficción. Nombres, caracteres, lugares, y situaciones son producto de la imaginación del autor o son utilizados ficticiamente, y cualquier parecido con personas, vivas o muertas, establecimientos de negocios (comerciales), hechos o situaciones son pura coincidencia.
® Harlequin, HQN y logotipo Harlequin son marcas registradas por Harlequin Enterprises Limited.
® y ™ son marcas registradas por Harlequin Enterprises Limited y sus filiales, utilizadas con licencia. Las marcas que lleven ® están registradas en la Oficina Española de Patentes y Marcas y en otros países.
Imagen de cubierta utilizada con permiso de Harlequin Enterprises Limited. Todos los derechos están reservados.

I.S.B.N.: 978-84-687-8098-6
Depósito legal: M-2591-2016

Ella era la última mujer a la que debería desear, pero Matthew Milton se atrevía a soñar con casarse con una aristócrata. Un hombre que había terminado en las calles más pobres y peligrosas de la ciudad de Nueva York de principios del siglo XIX tendrá que reinventarse a sí mismo para ser merecedor tanto moral como económicamente del amor de esta singular mujer.

Este argumento le permite a Delilah Marvelle analizar con acierto las grandes diferencias que existen entre las clases privilegiadas y los más pobres, y hacer un alegato a favor de los más desfavorecidos. Además de recrear hábilmente los escenarios donde transcurre la historia.

Pero ante todo, **Siempre una dama** *es una novela romántica cargada de sensualidad y erotismo, un gran canto al amor y la pasión que este sentimiento conlleva.*

Diálogos divertidos, giros inesperados en la trama, intriga y muchos otros factores nos llevan a recomendar a nuestros lectores esta espléndida novela.

Feliz lectura,

Los editores

Querida lectora,

Todo el mundo se merece una segunda oportunidad en la vida. A veces la vida nos estafa las oportunidades que merecemos. Pero incluso entonces tenemos derecho a soñar y a ser más que lo que todo el mundo espera de nosotros. Tal es la historia de Matthew Joseph Milton. Cultivado, gallardo y verdadero caballero en el fondo, descubre que ser simplemente un hombre bueno no basta para sobrevivir en un mundo que pretende arrebatártelo todo. Así que, ¿qué es lo que haces para resistirte? Rediseñarte a ti mismo, incluso al coste de tu propio ser. En eso, Matthew y Bernadette son iguales, sin saberlo. Ambos tuvieron que rediseñarse a sí mismos, solo para descubrir que habían enterrado demasiadas cosas. Siempre una dama *es mi versión perversa del musical* Newsies. *Solo que, estoy yendo de farol, en lugar de chicos cargando periódicos, salen hombres cargando pistolas. Es mi esperanza que disfrutéis de la candente pasión que Matthew y Bernadette aprenden a compartir mientras retoman lo que eran y lo que son realmente. Tengo la suerte de hablar por experiencia cuando afirmo que no hay mejor final feliz que encontrarte a ti misma y al amor de tu vida.*
Mucho amor,

Delilah Marvelle

Para mi hermana Yvonne,
En honor de *Érase una vez*.

Prólogo

Supervivencia, caballeros. La vida es pura supervivencia.

The Truth Teller,
un periódico de Nueva York para caballeros

Junio de 1822
Ciudad de Nueva York. Orange Street

Cuando se descubrió que su contable y viejo amigo, el señor Richard Rawson era en realidad un canalla y un ladrón, Matthew y su padre avisaron a las autoridades para que fueran a su casa a arrestarlo. Rawson, consciente de que estaba a punto de ser colgado, ensilló un caballo y partió al galope, dejando atrás un desbarajuste de muebles y ropa elegante que no valían nada. El resto del dinero saqueado de las arcas de los Milton, unos dos mil dólares, hacía tiempo que Rawson lo había dilapidado en juego y en incontables prostitutas, cuyos extravagantes gustos incluían todo tipo de bisuterías imaginables.

Cuando los guardias armados atraparon finalmente al

canalla en las afueras de Broadway y Bowling Green Park, fue allí mismo, delante de toda la ciudad, cuando el caballo de Rawson hizo justicia al encabritarse y alzarse sobre sus patas traseras, derribándolo. Rawson se rompió el cuello y murió inmediatamente. Ese fue su fin y el del antaño exitoso periódico de Milton, *The Truth Teller,* caído en la bancarrota.

Ojalá hombres semejantes pudieran morir dos veces. Quizá entonces Matthew Joseph Milton se habría sentido algo vindicado, después de saber que tanto él como su padre, antiguos propietarios del mencionado periódico y perceptores por ello de una renta anual de trescientos dólares, no poseían en aquel momento más que ocho dólares y cuarenta y dos centavos.

Deteniéndose junto a su padre en la acera de la calle de su nuevo barrio, Matthew cerró los dedos con fuerza sobre la tosca lana de los sacos que cargaba en cada hombro. Miraba fijamente el edificio sin pintar que se alzaba ante él, con un acre hedor a orines flotando en el aire caliente de la tarde.

¿Tan cruel podía llegar a ser el buen Dios?

Oh, sí. Sí que podía serlo. Lo era.

El calor sofocante del sol abrasaba el ceño fruncido de Matthew, haciendo correr pequeños regueros de sudor por sus sienes. Hombres sin camisa holgazaneaban con los pies descalzos y apoyados en el alféizar de las ventanas abiertas, trasegando botellas de viejo whisky irlandés, mientras que otros fumaban morosamente cigarros cortados por la mitad. Era como si todos aquellos tipos relajados parecieran estar descansando en una verde pradera al pie de un lago. Uno de los hombres barbados de las ventanas le sostuvo amenazadoramente la mirada, se inclinó hacia delante y escupió ruidosamente. Un charco de saliva marrón se formó en el suelo a muy escasa distancia de Matthew.

El tipo había apuntado hacia él.

Matthew miró a su padre, que seguía cargando un cajón de periódicos de la imprenta.

—¿Es esto lo mejor que pudo conseguirnos tu socio? Yo habría esperado algo mucho mejor.

Su padre, Raymond Charles Milton, contempló el edificio y sacudió lentamente la cabeza, agitando los mechones de su pelo castaño que ya empezaba a encanecer. Era evidente que su padre estaba tan poco preparado para penetrar en aquel inmueble como él.

Pero al menos uno de los dos tenía que ser optimista. Matthew le dio un codazo en plan de broma, aparentando la mayor seguridad que fue capaz de reunir.

—Podría ser peor. Habrían podido encarcelarnos por deudas.

Su padre le lanzó una mirada desanimada.

Matthew se interrumpió cuando un chiquillo de unos seis o siete años, de pelo castaño y apelmazado que le caía sobre los ojos, pasó a su lado vestido con una ropa demasiado grande y calzando unas botas enormes, que arrastraba por el suelo en su esfuerzo por no perderlas.

Cuando vio a Matthew, el crío se detuvo en seco, con su inmensa camisa de lino que le llegaba hasta las rodillas colgando sobre su flacucho cuerpo. Se lo quedó mirando durante un buen rato, recorriendo en silencio con sus grandes ojos oscuros su pañuelo de cuello y su chaleco bordado como si estuviera tasando su valor.

Algún día, Matthew sabía que tendría una casa llena de niños como aquel. Algún día. Aunque ciertamente esperaba que, para entonces, pudiera permitirse vestirlos algo mejor. No pudo evitar sonreírse.

—¿Cómo se encuentra usted hoy, señor? ¿Bien?

El niño puso unos ojos como platos. Retrocedió un paso y luego salió corriendo, tropezando varias veces con sus botas.

Su padre, que marchaba detrás, lo empujó con el cajón.

—¿Qué pasa? ¿Qué le has hecho?

—Nada. Simplemente le pregunté cómo estaba. No debe de estar acostumbrado a que la gente sea... amable con él.

Volvieron a caer en un hosco silencio.

El traqueteo de los carros y las ocasionales procacidades y gritos de los hombres de la calle les recordaron que ya no estaban en Barclay Street. Se habían acabado las amplias plazas arboladas, los carruajes primorosamente lacados o los caballeros y damas elegantes de las clases mercantiles. Solo tenían aquello.

—Nunca debí haber confiado en Rawson —le confió su padre con tono cansado—. Por culpa mía, ahora no tienes nada. Ni siquiera una perspectiva de matrimonio. De no haber sido por mí, ahora mismo estarías casado con la señorita Drake.

Matthew dejó caer de golpe ambos sacos en el suelo cuando oyó el nombre de la mujer.

—Puedo soportar la miseria, papá. Puedo soportar el hedor y todo lo que va asociado con él, pero lo que no puedo soportar es oírte decir que todo esto es culpa tuya. Al diablo con la maldita señorita Drake. Si me hubiera querido, como yo estúpidamente la quise a ella, me habría seguido hasta aquí. Como yo le pedí que lo hiciera.

Su padre se detuvo para mirarlo.

—¿Tú te habrías seguido a ti mismo hasta aquí?

Matthew siseó por lo bajo, intentando disimular el dolor que le producía saber lo poco que él había significado para ella.

—Solo tengo veinte años, papá. Tengo la vida entera por delante. Algún día encontraré a una mujer capaz de respetarme por lo que soy, y no por el dinero que tenga.

Su padre rebuscó en el bolsillo de su chaleco, sosteniendo el cajón contra su cadera.

—Dios te bendiga, Matthew, por saber siempre ver lo bueno incluso en lo más malo de todo —le lanzó una moneda—. Compra algo de comida. Y procura racionarla. Todavía tenemos que buscarnos un empleo. Mientras tanto, yo me encargo de nuestra instalación. Dame esos sacos, ¿quieres?

Matthew levantó ambos sacos del suelo y los colocó encima del cajón. Su padre sostuvo el saco superior con la barbilla y entró en el portal para empezar a subir de lado la estrecha escalera.

Suspirando, Matthew se volvió hacia la polvorienta calle: una calle ancha de edificios bajos forrados de torcidas tablas de madera. A lo largo de las puertas abiertas se alzaban cajones de frutas y verduras medio podridas. Un enjambre de moscas revoloteaba sobre cada cajón antes de lanzarse a por el siguiente. Parecía como si hasta los insectos estuvieran poniendo en cuestión la calidad de aquella comida.

Ya estaba echando de menos a su cocinera.

Un sollozo ahogado le hizo volver la mirada hacia un tumulto que parecía haberse formado al otro lado de la calle. Un tipo de pelo rojizo con una camisa deshilachada y un pantalón remendado estaba agarrando a un crío por el pelo, sacudiéndolo con fuerza.

Matthew se quedó sin aliento. Era el chiquillo de las botas enormes.

Cuando una carreta de carbón pasó al lado, el gigante sin afeitar volvió a tirar del pelo al niño y siguió haciéndolo mientras le decía algo. El niño sollozaba con cada sacudida, tropezando en sus esfuerzos por mantenerse derecho.

Matthew cerró con fuerza los dedos sobre la moneda que le había lanzado su padre. Nunca había practicado el boxeo más que como deporte, pero estaba seguro de una cosa: no iba a quedarse cruzado de brazos contemplando aquel espectáculo. Después de encajarse la moneda en el bolsillo interior del chaleco, Matthew esquivó a las mujeres que portaban cestos tejidos y atravesó la calle sin pavimentar hacia ellos.

—Dile a la mujerzuela de tu madre —vociferaba el hombre —que quiero el dinero y lo quiero ahora. Me debe quince centavos. ¡Quince!

—¡Ella no los tiene! —sollozó el niño.

Matthew se plantó ante ellos, con la sangre atronándole los oídos. Se esforzó por permanecer tranquilo, para no dejar que aquello se convirtiera en una pelea que el chiquillo no necesitaba ver.

—Suéltelo. Yo le pagaré lo que le debe su madre.

Una cara redonda, atezada por el sol y cubierta de sudor, se volvió de repente hacia él. Un hedor a coles podridas infectaba el aire. El hombretón empujó al niño a un lado y se dirigió hacia él. Le sacaba una cabeza a Matthew.

—Ella me debe veinte centavos.

«El muy canalla», pensó Matthew.

—Yo he oído quince —hundió una mano en el bolsillo de su chaleco—. Pero esto es lo que le daré —alzó la moneda de cuarto que su padre la había dado—. Le daré diez centavos de más a cambio de que deje en paz al chico de ahora en adelante. Hágalo y esta moneda será suya.

El hombre titubeó antes de estirar su tosca mano. Apoderándose de la moneda, se la guardó en un bolsillo.

—Por mí está bien. Él no tiene nada que yo quiera. La bruja de su madre es el problema.

—Entonces sugiero que lo arregle con ella. Y no con él —Matthew se giró hacia el niño, se agachó y le alzó suavemente la barbilla—. ¿Te encuentras bien?

El chiquillo retrocedió rápidamente, con las lágrimas

corriendo todavía por sus mejillas ruborizadas. Asintió, llevándose las manitas a la cabeza.

El hombretón agarró entonces a Matthew del brazo y tiró de él hacia sí. Con una sonrisa de suficiencia, le ahuecó el pañuelo de cuello de lino blanco.

—Qué elegante. Yo siempre he querido uno de estos.

Matthew se apartó bruscamente, poniéndose fuera de su alcance, y entrecerró los ojos.

—Le sugiero que se marche.

El hombre bajó la barbilla y frunció sus pobladas cejas rojizas. Alzando de repente una mano, esgrimió un afilado cuchillo muy cerca del rostro de Matthew, con el acero relumbrando al sol. Luego se inclinó sobre él y apoyó la punta en su mejilla.

—¿Vas a quitártelo? ¿O prefieres que te lo arranque yo?

Era increíble. Apenas llevaba veinte minutos en aquel distrito y ya lo estaban atracando por haber ayudado a un niño. Cerrando los puños, replicó con voz baja y templada:

—Retire el cuchillo y hablaremos.

Un puñetazo impactó en su cabeza. Matthew perdió el aliento, tambaleándose.

El hombre se cambió el cuchillo de mano, como anunciando que lo peor estaba todavía por llegar.

—Vamos, quítatelo ya, si no quieres que el chico vea algo que no debería.

A regañadientes, Matthew se desató el pañuelo. No era ningún estúpido. Se lo quitó y se lo tendió en silencio.

El hombre se lo arrancó de las manos y se lo anudó con gesto engreído en torno a su poderoso cuello. Retrocedió luego un paso, guardándose el cuchillo.

—La próxima vez, haz todo lo que te diga.

Como si fuera a quedarse esperando a esa próxima

vez... Consciente de que el cuchillo ya no constituía un peligro, Matthew apretó los dientes y le lanzó un directo a la cara.

El gigante interceptó su puño en el aire.

—Estás muerto.

Matthew recibió varios puñetazos en la mandíbula, la nariz y un ojo en rápida sucesión, con sus botas de piel patinando en el suelo con cada tremendo golpe.

Todavía lo atacó de nuevo, pero su golpe se perdió en el aire cuando el gigante lo esquivó.

El niño, que estaba a su lado, agitaba sus puñitos mientras le gritaba a Matthew:

—¡Vamos! ¡Acaba con ese matón! ¡Pégale fuerte!

Un inesperado puñetazo dirigido contra su ojo izquierdo no solo le hizo retroceder, sino que de repente lo vio todo blanco, de un blanco neblinoso. Cristo. Se descubrió agarrado a una farola, con sus manos desnudas deslizándose por el hierro recalentado por el sol.

—¡Basta! —tronó de pronto un hombre, acallando los gritos del niño.

No hubo más golpes.

Respirando a jadeos, Matthew se esforzó por distinguir algo más allá del lacerante dolor que le atenazaba la cara y la cabeza.

Una ancha figura de largo cabello negro recogido en una coleta, ataviada con un abrigo remendado de color verde, estaba apuntando con el cañón de su pistola a la cabeza del agresor de Matthew.

—Devuélvele a este respetable caballero su pañuelo, James —pronunció el hombre en un depurado acento neoyorquino, con un punto de sofisticación europea—. Y, de paso, entrégame tu cuchillo.

El gigantón de pelo se había quedado paralizado con el cañón de la pistola presionando contra su sien. Su manaza palpó y sacó el cuchillo, que le entregó junto con el pañuelo de Matthew.

Apartándose de la farola, Matthew se compuso la chaqueta de su traje mañanero, intentando sobreponerse a su aturdimiento y vislumbrar algo a través de la neblina que nublaba su único ojo sano. Estiró una mano para recoger el pañuelo.

—Recoja el cuchillo —le ordenó el hombre de la pistola.

Matthew no quería el cuchillo, pero tampoco deseaba discutir con un hombre. En su opinión, estaban todos locos. Parpadeó varias veces, intentando fijar la mirada. Aunque podía ver que los dos hombres estaban cerca, una densa y fantasmal sombra persistía, de manera que tenía la sensación de estar viendo el mundo desde un ángulo. Recogió el cuchillo.

Apretando el cañón de la pistola contra la sien del gigante, el hombre masculló:

—Si vuelves a tocar a cualquiera de los dos, James, tú y yo nos pegaremos de puñetazos en los muelles hasta que uno de los dos caiga muerto. Y ahora, lárgate.

James se retiró, abriéndose paso a empujones, hasta desaparecer.

El hombre se giró entonces hacia el chiquillo.

—Vete, Ronan. Y, por el amor de Dios, no te metas en problemas.

El chiquillo vaciló. Buscando la mirada de Matthew, sonrió con un brillo en sus ojos castaños.

—Le debo una moneda de cuarto —sin dejar de sonreír, el niño se retiró atronando la calle con sus botas enormes.

Matthew soltó un suspiro exasperado. Al menos había conseguido que el chico sonriera, porque dudaba que alguna vez volviera a ver aquella moneda.

El hombre bajó la pistola y la desamartilló cuidadosamente. Recolocándose su largo abrigo, clavó en él sus ojos azul hielo.

—¿Dónde diablos aprendió a pelear? ¿En un internado de niñas?

Aturdido, Matthew se guardó el pañuelo en un bolsillo de la chaqueta. La mano le temblaba con el descubrimiento de que la densa sombra de su ojo persistía.

—Allí de donde vengo, el boxeo no es una exigencia —palpó el mango de madera del cuchillo que todavía sostenía—. Le agradezco la ayuda que me ha prestado.

—No lo dudo —el hombre señaló con la pistola el chaleco bordado de Matthew—. Bonito chaleco. Véndalo. Esos refinamientos no importarán un pimiento cuando esté usted enterrado, y se lo advierto desde ya: es una simple cuestión de tiempo que se lo roben. Y ahora, váyase.

Matthew vaciló, percibiendo que aquel hombre no era como el resto de aquella gente. Le tendió rápidamente la mano, la que no tenía el cuchillo.

—Mi nombre es Matthew Joseph Milton.

Su salvador se enfundó la pistola en su cinturón de cuero.

—No le he preguntado por su nombre. Le he ordenado que se vaya.

Matthew siguió con la mano tendida.

—Solo estaba intentando ser amable.

—Yo no lo soy, y por si no lo ha notado, aquí tampoco lo es nadie.

Matthew dejó caer la mano, incómodo.

—¿Hay algo que pueda hacer por usted? ¿A cambio de lo que usted ha hecho por mí? Insisto en ello.

—¿Insiste? —enarcó una ceja oscura—. Bueno, me vendría bien una comida y un whisky, ya que dentro de poco tengo un combate.

—Hecho —dijo Matthew—. ¿Un combate? ¿Usted boxea?

El hombre se encogió de hombros.

—Combates de apuestas, con los puños desnudos —se palpó el cinto de cuero con la pistola—. Esto no es que me haya vuelto perezoso. Solo lo llevo para cuidarme las manos. Una herida significaría no boxear. Y si no boxeo, no como.

—Ah, pero los combates de esa clase… ¿no son ilegales?

El hombre se lo quedó mirando fijamente.

—Le diré que los mismos bastardos que van por ahí condenando públicamente mis peleas son habitualmente los primeros que se gastan fortunas en ellas. Sé de tres políticos y dos comisarios que lo hacen. Así que no, no es ilegal. No mientras ellos sigan apostando en ellas.

Conocer a un boxeador profesional en aquel ambiente podía ser una buena cosa. Una muy buena cosa.

—¿Y cuál es su nombre, señor?

El hombre tensó la mandíbula.

—Tengo varios. ¿Cuál prefiere usted?

Vaya. Parecía que aquel hombre estaba envuelto en toda clase de actividades ilegales.

—Deme uno por el que no vayan a detenerme por saberlo.

—Coleman. Edward Coleman. No me confunda con ese otro Edward Coleman que gobierna estos barrios, y que es como el asesinato andante. Aléjese de ese engendro de Satán.

—Er… lo haré. Gracias.

Coleman lo apuntó con el dedo.

—Le sugiero que aprenda las reglas del lugar. Sobre todo teniendo en cuenta que parece usted un alma caritativa. Hasta aquí todo es sencillo: no vista con lujos y lleve siempre un arma consigo.

—Le haré caso —Matthew le tendió el cuchillo que llevaba en la mano—. Excepto en lo del arma. Tome. Yo no voy a...

Agarrándole con fuerza la muñeca, Coleman le alzó el brazo de manera que la afilada punta del cuchillo quedó peligrosamente cerca del rostro de Matthew.

Matthew se quedó paralizado, con la mirada clavada en aquellos ojos azul hielo.

Coleman esbozó una sonrisa mientras le delineaba juguetonamente la curva de la barbilla con la punta de la hoja.

—Debería conservarlo. Nunca se sabe cuándo la necesitará uno para cortar.... Verduras —le soltó la mano, dejando que el propio Matthew bajara el arma—. Yo le enseñaré a usar un cuchillo, a boxear y a hacer unas cuantas cosas útiles más a cambio de comida.

Matthew cerró con fuerza los dedos sobre el mango del cuchillo.

—Yo sé usar un cuchillo.

Coleman saltó entonces sobre él. Con un rápido golpe en la muñeca, la hoja fue a parar al suelo. La alejó entonces de una patada y lo miró.

—Lecciones a cambio de comida.

La comida no iba a serle tan útil si estaba muerto.

—De acuerdo.

Estaba Matthew comiendo tristemente y en silencio un frío y grasiento estofado en compañía de su padre y de Coleman, cuando de pronto el lado izquierdo de su mundo quedó sumido en una honda negrura.

La cuchara escapó de sus dedos y rebotó en la mesa, para terminar cayendo al suelo de tablas. Oh, Dios. Se le cerró la garganta mientras parpadeaba rápidamente, mirando a su alrededor con expresión incrédula. La visión de su ojo izquierdo... había desaparecido. Lo veía todo... ¡negro!

Su padre bajó su cuchara de madera.

—¿Qué pasa?

Coleman dejó de comer de golpe.

—No puedo ver —Matthew se levantó precipitadamente y se tambaleó, chocando con la alacena sin puerta que tenía detrás—. ¡No puedo ver por mi ojo izquierdo! —miró la pequeña y desolada vivienda que ocupaban, capaz únicamente de distinguir el muro mal enyesado que estaba a su derecha.

Se padre corrió hacia él.

—Matthew, mírame —agarrándole de los hombros, lo acercó hacia sí—. ¿Estás seguro? El ojo sigue hinchado.

Matthew se lo tocó con dedos temblosos, pero por el amor de Dios, no podía ver...

—A la izquierda de mi campo de visión no veo nada. ¿Por qué? ¿Por qué está todo...? —jadeaba, incapaz de decir nada más. Ni de pensar.

Coleman se levantó lentamente de la mesa.

—Cristo. Es por los golpes.

Matthew giró del todo la cabeza para poder ver bien a Coleman.

—¿Qué quiere decir con eso de que es por los golpes? No tiene sentido. ¿Cómo pueden unos cuantos...?

—Lo he visto en el boxeo, Milton. Un tipo que conocía recibió demasiados golpes en un combate y se quedó ciego al cabo de una semana.

Matthew empezó a jadear de miedo. Había pasado una semana.

Sacudiendo la cabeza, Coleman recogió su abrigo, que había colgado del respaldo de la silla.

—Voy a dar caza ahora mismo a ese canalla.

Pese al pánico que le embargaba por haberse quedado medio ciego, Matthew protestó con voz ahogada:

—Eso no va a cambiar nada.

—No se trata de cambiar nada —Coleman se acercó hacia él—. Se trata de enviarle un mensaje sobre lo que resulta y no resulta aceptable.

Su padre empujó suavemente a Matthew hacia la puerta.

—Si esto es lo que usted dice que es, Coleman, lo primero que tenemos que hacer es buscar a un médico. ¡Ahora mismo!

—Hay uno en Hudson —Coleman se les adelantó y abrió la puerta que llevaba al corredor—. Aunque, la verdad, no sé qué es lo que podrá hacer ese hombre al respecto.

Se había acabado el dinero. Y con él, también la visión del ojo izquierdo de Matthew. En aquel momento se tocó el parche de cuero que le había puesto el médico, después de decretarlo permanentemente ciego de ese ojo. El cirujano se mostró de acuerdo con Coleman al afirmar que los golpes que había recibido tenían todo que ver en ello, lo que significaba que él, Matthew Joseph Milton, iba a convertirse en un mísero tuerto por el resto de sus días.

Apretando los dientes, se levantó de un salto del cajón de periódicos en el que había estado sentado, se giró y descargó un puñetazo contra la pared. Y siguió golpeándola una y otra vez hasta que logró no ya hacer saltar el yeso y el chamizo que se escondía detrás, sino destrozarse también los nudillos.

—¡Matthew! —su padre se abalanzó sobre él, agarrándolo del brazo y apartándolo de la pared.

Matthew se quedó sin aliento cuando tropezó con la mirada de su padre. Este le alzó la mano, obligándolo a que viera las contusiones, la herida y la sangre que le corría por los dedos.

—No te dejes arrastrar por la ira.

Matthew retiró la mano, que en aquel momento le dolía terriblemente. Tragó saliva, intentando recuperarse, y desvió la mirada hacia Coleman, que no había pronunciado una sola palabra desde que el médico dictaminó su ceguera.

Coleman pronunció al fin:

—Lamento todo esto —apartándose de la pared en la que había estado apoyado, añadió con tono sombrío—: Los atracos, así como los asesinatos, la violación y cualquier otra villanía imaginable, son aquí moneda común, y ni siquiera la policía puede con todo ello. Esa es la razón por la cual, al margen de mi habilidad para el boxeo, siempre llevo pistola. Esos canallas no se arredran ante otra cosa.

Matthew sacudió la cabeza, incrédulo.

—Si la policía no puede con ello, eso quiere decir que no es lo suficientemente fuerte. Obviamente es necesario organizar algún tipo de fuerza con los hombres del distrito.

Coleman suspiró escéptico.

—La mayoría de esos hombres ni siquiera saben leer, y mucho menos pensar racionalmente sobre lo que se debe o no se debe hacer. Sería como invitar a una manada de sementales salvajes a entrar en una cuadra y pedirles que se alineasen mansamente para dejarse ensillar. Créame, he hablado con ellos. Solo están dispuestos a pelear por ellos mismos.

—Entonces encontraremos hombres mejores —Matthew flexionó los dedos, esforzándose por sobreponerse al dolor—. Aunque probablemente debería invertir primero en una pistola. ¿Cuánto cuesta una, por cierto?

—Matthew —su padre le puso una mano en el brazo—. No puedes tomarte la justicia por tu propia mano. Si lo haces, puede que te detengan o, peor aún, te maten.

Matthew se giró hacia su padre.

—En mi opinión, estoy atado de manos. Y si muero, será bajo mis propios términos, papá, que no bajo los suyos. No sé qué diablos hay que hacer aquí, pero no voy a quedarme sentado en un cajón lleno con los restos de tus malditos periódicos.

La expresión de su padre se entristeció. Asintiendo con la cabeza, le soltó el brazo y lo rodeó en silencio para abandonar la habitación.

Consciente de que se había comportado de una manera tan estúpida como cruel, Matthew le gritó:

—Lo siento, papá. No era mi intención decirte eso.

—Me lo merezco —replicó su padre.

—No, tú... —Matthew se paso una mano por la cara, interrumpiéndose. Sus dedos tropezaron con el parche de cuero. Dios. Su vida era un desastre.

—Una buena pistola cuesta entre diez y quince dólares —le informó Coleman—. Al margen del plomo que necesitará.

Matthew esbozó una mueca.

—Ya me han desplumado. No podré permitírmelo.

—La mía no la compré.

Matthew ladeó la cabeza para mirarlo mejor.

—¿Qué quiere decir? ¿Dónde la consiguió?

Coleman enarcó una ceja.

—¿Tan ingenuo es?

Matthew se lo quedó mirando fijamente, asombrado.

—¿Quiere decir que la robó?

Coleman se le acercó, le puso una mano en el hombro y se inclinó hacia él.

—No es tan grave, Milton. ¿Sabe a cuánta gente he salvado con esta pistola? Cientos. Dudo que Dios vaya a castigarme tan pronto. Si quiere una pistola, le conseguiremos una. Una buena.

Matthew le sostuvo la mirada. Por muy loco que estuviera, aquel hombre estaba a punto de iniciarle en una etapa trascendental. Algo que cambiaría no solamente su vida, sino también las de los demás.

Capítulo 1

El inspector de policía de la ciudad ha informado de la muerte de 118 personas durante el último fin de semana: 31 hombres, 24 mujeres y 63 niños.

The Truth Teller,
un periódico de Nueva York para caballeros

Ocho años después
Ciudad de Nueva York. Squeezy Gut Alley, por la noche

El sonido de unos cascos de caballo atronando a lo lejos en la polvorienta pista de tierra más allá de la mal iluminada calle impulsó a Matthew a hacer una seña a sus hombres, que acechaban en silencio. Los cinco que había escogido de su grupo de cuarenta, estratégicamente colocados y al amparo de las sombras de los estrechos portales.

Todavía espiando la calle, Matthew desenfundó sus dos pistolas. Apretando la mandíbula, volvió al lado de Coleman para susurrarle contrariado:

—¿Dónde diablos está Royce?

Coleman se inclinó hacia él y le susurró a su vez:

—Sabes perfectamente que ese canalla solo sigue sus propias órdenes.

—Ya, bueno, pues entonces le enseñaremos a ese maldito comisario cómo se hace su trabajo. Una vez más.

—Oye, oye, no te adelantes, Milton. Todavía no tenemos nada. Estamos todos a la puerta de un burdel que parece encontrarse fuera de uso, y la mayoría de nuestros informantes no valen nada.

—Gracias por recordarme siempre lo obvio, Coleman.

Se quedaron callados.

Una carreta cargada con dos toneles apareció en la calle, tirada por un único jamelgo de aspecto famélico. Un hombre grande iba sentado en el pescante, con la cabeza cubierta por una capucha de lana con dos agujeros para poder ver. El hombre saltó del carro y se recolocó la capucha. Mirando a su alrededor, sacó un cuchillo de carnicero y corrió hacia la parte posterior.

La justicia estaba a punto de penetrar en Five Points. Porque si aquella escena no parecía lo suficientemente nefanda como para justificar una intervención, entonces Matthew desconocía el significado de la palabra. Apuntando a la cabeza del hombre con las dos pistolas, salió de entre las sombras para dirigirse hacia él.

—Tú, suelta el cuchillo. Ahora.

El hombre se quedó paralizado mientras Coleman, Andrews, Cassidy, Kerner, Bryson y Plunkett abandonaban sus escondites para rodearlo, encañonándolo también con sus pistolas.

El hombre enmascarado se volvió hacia Matthew, dejó caer el cuchillo al suelo y alzó sus manos desnudas.

—Estoy repartiendo avena. No podéis dispararme por eso —su acento hosco apestaba inequívocamente a inglés.

Cassidy rodeó la carreta. Su rostro marcado de cicatrices apareció por un instante a la luz de la farola antes de volver a perderse en las sombras. Acto seguido, su gigantesca figura se adelantó hacia el hombre.

—¿Avena? Vosotros los Brits siempre os creéis que estáis por encima de la ley. Como el Brit que tuvo las narices de marcarme la cara —Cassidy se plantó ante el tipo. Le arrancó la capucha de la cabeza y la arrojó a un lado, revelando unos ojillos negros y una cabeza calva. Luego amartilló su pistola con un clic metálico y gruñó:

—Yo digo que matemos a este rufián y enviemos a Inglaterra un mensaje claro.

Matthew reprimió el impulso de saltar sobre Cassidy y golpearlo. Eso era exactamente lo que sucedía cuando un irlandés tenía demasiada sed de justicia hirviendo en su sangre: que la tomaba contra todo el mundo. Y pobre del hombre que tuviera aspecto de inglés. Si no hubiera sido por el hecho de que Cassidy estaba consagrado a la causa y dispuesto a luchar con uñas y dientes por su triunfo, hacía mucho tiempo que Matthew le hubiera dado la patada.

Acercándose a Cassidy, Matthew endureció la voz.

—Esto no tiene que ver ni con Inglaterra ni con tu cara, así que tranquilízate. No necesitamos cadáveres, ni que los guardias nos pisen los talones.

Cassidy resopló furioso, pero no dijo nada.

—Revisa los toneles —gritó Matthew a Coleman.

Coleman corrió hacia la carreta y subió de un salto a la parte trasera. Revisó cada barrica de madera, abriendo las tapas, y alzó luego la mirada con su rostro como tallado a golpes de hacha iluminado por la farola.

—Aquí están las dos.

Matthew suspiró.

Inclinándose sobre los toneles, Coleman sacó a una niña de no más de ocho años, atada y amordazada, y luego a otra de similar edad. Estaban descalzas. Usando una navaja, las liberó de las cuerdas y las mordazas.

Sollozos ahogados escaparon de las gargantas de las chiquillas mientras se abrazaban. Los vestidos de lana que llevaban estaban toscamente cosidos: muy probablemente no eran los mismos que habían llevado cuando fueron secuestradas del orfanato.

A Matthew se le cerró la garganta. Sabía que si no hubiera sido por su intervención y la de sus hombres, aquellas dos niñas, que habían desaparecido del orfanato aquella misma semana, habrían sido vendidas a algún burdel. Encajándose las pistolas en el cinturón, señaló al hombre calvo.

—Maniatad a este canalla antes de que lo haga yo.

Pero el hombre se deslizó entre Kerner y Plunkett para echar a correr calle abajo.

¡Diablos! Todos los músculos de Matthew reaccionaron instintivamente mientras arrancaba a correr detrás del tipo.

—¡Te dije que deberíamos haberle matado! —tronó Cassidy a su espalda—. ¿De qué nos sirven las pistolas si nunca las usamos?

—¡Todo el mundo en marcha! —gritó Matthew sin detenerse—. ¡Dispersaos! ¡Coleman, quédate con las niñas!

Matthew volvió a concentrarse en la figura en sombras que ya llevaba recorrida media calle, chapoteando en el barro con los faldones de su abrigo al viento.

Matthew se obligó a acelerar el ritmo de carrera mientras se perdía en la oscuridad. A la luz de la luna y de las farolas podía ver cómo el hombre miraba repetidamente hacia atrás, cada vez más cansado.

No estaba acostumbrado a correr.

Estaba más bien acostumbrado a conducir la carreta.

Fue entonces cuando él, Matthew, que no hacía otra cosa que correr para seguir viviendo, acabó con las esperanzas que aquel canalla tenía de escapar. Cerrando la distancia que los separaba, y justo antes de internarse en el callejón que se abría entre dos edificios, Matthew lo agarró con fuerza del cuello del abrigo.

Apretando los dientes, lo lanzó contra una pared y terminaron rodando los dos por el barro.

Matthew se sirvió de su peso para quedar encima, aplastándolo contra el suelo. El canalla reaccionó con frenéticos puñetazos que impactaron en su pecho y hombros.

Inmovilizando al hombre con un brazo, Matthew alzó el puño y lo descargó sobre su cráneo, haciéndolo rebotar contra el barro.

—¡Quédate quieto, hijo de perra! Quédate quieto antes de que…

—¡Lo tenemos! —gritó Bryson, apareciendo de pronto y apoyando una rodilla contra el cuello del hombre.

Matthew se levantó jadeante, con los brazos y los muslos cubiertos de barro.

Cassidy apareció también, salpicando más barro y apartando a Bryson.

—Yo te demostraré cómo se hacen las cosas en Irlanda.

Sin aparente esfuerzo, levantó al canalla del suelo y le rodeó el cuello con un brazo, amenazando con estrangularlo. Bryson se acercó con una soga.

Una vez que el hombre estuvo bien atado, Kerner se adelantó y, con un gruñido, le propinó un puñetazo en el estómago.

—¡Eso es por todas las niñas que has tocado, canalla! —le lanzó otro golpe, haciéndole tambalearse—. ¿Cómo puedes creerte con derecho a…? —todavía le pegó una vez más en la cara, con un golpe que resonó en el aire de la noche.

—¡Kerner! —tronó Matthew.

Kerner retrocedió, tambaleándose.

Matthew tragó saliva, intentando tranquilizar el alocado latido de su corazón. A pesar de la reprimenda, Matthew sabía demasiado bien que Kerner, que había perdido a su hija de doce años en un brutal asesinato con violación ocurrido en aquella misma calle, seis años antes, se estaba comportando con relativa calma dada la situación.

Era justamente la necesidad profundamente arraigada de corregir los desmanes cometidos contra aquellos hombres lo que los había juntado. El dolor de todos se había convertido en el dolor de cada uno. Todos estaban invadidos por la ira.

—Sé que esto no es fácil para ti. Respira profundo.

Kerner se pasó una temblorosa mano por su rostro barbado.

—Lo siento —como si acabara de salir de un trance, dijo—: Atiende a las niñas. Seguramente Coleman las tendrá aterrorizadas.

—No te metas con él. No es tan duro como parece —Matthew se limpió el barro de las manos y corrió de vuelta a la calle hasta que alcanzó la carreta—. ¡Lo atrapamos! —gritó a Coleman, que estaba inclinado sobre el carro a la espera de recibir noticias.

Coleman soltó un hondo suspiro.

—Bien.

Dirigiéndose a la parte trasera de la carreta, Matthew echó un vistazo. Ninguna de las niñas lloraba ya, pero ambas seguían apretujadas contra los toneles en cuyo interior habían estado encerradas, abrazándose la una a la otra.

Coleman las señaló.

—Probablemente deberías hacerte cargo tú. Creo que no les gusto. Y mis historias tampoco.

Esperó que Coleman no le hubiera estado contando historias que no debía. Limpiándose el barro en la camisa de lino, Matthew tendió los brazos a las niñas y les dijo con tono suave:

—Estamos aquí para ayudaros. Yo me llamo Matthew y este caballero es Edward. Ahora, quiero que las dos seáis valientes y no hagáis caso del barro que cubre mi ropa y de este parche que llevo en el ojo. ¿Seréis lo suficientemente valientes como para confiar en mí? ¿Solo por esta vez?

Se lo quedaron mirando fijamente, todavía abrazadas.

Matthew bajó entonces las manos y sonrió en un esfuerzo por tranquilizarlas.

—Dime lo que queréis que haga y lo haré. ¿Queréis que haga el mono? Los monos tuertos son mi fuerte, ¿sabéis? Solo tenéis que pedírmelo —se rascó entonces con los dedos e imitó los gritos de aquellos animales—: ¡Uh! ¡Uh! ¡Ah! ¡Ah!

Coleman se inclinó en ese momento hacia ellas.

—Yo sé hacer el mono mejor que él. Mirad esto —y alzó sus largos y musculosos brazos.

Las niñas se alejaron de Coleman. Sus oscuras trenzas se agitaron mientras se arremolinaban en torno a Matthew, como si lo consideraran una mejor opción.

Matthew reprimió una sonrisa. El pobre Coleman... siempre estaba asustando a todo el mundo.

—No le tengáis miedo —dijo Matthew—. Solo está haciendo el tonto. Y ahora dadme vuestras manos —se las apretó con suavidad, intentando transmitirles tanto calor como apoyo. Inclinándose hacia ellas, susurró—: Gracias por ser tan valientes. Sé lo mucho que os ha costado. ¿Estáis listas para volver con la hermana Catherine? Ha estado muy preocupada por vosotras.

Para su asombro, ambas niñas se colgaron de su cuello, enterrando las cabecitas en sus hombros. Y se pusieron a sollozar contra su pecho.

Matthew las alzó en brazos, nada sorprendido, por desgracia, de lo poco que pesaban.

El atronar de unos cascos de caballo resonó a lo lejos. Las niñas apretaron su abrazo mientras él se volvía hacia el origen del sonido.

La farola proyectaba un fantasmal halo dorado sobre la calle. El regular sonido de los cascos se iba acercando conforme se dibujaba la silueta de un hombre con atuendo militar y un sable al cinto, que guiaba su montura hacia ellos.

El comisario Royce. El muy canalla... A buenas horas aparecía.

Matthew miró a las niñas.

—Se supone que este hombre tenía que ayudaros, pero el alcalde, que es como si fuera su madre, no le dejó salir de casa para jugar. Y al final resulta que ni uno ni otro hacen lo suficiente por esta ciudad. Acordaos de esto cuando finalmente podáis disfrutar del derecho a votar en unas elecciones.

—Te he oído —le espetó Royce sin bajar del caballo, con su tosco rostro envuelto en sombras—. ¿Por qué no les cuentas también que yo siempre miro para otro lado cuando te sorprendo haciendo algo ilegal?

Matthew lo fulminó con la mirada.

—¿Por qué no les ofrece usted su caballo para que yo pueda llevarlas de vuelta al orfanato?

Royce hizo un gesto de indiferencia con su mano enguantada.

—He pasado una larga noche que ha incluido que casi me rebanen el cuello. ¿Por qué diantres crees que he llegado tan tarde? Súbelas al caballo. Yo mismo las llevaré de vuelta.

Las niñas se abrazaron todavía con mayor fuerza a Matthew, dejando escapar sendos sollozos.

Matthew retrocedió sin soltarlas.

—No sé cómo no lo ha notado antes, Royce, pero estas niñas ya lo han pasado bastante mal y no necesitan oírle hablar de rebanar gargantas. Así que suavice ese tono de voz y bájese del caballo. Yo las llevaré de vuelta al orfanato, ¿de acuerdo?

Tras una primera vacilación, Royce suspiró resignado y desmontó de un salto. Rebuscando en un bolsillo, extrajo un billete de cinco dólares.

—Esto es para cubrir los gastos —le dijo a regañadientes—. Oí que robaste otro cargamento de pistolas. Entérate de una cosa: la próxima vez que hagas algo así mientras yo esté de guardia, me aseguraré de que tú y tus Cuarenta Ladrones terminéis en la prisión de Sing Sing.

El muy canalla podía considerarse afortunado de que Matthew tuviera en ese momento a las dos niñas en brazos.

—No necesito su dinero. Dónelo al orfanato. Necesitan instalar un cerrojo en la puerta.

—Te niegas a aceptar mi dinero y sin embargo no tienes escrúpulos en robar —Royce sacudió la cabeza de lado a lado, bajando la mano en la que sostenía el billete—. Uno de estos días, tu orgullo terminará llevándote a la horca.

—Sí, bueno, eso no ha ocurrido todavía.

Capítulo 2

No creas nada de lo que oigas.

The Truth Teller,
un periódico de Nueva York para caballeros

22 de julio de 1830
Manhattan Square, noche avanzada

—¡Hágala salir! —gritó un hombre con acento americano y una voz encolerizada que penetró a través del suelo del salón de música, procedente del piso inferior de la casa—. ¡Hágalo antes de que suba yo a por ella!

Bernadette Marie soltó un gruñido exasperado al tiempo que dejaba caer con fuerza las manos sobre las teclas de marfil del piano. Necesitaba familiarizarse mejor con los códigos americanos. Ni siquiera la hora era algo sagrado para ellos.

Se recogió las faldas con un suspiro, abandonando su piano Clementi, y se marchó apresurada del salón de música iluminado por las velas. Después de rodear una esquina y de pasar por delante de innumerables pinturas de marcos dorados y esculturas de mármol, bajó la escalera que llevaba al vestíbulo sumido en la penumbra.

Se detuvo a medio camino.

Con su nariz ganchuda y ojos diminutos, el viejo señor Astor alzó la mirada hasta ella desde la puerta del vestíbulo.

—¡Ah! —se compuso su chaqueta de noche mientras rodeaba al balbuceante mayordomo—. Aquí está.

El señor Astor no era el hombre al que había esperado ver, dado lo tardío de la hora, pero se alegró de escuchar su familiar y enternecedor resoplido, el de alguien que hacía ya mucho tiempo que se había ganado su confianza. Era una de las pocas personas que la habían acogido en la alta sociedad americana, que a su vez se había mostrado de lo más recelosa con ella a causa de su origen británico. Y también se había convertido en el siempre solícito padre que nunca había tenido. Más o menos.

Se apresuró a terminar de bajar la escalera.

—Señor Astor —sonrió—. Qué agradable sorpresa. Emerson, puede retirarse.

Su mayordomo, al que se había traído de Londres, para consternación del pobre hombre, vaciló como si quisiera recordarle lo poco respetable de la hora.

Pero el señor Astor le entregó bruscamente su sombrero.

—Tome esto y retírese de una vez, ande. No pienso levantarle las faldas y darme un revolcón con ella.

Bernadette se encogió por dentro. Las maneras de los neoyorquinos, incluso de los muy pudientes como el señor Astor, eran algo a lo que todavía no había terminado de acostumbrarse. Hacía apenas un par de semanas se había llevado una sorpresa mayúscula cuando, al término de una elegante cena, lo vio limpiarse sus grasientas manos en el vestido de una dama. Bromista inveterado, se tenía por gracioso. Y lo era, a la manera del hijo de carnicero que era en realidad. Pero la dama del vestido estropeado no había apreciado el gesto, aunque él se había ofrecido a comprarle otros cuatro nuevos.

No era que Bernadette se quejara de la compañía que estaba teniendo en aquellos días. No, no, no. El señor Astor y sus amigos neoyorquinos constituían una compañía maravillosamente refrescante en comparación con la rígida y aburrida vida que había dejado atrás.

—Emerson, retírese. Usted sabe perfectamente que el señor Astor tiene derecho a una visita tardía.

Emerson soltó un bufido, recogiendo a regañadientes el sombrero y desapareciendo en la habitación contigua, como subrayando tácitamente que los británicos eran de una raza superior.

Ojalá eso fuera cierto...

El señor Astor se giró hacia ella, peinándose su encrespado cabello cano con una mano enguantada. Un brillo malicioso brillaba inequívocamente en sus ojos oscuros.

—Estoy aquí para cobrar una deuda, lady Burton.

A Bernadette la inquietó que se hubiera dirigido a ella por un nombre que nunca había esperado volver a escuchar. Era un nombre que solo muy pocos en Nueva York conocían, dado que públicamente ahora era la señora Shelton. Y viniendo del señor Astor, resultaba especialmente inquietante, fuera que estuviera bromeando o no.

—¿Hay alguna razón por la que se haya dirigido a mí de esta manera?

Él juntó sus manos enguantadas, apoyándolas con gesto engreído sobre su chaleco bordado de seda gris.

—Ante todo soy un hombre de negocios, querida. Así es como el hijo de un carnicero alemán se metió a comerciante y compró hasta la última piel de Nueva Orleans a Canadá, lo cual me convirtió en el hombre más rico de los

Estados Unidos de América. Porque cuando una oportunidad se presenta, un hombre ha de olvidarse de ser amable por un rato para lanzarse a fondo sobre ella. Así que os sugiero que me concedáis el favor que estoy a punto de pediros, Alteza —terminó, irónico.

Ella puso los ojos en blanco, intuyendo que sabía que no iba a cooperar. Sus puntos de vista nunca coincidían, pese al lazo de amistad que les unía.

—No soy una reina. Por favor, no se dirija a mí como si lo fuera.

—Ah, pero estáis emparentada con una.

—Mi marido sí que lo estaba, yo no.

—¿Estáis diciendo que no puedo confiar en vos? ¿Qué clase de amiga sois? ¿Tan poco agradecidos son los británicos?

Lo maldijo en silencio. Sabía que aquello terminaría saliendo a colación. Después de todo, Nueva York no había sido su destino original cuando abandonó Londres en un estado de absoluto trastorno. De hecho, había planeado instalarse definitivamente en Nueva Orleans para explorar a fondo la historia de la piratería corsaria, y a sus protagonistas, hasta que la atracaron hasta dejarla literalmente en enaguas durante una fiesta de máscaras en un barrio de pésima reputación. Había salido escarmentada de la experiencia.

Si no hubiera sido por el señor Astor y por su nieto, quienes por aquel entonces habían sido unos perfectos desconocidos para ella y aun así habían acudido en su auxilio aquella noche, posiblemente la habrían arrebatado algo más que la retícula y el vestido. Después de aquella noche, ambos no solamente se habían convertido en grandes amigos suyos, sino que el señor Astor le había propuesto abandonar Nueva Orleans para acompañarlo a él y a su nieto a la ciudad de Nueva York, oculta bajo un alias. Un alias que le había permitido escapar a la atención de los periódicos deseosos de hostigarla a raíz de lo que se había convertido en «El incidente de las enaguas».

Era agradable ser simplemente la señora Shelton, vivir en la ciudad de Nueva York y entretenerse con atractivos caballeros cuando estaba de humor para ello. Todo lo contrario de la imagen de una lady Burton enloquecida, que había pasado a la historia del cotilleo estadounidense saltando a todos y cada uno de los periódicos del país, de Nueva Orleans a Nantucket. No tenía ninguna duda de que hacía ya tiempo que en Londres se habrían enterado de ello, su padre incluido.

Inspiró profundo y soltó el aire con un suspiro tembloroso.

—Indudablemente estoy en deuda con usted y con su nieto, señor Astor. Ya lo sabe.

—Entonces haréis lo que yo os diga, ¿verdad? Porque mi nieto es el único que, de hecho, se beneficiará de esto. Estamos hablando de forzar nuestra entrada en la aristocracia británica para conseguir que esos remilgados bastardos bebedores de té reconozcan que es el dinero lo que da poder. Y no un título teñido de sangre.

Ella arqueó las cejas.

—¿Pretende usted... forzar la entrada en la aristocracia británica? Entiendo. ¿Y qué es lo que espera que haga yo para ayudarle en ese asunto?

Se acercó a ella, con sus envejecidos rasgos adoptando la expresión de burlona severidad que habitualmente reservaba para sus socios de negocios.

—Que nos ayudéis a abrir puertas. ¿Cómo? Asesorando a la primera americana que pasará a formar parte de la aristocracia inglesa. Es una gran oportunidad. Lo que necesito es que ayudéis a una joven americana. Georgia Emily Milton es su nombre, aunque tendremos que cambiárselo.

Es burda, irlandesa de pies a cabeza y necesitamos adornarla. Resulta que hay un aristócrata que quiere casarse con ella, un tal lord Yardley heredero del duque de Wentworth, que ya está dispuesto y esperando. Lo que tenéis que hacer es convertirla en una dama aceptable para la alta sociedad, por su bien y por el de él. Eso requerirá enseñarle todo lo que sabéis sobre ese mundo, y acompañarla luego durante la próxima Temporada en Londres. El duque y yo nos aseguraremos de que contéis con infinitos recursos para ello. Ningún hombre os tocará mientras estéis en Londres. Ninguno. A no ser que vos lo queráis.

Se le escapó una carcajada incrédula. Aquello sí que era gracioso...

—Aunque la idea es de lo más divertida, y no tengo reparos en asistir a esa joven si ese es realmente el deseo de usted, yo no pienso volver a Londres. Eso provocaría un escándalo todavía mayor que el que dejé atrás y, además, tengo que admitir que estoy enormemente encariñada con mi nueva vida. Ninguno de los caballeros que frecuento en Nueva York sabe quién soy y puedo revolotear todo lo que quiera sin que me hostiguen por ello. Al contrario que allá en Londres, donde me hostigaban hasta por respirar.

El señor Astor se la quedó mirando durante un buen rato.

—Me lo debéis.

Bernadette soltó un suspiro exasperado.

—No puedo deberos hacer que me ahorquen. No voy a cruzar el océano para que lo hagan.

Él señaló a regañadientes la habitación contigua.

—¿Habríais preferido que mi favor incluyera un piano y un salón lleno de hombres desnudos? ¿Es eso? ¿Concordaría eso mejor con vuestros temerarios gustos?

«Oh, Dios mío. Estos americanos...», pensó para sus adentros. No le extrañaba que los británicos los hubieran dejado escapar. Bernadette arqueó una ceja sabiendo que, como siempre, aquel hombre simplemente estaba siendo grosero por el placer de serlo. Ya era hora de que se diera cuenta de que había dejado de ser la muchacha que él y su nieto habían tenido que salvar de las calles de Nueva Orleans. Sabía cuidar de sí misma y no iba a poner un pie en Londres para exponerse a perversos chismosos que negaban el derecho de toda mujer a proteger su intimidad.

—La última vez que estuve en Londres, señor Astor, tuve que soportar que un hombre irrumpiera en mi casa decidido a que engendrara un hijo suyo... con la esperanza de conseguir así que me casara con él. Y ese era el más cordial de mis pretendientes, que salivaban todos por mi dinero. Para mi desgracia, la herencia que recibí solamente ha servido para estorbar mi felicidad hasta ahora, cuando estoy intentando disfrutar de una vida relativamente agradable. Por el amor de Dios, todavía tengo que ver realizados todos mis planes. De hecho, estoy a punto de cerrar un viaje de dos años a Jamaica.

—¿Dos años? —el señor Astor alzó la barbilla—. ¿Para qué? Según lo último que supe, en Jamaica no hay nada más que arena y agua.

—Pues resulta que Port Royal y Kingston son lugares reputados por su larga tradición de piratería. También he oído que los hombres allí van más ligeros de ropa a causa del calor —esbozó una sonrisa—. Solamente eso justificaría el viaje. Y, al contrario que en Nueva Orleans, pretendo contratar a un guardaespaldas para que me acompañe a donde quiera que vaya. Así que ya ve usted, señor Astor, ese es el siguiente destino que me está esperando. No la lluvia de Londres con sus hombres pálidos y macilentos, sino Port Royal con sus piratas atezados por el sol.

El señor Astor dio un paso hacia ella.

—Sabéis que yo normalmente no os pediría esto, pero

mi nieto cuenta con la oportunidad de seguir los pasos de esa muchacha si hacemos esto bien. Él pretende entrar en la aristocracia. Es algo que hemos hablado desde hace años. Diablos, con gusto lo habría casado con vos con tal de asegurarle un título, pero, por alguna razón, vos no queréis aceptarlo.

Bernadette bajó la barbilla.

—El chico no tiene más que veinte años.

—¡Y es tanto más viril por ello! Al contrario que vuestro viejo William, él se aseguraría de que tuvierais veinte hijos en veinte minutos.

Ella se estremeció ante el simple pensamiento.

—Señor Astor, por favor. Jacob, aunque encantador, es quince años más joven que yo. Ni siquiera sabría qué hacer con él.

—¿Encantador? ¿Le habéis llamado encantador? No volváis a hacerlo —suspiró—. Os necesito. La vida entera de mi nieto os necesita. No me obliguéis a arrodillarme ante vos.

—¿Por qué ese pobre chico habría de querer formar parte de la aristocracia? Esa es una desgraciada existencia de la que me he pasado la vida entera deseando escapar. Además, con la vasta fortuna de que dispone, tanto Jacob como usted ya lo tienen todo.

—Todo menos eso —siseó él. Sin dejar de mirarla, clavó una temblorosa y renqueante rodilla en tierra, rozando el borde de su vestido, y abrió los brazos—. Los sueños del simple hijo de un carnicero es algo que vos nunca entenderéis. Vos, que nacisteis de una exquisita especie al alcance de muy pocos. Haced esto por mí. Siete meses de instrucción de esta muchacha en Nueva York, algo más de un mes durante sus viajes por el extranjero y un mes en Londres. Solo un mes. Es lo único que os pido. Será mi esposa quien haga de carabina, que no vos, así que no necesitaréis preocuparos por ello. Os lo aseguro, esta muchacha sentará un nuevo patrón de gusto por todo lo americano si conseguimos hacer todo esto bien. Será como la gran tormenta que, al iluminar el firmamento, permitirá que finalmente mi nieto vea realizado su sueño. Os lo suplico. Apiadaos de sus sueños y de los míos. ¿Acaso vos nunca habéis tenido un sueño?

Demasiados. Antaño había soñado con fantásticas y emocionantes aventuras, un amor verdadero destinado a hacerla suspirar y una pasión auténtica que ni la más romántica melodía de su piano podría llegar jamás a evocar. Todo eso se había ido a pique rápidamente, sin embargo, cuando su padre la casó a la edad de dieciocho años con un viejo cuya idea del amor, la pasión y la aventura era un paseo en carruaje por Hyde Park y una palmadita en la mano.

Desde entonces había estado esforzándose por compensar aquello.

Percibiendo que el señor Astor no estaría dispuesto a ceder, Bernadette suspiró. Tenía un asunto pendiente con su padre en Londres desde que se hizo cargo de la herencia del anciano William y se embarcó para América una noche, sin decir nada a nadie. Se suponía que le debía a su padre una última visita.

—Está bien. Si tanto significa para usted, tomaré a esa muchacha como pupila. Pero no me quedaré en Londres más allá de un mes. ¿Comprendido?

El rostro del señor Astor se iluminó mientras se esforzaba por levantarse. Tomando sus manos entre las suyas, se las sacudió emocionado.

—Es todo un placer hacer negocios con vos, querida, como siempre.

—En verdad, esa idea de introducir a una americana en la sociedad londinense resultará ciertamente gratificante.

Esos canallas engreídos, que se atreven a comportarse como dioses pensando que su sangre es la más pura, merecen que alguien se la contamine un poco.

—Sabía que erais la mujer adecuada para esta tarea —le palmeó las manos por última vez antes de soltárselas—. Aunque os diré, querida, que después de Londres, os aconsejaré encarecidamente que sentéis la cabeza antes de que prendáis fuego a esas faldas. Ya habéis roto suficientes corazones. Debéis volver a casaros.

Bernadette casi soltó un resoplido escéptico.

—Prefiero decir sí a la vida y no al altar.

El señor Astor chasqueó los labios.

—Podréis hacer eso después de que consigamos introducir a esa muchacha en Londres —se interrumpió—. Mi sombrero —mirando a su alrededor, rugió—: ¿Dónde diablos está mi sombrero, Emerson? ¿No se estará orinando en él, verdad? Tráigamelo ahora mismo. ¡Ya!

Bernadette parpadeó varias veces. Quizá una temporada en Londres fuera una buena cosa. Porque a veces, solo a veces, y por extraño que fuera, echaba de menos la, er... cultura.

Siete meses después
Ciudad de Nueva York. Five Points

De pie ante el torcido y desportillado espejo que colgaba en la pared de su vivienda, Matthew se colocó el parche de cuero sobre su ojo izquierdo. Resultaba irritantemente lógico que la única imagen que veía de sí mismo cada mañana después de vestirse estuviera partida en dos.

Se volvió para recoger su largo abrigo de lana de la silla donde tenía apilados los viejos periódicos de su padre.

Deteniéndose, se inclinó para apoyar la mano con fuerza sobre aquellos papeles.

—Buenos días, papá.

Soltó un tembloroso suspiro, luchando contra el inevitable picor que sentía en los ojos y sabiendo que aquello era todo lo que quedaba de su padre. Aquello. Una pila de viejos periódicos que personificaban lo que había sido su vida.

Matthew palmeó los papeles por última vez.

Después de ponerse el abrigo y abrocharse los botones, se giró para abrir la puerta y abandonar la vivienda. La aseguró con el cerrojo, bajó por la estrecha escalera y salió a las frías y nevadas calles de Mulberry.

Volvió a detenerse al ver que su amigo negro se dirigía hacia él. La cosa pintaba mal. Smock solo acudía a buscarlo a su casa cuando había problemas.

Matthew caminó con paso enérgico a través de la nieve que cubría el pavimento, con sus gastadas botas haciendo crujir el hielo. El sol resplandeciente nada podía contra el viento helado que barría los tejados inclinados de las casas. Entrecerró el ojo contra el resplandor y se dirigió hacia su amigo.

—No me digas que ha muerto uno de los nuestros.

Smock se volvió hacia él y caminaron juntos.

—Peor aún.

—¿Peor? —Matthew se detuvo, escrutando su oscuro rostro sin afeitar, perlado de gotas de sudor. Era invierno. ¿Cómo era posible que estuviera sudando? ¿Qué diablos estaba sucediendo?

Smock se detuvo también, con expresión recelosa. Se pasó una mano por el pelo espeso y crespo.

—Coleman convocó una reunión y puso a Kerner al mando.

Matthew abrió mucho los ojos.

—¿Cómo? ¿Por qué? Él no puede hacer eso.

—Ya lo ha hecho.

—¡Pero yo poseo la mitad del grupo!

Smock se encogió de hombros.

—Se marcha y quiere que tú lo acompañes. A Londres, ha dicho. Increíble, ¿verdad?

—¿Londres? Yo preferiría tragarme mi propio excremento antes que ir a... —se interrumpió, pensando en la viuda de su padre, Georgia. La última vez que había visto o sabido algo de su «madrastra» había sido siete meses atrás, cuando la mujer había abandonado Five Points con la esperanza de rehacer su vida en compañía de un Brit. Solo esperaba que no hubiera terminado hundiéndose en el cieno inglés—. ¿Se trata de Georgia? ¿No debería estar en Londres a estas alturas? ¿Es que lo suyo no está funcionando?

Smock alzó ambas manos.

—Yo no lo sé. Ni me importa. Lo único que sé es... —se llevó un dedo a la sien—. Coleman no es el mismo de siempre.

—¿Dónde está?

—Tampoco lo sé.

Maldijo para sus adentros.

Abriendo la puerta que Coleman nunca cerraba con llave, Matthew entró en el inmueble. Un acre olor a cuero y metal impregnaba el aire. Escrutó el alto y vasto almacén que su amigo alquilaba a un herrero. A un lado había sacos vacíos claveteados sobre las sucias paredes y al otro un colchón de paja montado sobre cajones de madera, con un viejo arcón lleno de ropa. Al igual que él, Coleman siempre había sido un hombre austero, pero a veces Matthew tenía la sensación de que se castigaba deliberadamente a sí mismo viviendo en aquellas condiciones.

Matthew arrugó la nariz y masculló en voz alta:

—¿Es que nunca aireas esto, hombre? —apartando de una patada los cajones sueltos que cubrían las mugrientas planchas del suelo, atravesó a paso ligero el vasto espacio con las manos sobre sus pistolas.

Descorrió el cerrojo de la puerta del fondo, que daba al exterior, y la abrió de un empujón. La luz de la tarde se derramó sobre el interior del almacén, proyectándose sobre el irregular suelo de tablas, mientras la fría brisa del callejón soplaba dejando un rastro de nieve. Ajustándose su abrigo, se dirigió hacia el centro del cuarto con una sensación de orgullo. Allí había amartillado su primera pistola.

Gritos y un crujido de botas en la nieve endurecida le hicieron volverse hacia la puerta abierta. Un joven larguirucho, vestido con un viejo abrigo y un gorro de lana demasiado grande, entró en el almacén y pasó corriendo de largo a su lado, con tanta rapidez que Matthew apenas puso distinguir un rostro borroso.

¿No era ese...?

—¿Ronan?

—¡No puedo hablar! Dos hombres. ¡Te debo una! —el joven se escondió detrás de una alta pila de cajones.

Matthew arqueó las cejas cuando dos matones ataviados con grasientos pantalones de lana y camisas amarillentas irrumpieron procedentes del callejón. Uno empuñaba una porra con clavos y el otro un ladrillo.

—¡Entréganoslo, Milton! —gritó el hombre del ladrillo—. Ese bribón nos debe dinero.

¿Cómo podía ser que todos supieran su nombre cuando él no conocía los suyos?

—Con esa actitud suya tan violenta, caballeros, tal como lo veo yo, el chico no les debe nada.

El patán de la porra miró a su fornido compañero. Los dos avanzaron a la vez, endureciendo sus expresiones mientras empuñaban con fuerza sus armas.

Matthew se cruzó de brazos y empuñó las cachas de palisandro de sus pistolas. Desenfundándolas rápidamente del cinto donde las llevaba encajadas, los encañonó.

—Os daré el dinero para el final del día.

Los matones retrocedieron al tiempo que alzaban las manos sobre sus cabezas.

Matthew avanzó hacia ellos, amartillando las pistolas con los pulgares.

—Dado que ambos sabéis quién soy, eso quiere decir que sabéis también que mi jurisdicción abarca la zona entre este barrio y Little Water. Así que largaos de mi territorio. Ahora mismo.

Los hombres salieron disparados por la puerta abierta.

Volvió a guardarse las pistolas. Con un taconazo de su bota, cerró la puerta que daba al callejón. Volviéndose, se dirigió hacia la pila de cajones.

—Tengo la sensación de que me paso el tiempo dándote dinero y sacándote de problemas, Ronan. Ya desde la primera vez que te vi arrastrando por el suelo aquellas botas enormes.

Varios cajones cayeron al suelo y apareció el muchacho a cuatro patas, con la gorra torcida y mechones de su pelo castaño mal cortado pegados a la frente.

—Si se hubiera tratado de un solo tipo, me habría encargado yo.

Clavando una rodilla en tierra, Matthew sonrió.

—Gracias a Dios que eran dos, entonces. ¿Cuánto les debes a esos rufianes? Ya pagaré yo. Como siempre.

Ronan vaciló antes de balbucir:

—Dos dólares.

—¡Dos dólares! —exclamó Matthew, sorprendido.

El muchacho esbozó una mueca.

—Eran para esa chica de Anthony Street. Ella me dijo al principio que era gratis. ¡No fue culpa mía!

—Tienes catorce años, maldita sea. Eres un... —lo acusó furioso con un dedo mientras se levantaba de golpe—. ¿Qué diablos estabas haciendo en el callejón de Squeeze Gut? Habrían podido matarte.

Ronan se levantó también, ajustándose su abrigo pardo.

—Ella lo valía. No solo sabía bien lo que se hacía, sino que tenía unos pechos como cántaros.

Matthew se lo quedó mirando fijamente.

—Aunque hubieran tenido el tamaño de Irlanda, ni siquiera así habrían justificado esos dólares o que tú perdieses la vida. ¿Te protegiste al menos?

Ronan parpadeó asombrado.

—¿Qué quieres decir?

Matthew soltó un gruñido.

—Necesitas un padre.

—¿Qué? ¿Te estás ofreciendo tú? ¿Tendré que vivir contigo, también?

Matthew resopló, sabiendo que efectivamente el chico tendría que mudarse con él.

—Antes necesito una esposa.

—Pues ve a buscar una, entonces. Yo no me voy a ir a ninguna parte.

Consciente de que sus días para formar una familia se estaban evaporando rápidamente, dado que faltaba menos de un año para que cumpliera los treinta, Matthew gruñó:

—No lo digo para decepcionarte, ni a ti ni a mí mismo, pero en este barrio las buenas mujeres o están muertas o ya tienen pareja.

—Eso es cierto —repuso Ronan—. Y las muertas son las que han tenido suerte. Ah, Coleman me entregó un mensaje para ti. ¿Lo quieres?

—Sí que lo quiero. ¿Qué es eso de que me ha quitado el mando del grupo?

Ronan desvió la mirada hacia la puerta cerrada y bajó la voz.

—Se rumorea que van a volver a desafiarte. Solo que esta vez el desafío incluye a diecisiete hombres de un distrito vecino: es por eso por lo que ha intervenido Coleman poniendo a Kerner al mando. Dice que tiene unos asuntos pendientes en el extranjero que no puede postergar más, así que ha comprado dos pasajes en un barco correo para Liverpool y quiere que zarpes mañana con él a mediodía. De esa manera tú eludirás el desafío hasta que los guardias se encarguen de esos tipos, mientras que él arreglará sus asuntos en Londres.

Matthew le puso una mano en el hombro. Otro desafío. Dios. Hacía años que debería estar muerto.

Dejando caer la mano, rebuscó en el bolsillo interior de su chaleco lleno de remiendos y sacó todo el dinero que llevaba consigo: tres dólares. Se los tendió al muchacho.

—Toma. Paga tu deuda y guárdate el resto, pero que no lo vea tu madre, no vaya a ser que se lo beba. Y la próxima vez que quieras una chica, Ronan, obra de manera respetable y cásate con una.

Ronan escrutó su rostro.

—Gracias por... Gracias —tomó el dinero y se lo guardó en el bolsillo. Se aclaró luego la garganta y se ajustó la gorra y los pantalones—. Entonces, er... ¿qué le digo a Coleman? Está ocupado en los muelles.

—Dile que es un hijo de Satanás por preocuparse tanto por mí.

—Lo que quiere decir que subirás a ese barco.

—Exactamente.

Ronan suspiró y se dirigió reacio hacia la puerta.

—Se lo diré —se volvió para mirarlo—. Volverás, ¿verdad? ¿No irás a abandonarme, verdad?

Matthew vaciló, consciente de que el chico dependía de él en muchos aspectos, aparte del monetario.

—Volveré en cuanto me entere de que los guardias han acabado con el desafío. Te lo prometo. Mientras tanto, ocupa mi vivienda durante mi ausencia. Por la mañana te daré la llave. El alquiler está pagado hasta finales de año.

—Lo haré —la expresión de Ronan se tensó—. Estoy harto de limpiar la casa de whisky y de tener que echar a toda clase de tipos por las noches. Al margen de lo que yo le diga y de todas las veces que has ido tú allí a hablar con ella, nunca cambiará. La odio. De verdad que sí.

Matthew tragó saliva y asintió. La madre de Ronan, que había sido una exitosa actriz de teatro cuando Ronan solo contaba dos años, no era en aquel momento más que una mujerzuela alcohólica y arruinada que había convertido su propia casa en un burdel, tanto si su hijo estaba allí para verlo o no.

—Sigue siendo tu madre y tú eres lo único que esa mujer tiene en el mundo. Te necesita.

—Más de lo que yo la necesito a ella —masculló Ronan, desapareciendo.

Matthew echó la cabeza hacia atrás, exhausto. ¿Londres? ¿Por qué tenía la sensación de que Coleman le estaba salvando de un desastre para arrastrarlo a otro?

Capítulo 3

Cualquier cosa que veas, no la juzgues.

The Truth Teller,
un periódico de Nueva York para caballeros

La apertura de la Temporada en Londres. Rotten Row

¿Por qué se sentía como César a punto de ser asesinado por Bruto? Guiando su caballo junto a la impresionante pelirroja por la que el señor Astor estaba apostando tan fuerte, Bernadette Marie fijó la mirada en el camino que les quedaba por recorrer para atravesar el parque. Apretó con fuerza las riendas, sintiéndose infinitamente agradecida de que no le hubieran tendido ninguna emboscada. Todavía.

Mirando a Georgia, reprimió un suspiro. Realmente iba a echar de menos a la muchacha. La idea de entregarla a la sociedad londinense le hacía encogerse por dentro. Georgia tenía muchísimo más carácter y espíritu que aquellos estúpidos dandis que las rodeaban. Y después de diez meses de protestas pero también de momentos divertidos, que fueron los que necesitó Bernadette para convertirla en una perfecta dama, en aquel momento se daba cuenta de que estaba a punto de perder a una amiga. Algo que, por cierto, no había tenido nunca. Porque aunque los hombres habían revoloteado siempre en torno a ella en pos de su dinero, con las mujeres no había ocurrido lo mismo. Ellas solo la veían como una competidora, o como una amenaza a su reputación.

Georgia gruñó en ese momento:

—Detesto Londres.

Bernadette intentó no sonreírse.

—Probablemente es aquí cuando debo recordarle que vino usted a la capital para casarse e instalarse en ella.

—Oh, sí —los verdes ojos de Georgia se iluminaron a la par que arqueaba sus cejas rojizas—. Me pregunto por lo que pensará de mí Robinsón cuando me vea.

«Ah, ser doce años más joven y pensar que los hombres valen más que lo que ocultan sus pantalones», pensó Bernadette, nostálgica.

—Es muy probable que se desmaye.

Lo había dicho en serio. Después de la impresionante transformación que había sufrido Georgia, de «niña de la calle» a heredera americana, ni siquiera lord Yardley la reconocería.

Estaba escrutando el camino que se extendía ante ellas, preguntándose si por la tarde habría acabado por fin de exhibir a Georgia, cuando dos imponentes caballeros montados en sendos sementales negros llamaron su atención. Bajó la barbilla contra la cinta de seda de su sombrero de amazona, admirándolos discretamente.

Muy apuestos, lucían abrigos raídos y gastadas botas de cuero negro. No llevaban guantes ni sombrero. De hecho, sus monturas y sillas parecían mejor atendidas que ellos. Claramente se consideraban con pleno derecho a cabalgar por aquel paseo. Uno, moreno y con algunas canas, parecía urgentemente necesitado de un corte de pelo, mientras que el otro...

Parpadeó cuando su sobrecogida mirada se posó en aquel cabello castaño decolorado por el sol y despeinado por el viento; en aquel rostro bronceado, de rasgos duros y mandíbula cuadrada; y en el gastado parche de cuero que le tapaba el ojo izquierdo como si fuera una especie de... rey pirata.

Contuvo el aliento, impresionada. Era como un fantasma surgido de su propia mente. Desde que tenía ocho años, siempre había soñado con conocer a un corsario de verdad, como el capitán Lafitte de Nueva Orleans, sobre cuya figura había leído por aquel entonces en las gacetillas que solía sisar a los criados. Cada mañana se había acercado al Támesis con su institutriz a rastras, empeñada en apostarse en los muelles para contemplar la entrada de los barcos en el puerto. Y rezando para que algún corsario la descubriera desde la cubierta y la nombrara contramaestre de su navío.

En aquel entonces, allá a donde quiera que fuera, fuera la plaza, la campiña o la sala de música de su mansión, mientras tocaba interminablemente el piano, siempre había soñado con que los piratas aparecían para secuestrarla y se la llevaban de Londres. Incluso se había imaginado a uno de ellos, más tosco y duro que el resto, luciendo un parche sobre el ojo que había perdido en una pelea. Incluso le había puesto un nombre: el rey pirata. Supuestamente el rey pirata debía llevársela a surcar los mares y a vivir toda clase de locas aventuras. Una vida lejos de su severo y tacaño padre, que había esperado casarla con un viejo decrépito llamado lord Burton cuando cumpliera los dieciocho años.

Pero aquel rey pirata había llegado diecisiete años y un matrimonio tarde. Y aunque, sí, los piratas eran considerados delincuentes, y aquel lo parecía ciertamente, muy temprano había aprendido que todos los hombres lo eran de una manera u otra, rompiendo bien las leyes de la tierra, bien las del corazón. Oh, sí. No tenía ninguna duda de que aquel en concreto, fuera quien fuera, rompería todas las leyes. Incluso aquellas que aún estaban por escribirse.

Conforme se acercaba a lomos de su semental junto a su amigo de aspecto igualmente bandido, acortando por momentos la distancia que los separaba, hundió su afeitado mentón en su deshilachado pañuelo de cuello y clavó en ella su penetrante ojo negro. Bajó metódicamente la mirada de su rostro hasta sus hombros y sus senos, para subirla luego de nuevo con la altiva desenvoltura de un capitán que estuviera calibrando el navío en el que había de embarcar.

Una inesperada sensación de inquietud se apoderó de su estómago. La reprimió, consciente de que el hombre estaría probablemente calculando el valor de su vestido de terciopelo verde Pomona.

Decidida a lidiar con cualquier ridícula atracción que pudiera sentir por el rufián, Bernadette no pudo evitar comentarle en voz alta a Georgia, con tono pícaro:

—Vaya, vaya. Parece que el Rotten Row está hoy más podrido de lo usual, por hacer un juego de palabras. Me encanta. Por el bien de tu reputación, querida, ignore a esos dos jinetes. Solo Dios sabe quiénes son y lo que quieren.

Porque se suponía que los rufianes no debían frecuentar aquel paseo. Era una regla no escrita de la sociedad aristocrática.

Georgia, que se había quedado extrañamente callada, y quizá demasiado dispuesta a seguir las órdenes de Bernadette, se bajó el ala de su sombrero de amazona hasta ocultar por completo el color rojo fresa de su cabello, nariz incluida. Acto seguido, recogió frenéticamente su velo blanco y se lo dejó caer sobre el rostro, enterrándose prácticamente debajo.

Bernadette acercó su montura a la de ella. ¿Qué estaba haciendo? ¿Preparándose para una emboscada?

—El velo nunca le va bien a su cara. Solo tiene un propósito decorativo.

—Hoy no —Georgia bajó la voz—. Conozco a esos dos. Son de la ciudad de Nueva York. Y precisamente de mi barrio.

—¿De veras? —cielos, se trataba entonces de un pirata de ciudad. Ni siquiera el bueno del capitán Lafitte se habría atrevido a enfrentarse a puñadas con un habitante de Five Points de Nueva York—. ¿Puedo preguntar quién es el hombre del parche? Parece lo suficientemente tosco como para resultar divertido.

Georgia la miró a través del velo y por debajo de su sombrero calado.

—Es la última persona con la querríais involucraros. Es un ladrón.

Bernadette soltó una ligera carcajada.

—Todos los hombres lo son. Y ahora, silencio. Aquí llegan.

Cuando Bernadette puso su montura a un paso lento, para demostrarles que no se sentía en absoluto inquieta, Georgia hizo todo lo contrario: puso a la suya al trote y se adelantó.

Frenando su caballo con un giro de la muñeca en la que llevaba enrolladas las riendas, el tuerto alzó las cejas mientras desviaba la mirada hacia Georgia, que había pasado groseramente de largo, con el velo ondeando al viento.

Miró entonces a Bernadette, como esperando que ella fuera la siguiente en salir corriendo. Cuando no lo hizo, porque ella jamás se habría comportado de una manera tan grosera, el hombre inclinó brevemente la cabeza a modo de saludo. La expectante tensión de sus anchos hombros sugería que no esperaba que se lo devolviera.

Solamente eso se merecía un reconocimiento.

Bernadette inclinó cortésmente la cabeza hacia él, con su pulso latiendo de manera irritante al mismo ritmo que los cascos de su montura.

El hombre soltó un bajo silbido.

—Al parecer, llevo viviendo en la ciudad equivocada toda mi vida.

Aquella ronca y suave voz de barítono americano la sorprendió lo suficiente como para que se lo quedara mirando. Mientras pasaba de largo, la miró con expresión tranquila y murmuró:

—Señoras...

Y se alejó sin mirar atrás.

Aunque había dicho «señoras» como incluyendo también a Georgia, Bernadette sabía que aquellas palabras, aquel tono y aquella burlona despedida habían estado dirigidas en realidad a ella. Era como si le hubiera dicho que no necesitaba preocuparse. Que no estaba interesado en nada que ella tuviera que ofrecerle, aunque su largo abrigo remendado y sus gastadas botas de cuero valieran en conjunto menos que una sola de sus medias.

Bernadette empuñó las riendas con tanta fuerza que se hizo daño. Por muy impropio que fuera, aquello mismo le hacía desear al hombre. Cuando él ni siquiera había intentado flirtear.

A no ser que no la encontrara atractiva. Oh, Dios...

Volvió la cabeza para mirarlo. Seguía cabalgando junto a su amigo como si sus pasos nunca se hubieran cruzado.

Bernadette buscó entonces a Georgia, advirtiendo que se había adelantado un gran trecho del paseo, y puso su montura al galope.

—¡Señorita Tormey! —gritó cuando ya la estaba alcanzando.

Georgia frenó su caballo y se alzó el velo. Recomponiéndose su sombrero, murmuró:

—Eso ha sido repugnante. Me siento como si me hubiera manoseado mi propio hermano.

Bernadette alineó su montura junto a la de ella y sonrió lentamente.

—Hable por usted. Yo lo he disfrutado bastante.

Había algo deliciosamente provocativo en un hombre que sabía cómo dominarse ante una mujer.

Cabalgaron en medio de un unánime silencio. La sonrisa se fue borrando de los labios de Bernadette.

Quizá fuera el destino lo que había decretado que sus caminos se cruzaran. Después de todo, ¿cuáles habían sido las probabilidades de que su pupila conociera a aquel pirata de tierra firme y que él estuviera precisamente allí, en Londres, tan lejos de Nueva York? Aunque no era la clase de hombre con la que precisamente se asociaba, algo en él la hacía desear...

—¿Puedo hacerle una pregunta?

Georgia la miró.

—Por supuesto.

—El hombre del parche. ¿Qué es él para usted? ¿Y es tan arisco como parece?

Los ojos verde jade de Georgia se abrieron bajo el ala de su sombrero de montar.

—Os habéis enamorado, ¿verdad? ¿Y con una simple mirada?

Bernadette adelantó la barbilla, dispuesta a defenderse.

—¿Y qué si es así? Me he pasado doce años casada con un hombre cuarenta y tres mayor quien, aunque amable, no tenía el menor atractivo para mí. Era como acostarme con mi abuelo en el nombre de Inglaterra. Él ni siquiera podía... —parpadeó rápidamente, consciente de que estaba desvariando, y el pobre William no se merecía nada de todo aquello. No era culpa suya que hubiera sido viejo y hubiera tenido el dinero que su padre había pretendido al precio de su juventud—. Si a estas alturas no me hubiera ganado el derecho a un hombre de mi elección, mejor estaría muerta —y hablaba en serio.

Georgia suspiró.

—Ha llevado una vida dura, y aunque yo le hago reproches todo el tiempo, no, no es tan arisco como parece. No voy a entrar en detalles sobre mi relación con él por respeto a Robinsón, pero viene a ser como un familiar para mí. Perdió la visión de un ojo de resultas de una pelea, y poco después a su padre por culpa de una apoplejía. Pero eso fue después de que lo hubiera perdido todo. Y cuando digo todo, quiero decir todo. Perdió a su prometida porque no tenía dinero, perdió su hogar y el dinero que había estado destinado a heredar. Todo.

Bernadette sintió que el pecho se le apretaba inesperadamente de emoción. De allí provenía aquella burlona indiferencia. Cuando un hombre lo perdía todo, o se burlaba de su propia situación o moría. Conocía aquel lema demasiado bien. Ella misma era culpable de ello.

Volvió la mirada en la dirección que había seguido el rey pirata y se quedó sorprendida. Su amigo y él habían vuelto grupas y se dirigían morosamente hacia ellas.

El pulso se le disparó y sus mejillas se ruborizaron cuando el rey pirata se inclinó sobre su silla para mirarla con atención.

¿La estaría vigilando?

—¿Bernadette? —la llamó de pronto una voz masculina, más adelante en el paseo—. ¿Eres tú?

Sorprendida de que la hubieran llamado por su nombre de pila, Bernadette giró de nuevo la cabeza y clavó la mirada en el solitario caballero que se acercaba hacia ellas a medio galope.

Llevaba la chistera exageradamente ladeada, de la manera más impropia posible. Frenó su montura, fijando sus ojos ambarinos en ella con expresión incrédula.

—Dios mío. No sabía que estabas en la capital.

El miedo se apoderó de ella. Lord Dunmore. Su antiguo vecino. Un hombre que había acudido galantemente en su rescate muchas, muchas veces, cuando se había visto inundada de pretendientes nada más heredar el impresionante millón de libras de su marido.

Durante semanas, Dunmore la había estado visitando todos los días menos los domingos, para preguntarle si necesitaba que la acompañara a alguna parte. Ella había querido saber lo que se sentía al besar a un hombre de su misma edad, después de haber soportado doce años de los húmedos y pegajosos besos del anciano William. No imaginó, ni por un momento, que Dunmore querría ir más allá de aquel único beso que compartieron.

Solo que... él la había dejado sorprendida no solo con aquel apasionado beso con lengua que le dio, sino sobre todo por haberla empujado contra la pared mientras le alzaba las faldas. Envuelta en una borrosa nube de deseo a la que no había podido negarse, se había dejado aplastar contra aquella pared. Fue el primer clímax que había tenido nunca.

A partir de entonces su relación con él había adquirido una irrefrenable fisicalidad que había acabado con su reputación. Y no le había importado. Por fin había estado viviendo una vida de verdad, que de paso había puesto final al obligado duelo por William.

Pero durante las pocas semanas que había durado aquella tórrida aventura, Dunmore se había empeñado en asegurarle continuamente que la amaba, y ella había querido decírselo, también. No había podido. Aunque con el tiempo había llegado a admirarlo, su vinculación con él había sido, en su mayor parte, puramente física. Bernadette se había sentido muy culpable por ello, hasta que una mañana sorprendió al muy canalla rebuscando entre sus libros de cuentas, cuando la creía dormida.

Absolutamente estupefacta, se había retirado sin levantar sospechas y lo había hecho investigar antes de decidir un rumbo de acción. Lo que había descubierto le había provocado arcadas. Después de reprocharse haber sido tan estúpida, terminó su asociación él mediante una carta cortés, porque odiaba los enfrentamientos inútiles, y se marchó con todo su dinero para Nueva Orleans en pos de la libertad «americana». Y se prometió que, a partir de aquel momento, no se comprometería con hombre alguno. No podía confiar en ellos.

—Bernadette.

Intentó mantener un tono firme de voz.

—Dunmore.

Sin dejar de mirarla, él le dijo en un tono igualmente civilizado.

—¿Por qué te fuiste? Aquella carta no explicaba nada.

Ella adelantó la barbilla.

—Te pido por favor que te contengas, dado que estamos en público.

—Al diablo con el público, Bernadette —masculló—. Esto lleva pesando sobre mí desde hace cerca de un año y no he sido capaz de dar un paso a derechas por tu culpa. ¿Qué diantres hice yo? ¿Puedes explicármelo al menos? ¿Qué fue lo que hice?

¿Cómo se atrevía a fingir que la amaba y que era ella la villana de aquel escenario?

—¿Aparte de husmear en mi libros de cuentas, quieres decir?

Se la quedó mirando fijamente.

—¿Qué quieres decir? Yo nunca...

—Yo sé lo que vi, Dunmore. No estoy interesado en escuchar mentiras.

Mirando a Georgia, que asistía incómoda a la escena, Dunmore acercó aún más su caballo y pronunció con tono anhelante.

—Vieras lo que vieras, mis intenciones eran las de un caballero.

Le sostuvo la mirada.

—Un caballero. Ya. Un caballero que me escondía sus deudas. Deudas muy cuantiosas, por cierto.

La expresión de Dunmore se endureció.

—No quería que pensaras que iba detrás de tu dinero.

—Qué consideración en un hombre que engendró dos hijos con una criada de dieciséis años y con la que, indudablemente, aún seguirás retozando los sábados por la noche.

Él abrió mucho los ojos.

—¿Quién diablos te contó eso?

—Te hice investigar.

—¿Me hiciste investigar? —replicó, todo colorado.

—Era obvio que la verdad no iba a escucharla de tu boca.

Perdiendo toda contención, estalló:

—¿Cómo te atreviste a investigarme?

—¿Y cómo te atreviste tú a mentirme y a abusar de una muchacha tan joven? Solo necesito una razón para despachar a un hombre. Y tú me diste cinco.

—Incluso aunque yo lo hubiera hecho todo bien, tú habrías encontrado de todas formas una razón para despacharme. Porque lo único cierto de todo eso, Bernadette, es que nunca me amaste. ¿Es verdad? Y ello a pesar de lo mucho que te gustaba lamer y tragarte mi semilla...

A Bernadette se le cerró la garganta, incrédula.

—Esta conversación ha terminado. Te sugiero que te retires con tus mentiras y tus deudas —y espoleó su montura con la intención de pasar de largo.

—No te atrevas a darme la espalda —murmuró él con tono ominoso mientras rodeaba su caballo y se colocaba delante, levantando una nube de polvo.

Bernadette abrió mucho los ojos cuando vio la fusta acercándose a su rostro. Se echó hacia atrás, pero el violento latigazo le abrasó la mejilla. Un gemido escapó de sus labios mientras se esforzaba por mantenerse derecha. Dunmore jamás le había levantado la voz, y menos aún...

—¡Lady Burton! —espoleando su montura, Georgia dio media vuelta y se dirigió hacia ellos.

El atronador sonido de los cascos se estaba acercando cuando Bernadette recibió otro fustazo, esa vez en el hombro. Agarró las riendas y obligó a su caballo a avanzar para esquivar un nuevo golpe, pero la punta de la fusta llegó a quemarle el brazo, penetrando la seda de su vestido.

—¡Quieto! Yo...

Esbozando una mueca, acababa de alzar una mano para protegerse cuando apareció otro caballo.

Un borroso rostro masculino y un largo y musculoso brazo que interceptó la muñeca levantada de Dunmore. Otro brazo surgió para apresarlo del cuello y tirar de él hacia atrás, descabalgándolo casi.

Bernadette jadeaba, con el corazón latiéndole a toda velocidad.

El rey pirata atenazó el cuello de Dunmore con una feroz llave que acabó con su chistera rodando por el suelo y su reloj colgando fuera del chaleco.

Los caballos mantenían sus posiciones mientras el pirata continuaba inmovilizando a Dunmore entre ambos animales. Clavando el mentón a un lado de la despeinada cabeza de Dunmore, el desconocido le apretó aún más el cuello con su poderoso brazo al tiempo que siseaba entre dientes:

—¿Es así como los Brits tratáis a las mujeres? ¿Es así?

Con los ojos desorbitados, Dunmore se esforzaba por liberarse, manoteando caóticamente con sus manos enguantadas. Todavía pretendía blandir la fusta que no había soltado, pero no podía estirar el brazo.

—¡Suéltame! —jadeó con voz estrangulada—. ¡Soy un... aristócrata del reino!

—Mientras que yo soy monarca absoluto de tu garganta ahora mismo —repuso con voz dura, implacable—. Por cierto que ya va siendo hora de que te inclines ante Su Majestad —arrancándole la fusta de la mano, terminó de derribarle de su caballo.

Dunmore voló al suelo de cabeza para aterrizar con un golpe que hizo temblar el suelo.

Por Dios que aquel hombre, todo músculo, era merecedor de un desvanecimiento y algo más.

Con un fustazo, golpeó el flanco del caballo de Dunmore y el animal huyó inmediatamente al galope, levantando una nube de polvo en el paseo. Inclinándose luego sobre su silla, el siguiente golpe lo recibió el propio Dunmore en la cabeza.

—Si vuelves a acercarte a esta mujer, estás muerto. Muerto. Porque con mucho gusto te colgaré sabiendo que el mundo no pierde nada con ello. Ahora que, si fuera tú, Brit, correría en pos de tu caballo.

Lord Dunmore se apresuró a levantarse, jadeando. Desvió la mirada hacia Bernadette.

El rey pirata desenfundó su pistola y lo apuntó a la cabeza.

—¿Cuánto de rápido puedes correr? Demuéstramelo. Antes que dispare.

Dunmore se volvió y echó a correr, con los faldones de

su casaca al viento y sus botas de cuero atronando en el paseo hasta que se perdió de vista.

El silencio se hizo sobre el parque, que afortunadamente estaba despejado de jinetes y demás testigos. El rey pirata, su amigo de aspecto facineroso y Georgia se volvieron entonces para mirar a Bernadette.

Bernadette tragó saliva. Le ardía todavía la mejilla del golpe de Dunmore. Era humillante. No solo había sido golpeada delante de ellos, sino que su historia entera con Dunmore había quedado tan expuesta a la luz como un sermón dominical.

El rey pirata enfundó su pistola y acercó lentamente su montura, tensos sus rasgos. Cuando se inclinó sobre ella, un olor a cuero, metal y pólvora impregnó el aire.

—Os ha dejado una marca.

Maravilloso. Como si no la hubieran marcado suficientemente en la vida.

El rey pirata escrutó su rostro, frunciendo el ceño.

—¿Os encontráis bien, señorita?

¿Señorita? ¿Realmente pensaba que era tan joven? ¿Pese a aquellas hebras grises que asomaban a sus sienes? «Dios lo bendiga», pensó.

—Sí que lo estoy. Gracias.

Asintió a medias y apartó su caballo sin dejar de mirarla con su único ojo, negro como el carbón.

—Si volvéis a tener algún problemas con ese canalla, estaré en Limmer's. Mandad llamarme y me ocuparé de él. Lo único que lamento es no haber intervenido antes. Y, por ello, estoy en deuda con vos.

Pensaba que estaba en deuda con ella. Después de haberla rescatado.

Se le cerró la garganta. Para empeorar las cosas, se alojaba en Limmer's. Un hotel barato famoso por su increíble suciedad y por albergar a todo tipo de gente peligrosa. Ni siquiera las prostitutas se aventuraban a entrar allí, porque por lo general no volvían a salir. No podía consentir que un hombre como él, que acababa de salvarle lo que le quedaba de cara, se quedara allí.

—¿Podría ofrecerle un mejor alojamiento, señor? ¿Dado que lo que ha hecho usted por mí?

—Definid «mejor» —arqueó una oscura ceja.

Le habría invitado a alojarse en su casa alquilada de Piccadilly, puesto que Georgia residía con la señora Astor en Park Lane, pero no quería que el hombre pensara que su invitación era permanente.

—Le recomiendo el Saint James Royal Hotel. Es lo mejor que puede ofrecerle Londres. Me aseguraré de costearle la habitación y la pensión. Con muchísimo gusto.

Se la quedó mirando fijamente, con la mandíbula apretada.

—Dejad que me lo piense.

Por Dios que admiraba aquel orgullo suyo.

Desviando la mirada hacia la pupila de Bernadette, el rey pirata chasqueó la lengua.

—Georgia, Georgia... Parece que no somos capaces de deshacernos el uno del otro, ¿verdad? Para nuestro común disgusto —recorrió con la mirada su traje de montar azul Viena, bajando el mentón de una manera que hizo que el cabello despeinado le cayera sobre la frente. Soltó un resoplido de disgusto—. Te has convertido en una aristócrata de la noche a la mañana.

Georgia alzó la barbilla.

—Y estoy orgullosa de ello. Ya te gustaría a ti tener mi aspecto.

—El tuyo es bueno, supongo.

—¿Bueno? —Georgia señaló con un dedo enguantado su rostro y su vestido—. Diez meses he tardado en conseguirlo. Mírame bien: no verás pecas. Siguen ahí, pero están hábilmente ocultas. Los artilugios cosméticos de hoy día son increíbles.

Él se frotó la mandíbula.

—Un desperdicio de diez meses, diría yo —dejando caer la mano sobre el muslo, suspiró—. Dado que nos estamos poniendo al corriente, seguro que te gustará saber que tu John Andrew Malloy no solo se marchó al Oeste, sino que también se casó. Gracias a ti, por desgracia ahora somos conocidos como los Treinta y Nueve Ladrones.

Georgia abrió mucho los ojos.

—¿John se casó con Agnes Meehan?

—¿No es eso lo que acabo de decir?

Georgia soltó una carcajada.

—Bueno, me alegro por él. Y por Agnes.

—Yo también me alegro por él, pero no tanto por ella. John no es exactamente carne de matrimonio —el rey pirata volvió a suspirar—. ¿Dónde te alojas? Coleman y yo necesitamos salir de la capital. Esta ciudad es endiabladamente cara.

Georgia soltó un bufido.

—No creo que os haya ayudado haberos comprado esos caballos.

El rey pirata y su amigo de aspecto amenazadoramente tranquilo se quedaron callados. Se miraron el uno al otro, después de lo cual el pirata se ajustó su largo abrigo y murmuró:

—No los hemos comprado exactamente.

Bernadette parpadeó extrañada.

Georgia se quedó sin aliento.

—¿Los habéis robado?

Él la apuntó con el dedo.

—Oye, que un jaco cuesta un chelín solo por alquilarlo un día. No estoy dispuesto a pagar ese precio. Y no hemos robado los caballos. Simplemente los hemos tomado prestados por unos días y los devolveremos cuando hayamos terminado.

Georgia lo fulminó con la mirada.

—Eso no es muy diferente que robar, Matthew. Ya podéis emplearos Coleman y tú como barrenderos, porque yo no pienso daros ni un penique.

Matthew. Bernadette casi pronunció su nombre en voz alta con un tono de adoración y reverencia. Pese a lo del caballo «prestado», parecía tan... auténtico. Y divino. Arrebatadoramente divino.

Sin pensarlo, rebuscó apresuradamente en la retícula que llevaba colgada de la muñeca y sacó una tarjeta de visita, que le tendió.

—Me sentiría muy honrada si pudiera proporcionarles el dinero y el alojamiento que necesitan. Es lo menos que puedo hacer a cambio de su noble rescate. Visíteme. Insisto en ello.

Acercando lentamente su caballo hasta que quedó junto al suyo, se inclinó hacia ella. Después de tomar su tarjeta entre sus dedos enguantados, le sostuvo largamente la mirada.

—Gracias.

Aquella voz dura y sin embargo dulce la hizo desear arrojarse a sus brazos para no separarse nunca.

Sostuvo entre los dedos la tarjeta que le había dado, abrasándola todavía con la mirada, en silencio. Y se dedicó a acariciarla mientras la hacía girar en la palma de su manaza, como si quisiera sentirla a *ella*.

Bernadette contuvo el aliento, deseando estar en el lugar de aquella tarjeta.

—Milton —lo llamó su amigo—. En vez de jugar a Casanova con esa tarjeta, acepta la generosa oferta de la dama y dile el día y la hora a la que piensas visitarla.

El rey pirata se encajó la tarjeta en una bota.

—Este jueves. Estoy pensando en hacerlo a medianoche.

Bernadette arqueó una ceja.

—¿De veras?

—Para mí la medianoche es como el mediodía de los demás —añadió sin dejar de mirarla.

Claramente estaba interesado en un simple revolcón. ¿Pero quién era ella para rechazar a un hombre semejante?

—A medianoche, pues.

Él esbozó una leve sonrisa.

—Os veré entonces —giró su montura pero se volvió para mirarla una vez más, hasta que se alejó galopando por el paseo en compañía de su amigo.

Georgia chasqueó los labios.

—No tenéis ningún dominio sobre vos misma. Ninguno en absoluto.

Bernadette se sonrió.

—Viniendo de usted, señorita Tormey, me tomaré eso como un cumplido.

Capítulo 4

El doctor Falret, doctor en medicina, ha elaborado a partir de los registros oficiales de la policía, un curioso informe sobre los suicidios en París, de 1794 a 1822. De ellos, algunos son atribuidos a:
Desengañados por amor: 97 varones y 157 mujeres.
Calumnia y pérdida de reputación: 97 varones y 28 mujeres.
Juego: 141 varones y 14 mujeres.
Fortuna adversa: 283 varones y 39 mujeres.
Que los números hablen por sí mismos.

The Truth Teller,
un periódico de Nueva York para caballeros

Limmer's, una de la madrugada

El resplandor del único y desportillado fanal que descansaba en el suelo a su lado iluminaba las mal claveteadas tablas del techo inclinado. Después de arrancarse el parche del ojo y de arrojarlo a un lado, Matthew se dejó caer en el hundido catre de paja. Tendido boca arriba, alzó la elegante tarjeta color marfil que le había sido entregada aquella tarde. Ignorando la dirección, miró fijamente el nombre: «lady Burton».

Un día afortunado. Muy, muy afortunado. Por la manera en que le habían mirado aquellos oscuros ojos, o se habían curvado aquellos labios cada vez que le había dicho algo. O la forma en que aquella sensual voz se había infiltrado en su ser, con tanta elegancia como refinamiento, para terminar arrebatándole todo pensamiento racional. Algo en ella le despertaba una conciencia que había creído durante largo tiempo muerta, susurrándole un mundo de infinitas posibilidades que anhelaba conocer.

Aunque no podía menos que preguntarse, escamado, por la relación de la dama con aquel lord canalla. Aquella acalorada discusión en el paseo, que había derivado en un maltrato a golpe de fusta, le había impresionado más de lo que le habría gustado admitir.

Deslizando el pulgar por su nombre inscrito en relieve, se acercó la carta al rostro. ¿Sería posible que una mujer como ella deseara a un hombre como él? ¿Y podía una mujer como ella, que parecía tenerlo todo, darle a un hombre como él, que no tenía nada... todo lo que pudiera desear?

La puerta de su pequeño cuarto se abrió de repente.

No tuvo que alzar la mirada de la tarjeta para saber quién era.

—¿Qué es lo que quieres? Estoy intentando dormir.

—Ya —sonrió Coleman—. ¿Quieres que os deje a los dos solos? —dijo, señalando la tarjeta.

Matthew se sentó en el catre de paja, con la tarjeta en el cuenco de su mano.

—¿Celoso?

—No creas. Las mujeres son una pérdida de tiempo, chico. Solo son buenas para una cosa. Y ojalá pudiera decir que es la coyunda.

Ah, claro. El hombre que a los dieciséis años se había casado con una mujer aún más loca que él, creía saberlo todo sobre la vida.

Matthew lo señaló con la tarjeta.

—Que tú estés amargado no significa que tenga que estarlo yo. La diferencia entre tú y yo es que yo he estado esperando pacientemente a que apareciera la mujer adecuada. Y esta... —agitó la tarjeta— esta de aquí me lo parece. No solo aceptó citarse conmigo a medianoche, y en su casa, lo que significa que sabe perfectamente lo que quiere, sino que además... ¿Viste la manera en que me miró mientras me entregaba la tarjeta? Aquí estamos hablando de algo más que una noche.

Poniendo los ojos en blanco, Coleman se apoyó en el marco de la puerta.

—Ella te dio la tarjeta porque se sentía obligada después de lo que hiciste. Es una aristócrata, Milton. No pertenece precisamente a tu tipo de gente.

Matthew golpeó la tarjeta con un dedo.

—¿Por qué siempre me lo tienes que estropear todo?

—Porque creo que es posible que te hayas llevado demasiados golpes en la cabeza. Pareces pensar que las mujeres pueden amoldarse a tu visión de... lo que sea que estés buscando en ellas, pero te lo advierto desde ya, Milton: tú no puedes moldear a una mujer. Son las mujeres las que te moldean a ti. Y cuando menos te lo esperas, te aplastan como arcilla entre sus perversos deditos.

—Me da lástima ese cinismo tuyo. ¿Sabes una cosa? —Matthew se interrumpió y miró a Coleman, advirtiendo que no solo iba vestido de pies a cabeza con su largo abrigo, sino que se había recogido su negro cabello algo cano en una perfecta coleta. Algo que rara vez hacía—. ¿A dónde diablos vas?

Coleman se ajustó su abrigo y lo miró a su vez.

—Aparte de devolver los caballos que «tomamos prestados», pienso doblar nuestro capital. Tú tienes que volver a Nueva York. En cuanto a mí... —carraspeó con un efecto dramático como solía hacer antes de anunciar algo que a Matthew no le gustaba—. Me marcho a Venecia.

Matthew se lo quedó mirando incrédulo.

—¿Qué quieres decir con que te marchas a Venecia? ¿Qué pasa con Nueva York?

—Eso, ¿qué pasa con Nueva York?

Matthew abrió mucho los ojos.

—El desafío ha terminado y tú y yo tenemos responsabilidades.

—Milton —una sonrisa irónica asomó a sus labios—. Me honra saber que sigues queriéndome a tu lado, de verdad que sí. Pero los Cuarenta Ladrones eran tu idea de una vida mejor, que no la mía. Nada me ata a Nueva York. Tú eres lo más cercano a un hermano que he tenido nunca. Pero tú tienes tu vida y yo tengo la mía —bajando la mirada, suspiró—. ¿De cuánto dinero dispones? Necesito al menos cinco libras para hacer un juego que valga la pena.

Matthew lo fulminó con la mirada.

—No te vas a gastar en juego lo poco que nos queda. Si piensas dejarme colgado a mí y a los chicos, ese es tu maldito derecho, pero a mí no me hundirás contigo. En lugar de jugar, te sugiero que salgas a boxear. Londres es famoso por su boxeo. Por lo que a mí respecta, mañana por la mañana iré a los muelles a pedir trabajo.

Coleman clavó en él una burlona mirada.

—¿Los muelles? ¿Desde cuándo te gusta tanto el trabajo honrado?

Matthew replicó, intentando no sentirse demasiado ofendido.

—No pienso jugar con la ley aquí, Coleman. Al contrario que en Nueva York, no tengo guardias aquí que me cubran las espaldas, y estos Brits están locos. Te cuelgan por cualquier cosa. Sobre todo si no tienes suerte y eres irlandés. Como sabes condenadamente bien, yo soy ambas cosas. Y ahora lárgate —volvió a recostarse en el catre, con la tarjeta en la mano—. Me gustaría quedarme a solas con mi tarjeta. Tengo la sensación que en ella encontraré mucho más respeto que el que tú acabas de demostrarme.

—Cristo. No me obligues a hacer trizas ese cartón y a metértelo por el trasero.

Matthew recogió la pistola que tenía al lado y apuntó a su amigo con gesto burlón.

—Sal de mi cuarto. No estoy pagando cuatro chelines por un cuarto individual para aguantarte a ti.

—Necesitamos veinte libras por barba, Milton, si queremos salir alguna vez de esta ciudad. Veinte. Con el boxeo solamente sacaremos unas cuantas libras por combate, a no ser que empecemos a pelearnos con aristócratas. Y, por muy bueno que sea, no puedo encajar tantos golpes por semana. En cuanto a que trabajes tú en los muelles, solo conseguirás un par de libras por semana. Como mucho. Cuenta con los dedos, hombre. Puede que tú dispongas de tiempo, pero yo no voy a quedarme en esta porquería de ciudad más allá de dos semanas —se interrumpió—. ¿Cuánto crees que podrías sacarle a esa aristócrata, después de lo que hiciste por ella? ¿Si la untas bien untada con ese encanto tuyo que tienes?

Matthew suspiró y volvió a dejar la pistola en el suelo.

—No lo sé. La simple idea de que vaya a visitarla para sacarle dinero a cambio de un favor que no fue más que un acto de justicia... hace que me sienta sucio.

—Nadie es más sucio que tú, Milton.

Matthew puso los ojos en blanco.

—No soy tan sucio y lo sabes —se golpeó la barbilla con la tarjeta antes de bajar la mirada hacia ella—. No hago más que pensar en la manera en que me miró. Te lo juro: había algo allí. Pude verlo y sentirlo. Era como si ella y yo estuviéramos destinados para cosas mejores.

—¿Cosas mejores? —le espetó Coleman—. ¿Qué diablos te pasa? No estamos hablando aquí de la hija de un comerciante de té. Estamos hablando de la nobleza. De la Santa Trinidad, más bien. Me refiero a que, al lado de los nobles, está el rey y luego Dios. Advierte que no te he mencionado a ti. ¿Y por qué? Porque tú no existes. Y nunca existirás. Ellos no se codean con gente como nosotros. No a no ser que busquen algún beneficio.

—Deja de decir «gente como nosotros». Tú mismo perteneces a la nobleza, por amor de Dios. Eres... —Matthew se pasó una mano por la cabeza, exasperado. Cada vez que pensaba que el mismo hombre que lo había entrenado desde que tenía veinte años le había estado escondiendo que era un aristócrata, se ponía malo. Era algo que el muy estúpido canalla no había tenido la decencia de confesarle hasta que embarcaron rumbo a Liverpool. Una parte de él se sentía traicionada, aunque entendía que Coleman no había tenido otra elección que renunciar a lo que había sido—. Viniste aquí a arreglar tu desastre de vida y a mirar hacia adelante. Eso fue lo que dijiste. Solo que no estás haciendo nada de eso. Te levantas y te pones a beber y a jugar a cartas como un maldito pícaro con dinero que no tienes, destrozando aún más no ya tu propia vida, sino también la mía. ¿Por qué diablos no estás plantando cara a la realidad que has venido a enfrentar? Yo sé por qué vine aquí. Porque eso era mejor que estar muerto y porque fue tu condenada idea. Y aunque el desafío se ha acabado, no me marcharé hasta que tú no te hayas enfrentado a tu realidad. Ve a visitar a tus padres, y a ese tío y a ese sobrino tuyo que descubriste mientras rebuscabas papeles en Nueva York. Porque seguir vacilando y vacilando en vez de enfrentarte a un pasado que no puede cambiarse no ayudará a nadie. Y a ti mismo, menos.

Los rasgos de Coleman se endurecieron mientras sus azules ojos se volvían del color del hielo.

—Los veré cuando esté preparado para verlos. Y no estoy fastidiando a nadie. ¿No resulta obvio? —Coleman se marchó de repente y dio un fuerte portazo, haciendo temblar el fanal.

Matthew suspiró, confiando en que su amigo no hiciera nada estúpido. Levantó luego la tarjeta y se quedó mirando el nombre de «lady Burton», esperando no cometer él mismo ninguna estupidez.

Capítulo 5

Toda información impresa y relativa a los conflictos de los demás no tiene por qué ser cierta.

The Truth Teller,
un periódico de Nueva York para caballeros.

Saint James Square, jueves por la tarde

El criado señaló con gesto elegante las puertas abiertas de la biblioteca de su padre.

—Es una gran alegría teneros de vuelta en Londres, milady.

—Gracias, Stevens.

Al menos alguien se alegraba de verla volver a Londres. Bernadette juntó las manos desnudas y entró en la inmensa biblioteca con sus filas de interminables libros. Libros que, de niña, solía bajar de los estantes no para leerlos, sino para amontonarlos y construirse un barco con ellos en el que subirse a su proa y otear el horizonte de... la biblioteca. La habitación tenía el aspecto de siempre. Incluso el mismo olor: a moho mezclado con madera de cedro y polvo.

Se le apretó el pecho de emoción. Habían pasado años.

Escrutando la habitación bien iluminada, descubrió a su padre y se acercó a donde estaba sentado. Todo estaba en silencio. Solo se oía el rumor de las faldas de su vestido verde de seda.

Lord Westrop tenía la cabeza apoyada en una de las orejas de su sillón de cuero, con su cabello blanco como la nieve peinado hacia atrás con gomina. Sus ojos estaban cerrados y sus habitualmente rígidos rasgos resultaban conmovedoramente tiernos. Su pecho, cubierto por la bata turca, se alzaba y bajaba con cada respiración.

Bernadette se detuvo ante él, contemplándolo en silencio. Era la imagen más pacífica y tranquila que había tenido nunca de él.

—¿Papá?

Abrió los ojos y la miró. Se sentó más derecho, asombrado.

—Bernadette.

—¿Cómo estás, papá? —ella se arrodilló y le tomó las manos, que eran las de un anciano. Se le transparentaban las venas.

Él le apretó las suyas, sacudiéndoselas con una sonrisa en los labios.

—Has vuelto por mí. Has vuelto. Sabía que lo harías.

Parecía tan feliz de verla... Increíble. Todavía sabía cómo exhibir contento. Bernadette se había olvidado de lo buena persona que era capaz de ser cuando la carga de haber perdido a todos sus seres queridos, una esposa, dos hermanos y tres hermanas, no lo devoraba por dentro.

Sonrió lo mejor que pudo.

—No me quedaré mucho tiempo. Nueva York es ahora mi casa. Ya lo sabes.

Sus manos se detuvieron mientras escrutaba su rostro con sus ojos oscuros.

—¿Por qué siempre tienes que hacerme sufrir? Sabes que no tengo a nadie más que a ti.

Una profunda tristeza la invadió. La misma que siempre se apoderaba de ella en su presencia.

—Simplemente estoy viviendo mi vida, papá. La vida que aquí no pude llevar. Si puedo hacerlo, es gracias al viejo William. Me adoraba más de lo que me merecía.

—Tienes toda la maldita razón —sus avejentados rasgos se tensaron—. Un maldito demente es lo que fue, por haberte dejado tanto dinero y tanta libertad. Mírate a ti misma. Tienes una renta de un millón de libras, y sin embargo vives como una vulgar señora Shelton en la ciudad de Nueva York, codeándote con rufianes como los Astor. Tengo entendido que recibes a hombres a todas horas.

—Si ese fue era el caso, papá, no tendría tiempo para visitarte, ¿no te parece?

—¿Y qué pasa con los rumores?

Ella bajó la barbilla.

—Los rumores corren, papá. Pero eso no significa que sean ciertos. ¿A qué rumores te refieres?

—A que te paseas por las calles de Nueva Orleans vestida únicamente con unas enaguas. ¿Qué episodio fue ese?

Se encogió por dentro, consciente de que estaba condenada de por vida por aquel horrible traspié cometido durante los primeros años de su libertad.

—Me atracaron mientras asistía a una fiesta de máscaras en la calle. Fue por eso por lo que me mudé de Nueva Orleans a Nueva York y tomé un alias. Los periódicos, para no hablar de la estúpida sociedad americana, convirtieron el incidente en algo mucho más ruin de lo que fue.

Su padre abrió mucho los ojos.

—¿Qué diablos estabas haciendo en un carnaval callejero?

¿Por qué tenía que sentirse como si volviera a tener diez años?

—Nunca había estado en uno y quería ir.

—Querías ir. Claro. Bueno, te lo tenías merecido. Si te hubieras quedado en casa dedicada al papel de una respetable viuda, eso nunca te habría pasado. Creo que ya va siendo hora de que aceptes que tus días de viajar y trastear han terminado, niña. Ya está bien.

Ella suspiró profundamente.

—Yo nunca tuve oportunidad ni de viajar ni de hacer nada. Lo sabes perfectamente. Ni tú ni William me lo permitisteis nunca. Como bien sabes, me casé apenas dos semanas después de mi debut en sociedad y...

—Yo lo único que quiero saber es dónde están los nietos que quería. ¿Por qué no volviste a casarte para darme al menos uno?

Se le cerró la garganta mientras se esforzaba por mantener la compostura. Después de haberse pasado doce años intentando convertirse en madre, permitiendo que el anciano William se encamara con ella una y otra vez con la esperanza de engendrar un hijo, sabía ya que aquello no ocurriría nunca. Y, en verdad, estaba harta de dejarse dominar.

—El matrimonio ya no es una perspectiva para mí. Ya cumplí con mi deber hacia ti y hacia William, y esperar más de mí sería una crueldad.

Los rasgos de su padre se suavizaron notablemente.

—No era mi intención ser cruel contigo —vaciló antes de añadir rápidamente—: Honra a tu padre abandonando Nueva York. Quédate aquí, conmigo. Eso me encantaría. Puedes tomar tus antiguas habitaciones. No he cambiado nada. Todavía conservo tus viejas muñecas, tus libros y aquellas figuritas de porcelana con las que solías jugar. Tú y yo podremos leer y jugar al ajedrez. Cuando necesitemos un respiro de Londres, siempre podremos ir a Bath. Bath es un buen lugar, muy respetable. Pasearemos por la ciudad y, en verano, disfrutaremos de esos hielos con sabores que te gustaban tanto cuando eras niña. ¿Te acuerdas? Aquella era una vida buena. Y, lo que es más importante: respetable. Así que ya está hablado, ¿verdad? Te quedarás aquí con tu papá.

Bernadette sacudió lentamente la cabeza, asustada por dentro. Su padre no parecía comprender que ella ya no era ninguna niña.

—No. Aunque te quiero, soy una mujer independiente y te pido respeto para mí y para mi vida.

Un brillo de rabia asomó a sus ojos oscuros.

—¿Estás decidida a romperme el corazón, sabiendo como sabes que solamente te tengo a ti?

Bernadette se levantó, convencida de que la entrevista con su padre se había acabado. Por mucho que fuera el tiempo que le regalara, él no cejaría en exigirle más y más.

—No voy a someterme a ese sentimiento de culpa que tú insistes en inculcarme. No cuando ya me he sometido a ti durante años, al coste de mi propia vida. ¿Crees acaso que alguna vez quise casarme con William? No. Pero tú querías que lo hiciera, así que lo hice. Por tanto, es aquí donde termina mi obligación para contigo —tragó saliva, esforzándose por mantener la calma—. Me alegro de haberte visto, papá. Confío en que estés recibiendo la anualidad correspondiente del patrimonio de William.

Él soltó un gruñido.

—Es una miseria.

Ella asintió levemente.

—Entiendo. Treinta mil libras al año son una miseria. No me había dado cuenta de que tus gustos eran tan caros. Si necesitas más, puedo conseguirte cincuenta.

Su padre volvió a gruñir.

—Si necesitara más, te lo habría pedido. Y ahora, ¿vas a quedarte conmigo o no?

¿Por qué siempre tenía que aferrarse estúpidamente a la esperanza de que él pudiera convertirse en el padre que ella siempre había querido que fuera?

—Tengo treinta y cinco años, papá. Estoy prácticamente en el ecuador de mi vida. La primera mitad te la he dado a ti, a William y a la llamada buena sociedad. No tengo intención de dar más. Mi intención es disfrutarla con cualquiera con quien se me antoje hacerlo, y viajar hasta cansarme, a pesar de lo que tú y el resto del mundo podáis pensar. Los hombres hacen eso todo el tiempo y nadie se sorprende. Así que dejemos que el mundo se sorprenda.

Él se pasó una nervuda mano por la cara, recogió bruscamente su bastón, que estaba junto al sillón, y se levantó.

—Te pido que no vuelvas a visitarme a no ser que decidas volver a casarte de manera respetable o a vivir conmigo. No tengo nada más que añadir —y dicho eso se marchó, dejándola sola en la biblioteca.

Una inesperada lágrima resbaló por su mejilla. Disgustada consigo misma por lo mucho que la afectaba lo que él pudiera pensar, se la enjugó y apretó la mandíbula. Había hecho todo lo posible por hacer feliz a su padre al coste de su propia felicidad, y había terminado con eso y con él.

Se había pasado doce años de su vida sirviendo y encamándose con un hombre marchito y decrépito que no había pensado nunca en su placer, y menos aún en su felicidad. Aunque, pensándolo bien, se suponía que había sido afortunada. Porque al menos el anciano William le había dedicado una amable y adoradora devoción que rara vez se veía en los matrimonios de la aristocracia. Incluso le había legado todo su patrimonio, pese a la incapacidad de ella para darle un hijo. Era una muestra del amor que le había profesado. Le dolía saber que el anciano había muerto sin haber ganado lo que más había anhelado en el mundo: el corazón de su propia esposa. Por desgracia, su corazón seguía anhelando latir de amor por un hombre. Y, a los treinta y cinco años, dudaba que alguna vez pudiera hacerlo.

¿Pero quién era ella para quejarse? El amor, en todo caso, estaba sobrevalorado. Y lo mismo la reputación. Ni el uno ni el otro trabajaban a favor de la libertad de una mujer. Y, por muy libertino que fuera ese pensamiento, en aquel momento ansiaba que llegara la medianoche y, con ella, la lasciva aventura que pudiera regalarle el rey pirata.

Capítulo 6

Una edición de las obras de lord Byron ha conocido una edición reciente en Inglaterra, expurgada y omitiendo el Don Juan, *al estimar todos sus pasajes ofensivos a la decencia y la moralidad. ¿Quiénes son los británicos para decidir sobre la decencia y la moralidad?*

The Truth Teller,
un periódico de Nueva York para caballeros

Piccadilly Square, medianoche

Por todas partes la casa de la dama olía a flores recién cortadas, hojas de té y canela en rama. Era una suerte que se hubiera bañado y afeitado para ella antes de ir, de lo contrario, lo habría apestado todo.

El silencio atronaba los oídos de Matthew mientras esperaba incómodo en el elegante salón verde claro decorado con toda clase de pinturas de pared, estatuillas de mármol y una gran variedad de relojes dorados dispuestos sobre el mantel de la enorme chimenea.

Matthew calibró la impresionante extensión de la habitación mientras la atravesaba, pasando por delante de incontables sillas tapizadas y mesitas de pedestal. Se detuvo ante un diván de terciopelo blanco. Aquella mujer tenía más muebles que él palillos de dientes. Ni siquiera podía recordar lo que era poseer un solo mueble.

Se ajustó el parche sobre el ojo, colocándoselo bien. Bajando la mirada a su largo abrigo, salpicado de barro seco por la cabalgada de la última semana bajo la lluvia, masculló por lo bajo. No iba a causarle una gran impresión. Ciertamente no la misma que ella le había provocado.

Dios. ¿Por qué se estaba exponiendo a verla de nuevo a costa de su propio orgullo como hombre? Oh, sí, sabía por qué. Por Coleman. Ese canalla lo había perdido todo en el juego, y en aquel momento le tocaba a él arreglar el desastre.

Un taconeo resonó entonces en el corredor iluminado por las velas, atrayendo su atención hacia las dobles puertas abiertas.

Juntando las manos detrás de la espalda, esperó. El pulso le atronaba en los oídos.

Al cabo de unos segundos apareció una mujer voluptuosa, de cabello oscuro. La misma a la que había anhelado acariciar desde que posó por primera vez sus ojos en ella, en el parque. Quién habría imaginado que las inglesas poseerían la habilidad de poner a un irlandés firme del todo con una simple mirada...

Era sencillamente criminal.

Intentó no detenerse demasiado en la contemplación de su exquisita apariencia. Llevaba aquellos rizos negros pulcramente recogidos en lo alto de la cabeza, enmarcando su rostro elegante, con algunas finas hebras de plata que indicaban que era algo mayor que él. El único defecto de su rostro era el verdugón de la mejilla, resultado del fustazo del que él no había sido capaz de librarle.

El sombrero de montar de la última vez había sido sustituido por un conjunto de preciosas cintas de satén azul claro que llevaba entretejidas en el pelo, a juego con el tono de su vestido de noche. Un delicioso vestido que resaltaba sus generosos senos de una manera que le hacía desear morderse la mano... para no morderla a ella.

Consciente de que le estaba observando, Matthew sonrió. Inclinó la cabeza con gesto galante, saludándola de la manera más caballerosa que sabía.

Ella le sostuvo la mirada con una sonrisa en sus carnosos labios.

Había una especie de sensual diversión en aquella vibrante sonrisa que le hizo desear delineársela con la lengua para no detenerse nunca. Sabiendo como sabía que aquellos pensamientos lo estaban abrasando, volvió a juntar las manos detrás de la espalda y se las apretó con fuerza, clavándose los dedos en la piel. Necesitaba recordarse la realidad de la que tan estúpidamente se estaba olvidando. Las mujeres de su clase no se asociaban con patanes irlandeses como él.

Ella vaciló de pronto, bajando la mirada con expresión insegura al cinto de cuero donde llevaba encajadas un par de pistolas.

Matthew se ajustó los faldones de su abrigo sobre las cachas de palisandro de sus armas, ocultándolas a su vista.

—No necesitáis preocuparos por esto, señora. Las llevo para mi propia protección. Hay gente a la que no le caigo bien —lo cual era un eufemismo. Hasta la fecha, eran cincuenta y seis personas las que deseaban verlo muerto por haberles entregado a los guardias por variados delitos. Afortunadamente, todos se hallaban en Nueva York y la mayoría seguía cumpliendo pena en la prisión de Sing Sing. La mayoría.

La dama se acercó contoneándose y empezó a rodearlo, con las faldas de su vestido de satén balanceándose tentadoramente al compás de los elegantes movimientos de su cuerpo. Sus ojos oscuros se encontraron con los suyos mientras un efluvio con aroma a cítricos parecía envolverlo.

Anhelaba lamer aquel aire y hasta el último centímetro de su cuerpo.

Vio que sus labios se curvaban en una deslumbrante sonrisa.

—Estoy encantada de que haya venido.

Aquella voz era justo la que recordaba. Igual de melodiosa.

—Y yo lo estoy de haberlo hecho.

Ella señaló con su mano enguantada el diván de terciopelo blanco.

—¿Quiere sentarse?

—Ah, no. No me gustaría ensuciar algo tan bonito y tan blanco —no pudo evitar sonreírse—. Ya arrastro demasiadas deudas.

Mirando su abrigo manchado de barro, ella bajó la mano.

—No me importa el mobiliario —su expresión se iluminó mientras escrutaba su rostro—. Sé que lo que usted ve en eso es un mueble demasiado inmaculado para sentarse en él, pero le aseguro que para mí no representa nada. Y ahora, por favor, tome asiento.

La miró, desaparecida la sonrisa, reparando en el tono de aquella dulce voz y en la elegancia con que había ignorado las manchas de barro de su ropa. No era una aristócrata común y corriente. Había una conmovedora solicitud en aquellos ojos oscuros y en aquel bello rostro. Por desgracia, su delicada mandíbula todavía estaba marcada de un rojo intenso por aquel lord canalla.

Estaba empezando a pensar que eran muchos los hombres, hombres como aquel lord tan canalla, que estarían dispuestos a aprovecharse de un alma tan increíblemente generosa. En aquel momento, la dama le estaba tan sumamente agradecida por lo que había hecho por ella que le había ofrecido desde dinero y alojamiento hasta una cita a medianoche y aquel diván de terciopelo... Como si él fuera merecedor de todo ello y más.

Él, merecedor de algo... Se le cerró la garganta. Había robado durante años en nombre de todo y al coste de todo, incluidos los pocos valores morales que pudieran quedarle, pero la sola idea de sacarle dinero a aquella mujer hacía que se sintiera un verdadero miserable. Coleman le iba a despellejar. Se aclaró la garganta.

—Yo, er... de hecho, solo he venido a daros personalmente las gracias por vuestro anterior ofrecimiento en el parque. Habéis sido muy generosa. Lamentablemente, Coleman y yo debemos declinar por razones de integridad —se dijo que eso no era ninguna mentira—. Y ahora, debo irme.

Lo miró sobresaltada.

—¿Pretende marcharse?

—Así es. Es tarde y ya os he molestado lo suficiente —no podía soportar permanecer frente a ella con aquel mugriento y sucio abrigo ni un momento más—. Ha sido un placer. De verdad que sí. Buenas noches —inclinó la cabeza y la rodeó rápidamente antes de que pudiera cometer alguna estupidez. Como por ejemplo preguntarle si podía quedarse a pasar aquella noche y la del día siguiente también.

Ella vaciló antes de seguirlo apresurada.

—¿Puedo ofreceros un té al menos?

Odiaba el té.

—No, gracias. No me gusta el té.

—¿Tiene apetito? La cocinera siempre tiene comida preparada. Puedo hacer que se la sirvan los criados. Puede usted tomar todo lo que guste. Caviar, vino, queso, codorniz... ¿Qué le apetece?

Aquello era como lidiar con todas las madres del distrito, deseosas de alimentarlo cada vez que llevaba a sus extraviados hijos a casa. Se volvió hacia ella, pero sin dejar de retroceder hacia la puerta.

—No, gracias. Ya he cenado.

—Esperaba de verdad que se quedara. ¿Lo hará?

Matthew se detuvo de golpe, con el corazón acelerado.

—¿Por qué?

Ella se pasó una mano por el pelo, ahuecando sus finos rizos negros y, al cabo de unos segundos, dijo:

—Quería conocerlo mejor.

Aquello podía ser bueno, o malo.

—¿Qué queréis decir? ¿Como persona? ¿O como hombre? Porque existe una diferencia. Una cosa requiere una simple conversación y la otra mucho más que hablar. Si sabéis lo que quiero decir.

La dama parpadeó rápidamente.

—Yo... bueno... ambas cosas.

Matthew contuvo el aliento. Al diablo con el argumento de la Trinidad de Cole. Encarándose con ella, le dijo con aquella voz ronca que sabía gustaba a las mujeres de su ciudad:

—Muy bien. ¿Qué es lo que os gustaría saber sobre el hombre que tenéis ante vos?

Ella se lo quedó mirando fijamente.

—Todo.

El silencio reverberó entre ellos.

«Todo». Cristo. Si era lo suficientemente estúpido como para contarle de golpe en aquel momento todo sobre su persona, dudaba que ella se quedara lo suficiente como para dejarle terminar siquiera la primera frase. Se aclaró la garganta.

—Os sugiero que empecemos por lo más básico. Mi nombre es Matthew Joseph Milton. ¿Y vuestro nombre completo es...?

—Lady Burton. Está en la tarjeta que le entregué.

—Claro —la tarjeta que había estado manoseando hasta deteriorarla. El problema era que deseaba escuchar su nombre de pila. No el relamido título de la tarjeta que todos los demás podían leer.

Maldijo para sus adentros. ¿Qué estaba haciendo? ¿Por qué se estaba quedando allí, para perpetuar aquella situación? Una mujer de la aristocracia británica nunca se involucraría en serio con un irlandés tuerto de tercera generación. Peor aún: los chicos de su banda, todos ellos patriotas irlandeses de sangre ardiente, no dudarían en saltarle los dientes por prestarse a aquello. Aquella mujer bien podía tener a un petimetre inglés como marido. Algo en lo que no había pensado hasta aquel momento. Un marido que haría el número cincuenta y siete de aquellos que querían verlo muerto.

Suspiró.

—Antes de que me descubra a mí mismo en una situación en la que preferiría no encontrarme, ¿estáis casada o relacionada actualmente con otro hombre? —después de haber pasado casi nueve años en aquello a lo que solía referirse como «El circo de Satán», hacía mucho tiempo que había perdido la timidez. Había que ir al grano.

Ella se echó a reír.

—Oh, no, no. Ya no estoy casada. Llevo ya cuatro años de viuda. Y tampoco estoy relacionada con hombre alguno —lo miró y añadió—: Todavía.

Él arqueó las cejas.

—Ah. Todavía. Y, er... ¿hasta cuánto de lejos estáis dispuesta a llegar en esta situación? ¿Estamos hablando acaso de matrimonio? Porque tengo que admitir que, a pesar de que no os parezca quizá ese tipo de hombre, es eso lo que yo estoy buscando. Puede que no lo sepáis, pero una vida dura produce uno de estos dos efectos en un hombre. O lo desilusiona completamente o le pone a elaborar una lista muy larga de todas las cosas que desea y necesita. Yo soy de los últimos.

Se hizo un silencio incómodo.

—El matrimonio es para el resto de la sociedad, señor Milton. Un concepto al que he renunciado por respeto a mi propia persona. Yo ciertamente prefiero... involucrarme en... cualquier aventura que se me presente —y le sonrió con expresión radiante, como para indicarle que él era aquella presunta aventura.

—¿Por qué tengo la sensación de que sois una rebelde en vuestro círculo?

—No siempre he sido una rebelde. Antes solía ser todo lo que los demás me decían que fuera. Hasta que me aburrí —aquellos preciosos ojos oscuros le sostenían la mirada de una manera descaradamente íntima—. Probablemente debería ponerle a usted sobre aviso.

—¿Ah, sí? ¿Sobre aviso de qué?

—No te he tenido una buena experiencia con los compromisos en el pasado. De hecho, no me gusta regalarle a un hombre más de una noche. Esto es, si es lo suficientemente afortunado como para conseguirla.

Matthew se pasó una mano por el pelo. Aparentemente se las estaba viendo con una libertina. Aquello no pintaba nada bien. Hacía tiempo que se había jurado a sí mismo que solo aceptaría a una mujer que estuviera dispuesta a dárselo todo. Porque después de haberlo perdido todo, conformarse con menos resultaba absolutamente ofensivo. Tendría que conseguir que aquella dama colaborara en ello, porque estaba claro que la maldita lista de cosas que siempre había anhelado... una esposa, hijos, un hogar... no iba a lloverle de repente del cielo.

Ella arqueó una ceja con expresión inquisitiva.

—Se ha quedado usted curiosamente callado. ¿Le estoy poniendo nervioso?

—Yo no me pongo nervioso tan fácilmente. Creedme. Y me temo que no estoy dispuesto a conformarme con algo menos que todo. Está en mi naturaleza —recorrió con la mirada aquellos carnosos labios y se inclinó sobre ella, luchando contra el impulso de deslizar las palmas de las manos por la curva de su cuello. Estaba empezando a pensar que aquella mujer estaba a punto de poner a prueba aquella naturaleza suya—. ¿Puedo besaros?

—Si continúa por ese camino, señor Milton, usted y yo terminaremos completamente desnudos en el lapso de una hora.

Matthew aspiró profundamente.

—Lo estaba esperando.

—¿De veras? —ella se humedeció los labios.

—¿Qué pasa? Yo creía que estaba siendo ridículamente obvio.

—Demasiado obvio. ¿Qué le sucedió al objetivo de conocernos mejor? Hasta el momento, lo único que sé de usted es su nombre.

—Pensaba que no erais aficionada a los compromisos —la miró con expresión burlona—. Además, si yo os dijera algo más sobre mi persona, vos me ordenaríais que me marchara y la noche habría terminado. ¿Es eso lo que queréis?

Ella se sonrió levemente.

—Supe que era usted un hombre problemático desde el primer momento en que le vi en el parque.

—Y a pesar de ello, no solamente habéis invitado al hombre problemático a vuestra casa a una hora equívoca, sino que además le estáis pidiendo que se quede. Me pregunto por qué.

La dama alzó una mano para tomarle la barbilla.

—Porque cuando quiero algo, he aprendido a no negármelo. Y sí, lo admito, descarada como soy: quiero algo. ¿Puede usted adivinar lo que es? —sosteniéndole la mirada, deslizó delicadamente las yemas de los dedos a lo largo del perfil de su mandíbula de una manera que le robó el aliento.

No era la primera vez que le acariciaba una mujer. Obviamente. Pero había algo inquietantemente distinto en ella y en aquel contacto. Aquello era diferente. Podía sentir el destino acechando su alma, tentándolo a tragarse aquella situación y a la mujer entera con ella.

Agarró aquella mano y presionó con fuerza sus dedos contra su barbilla. Bajando la mirada a sus ojos, se esforzó por tranquilizar la respiración y acarició posesivamente la tersura de aquella piel, dejando que su calor penetrase en la suya.

Ella no se apartó.

Lo que quería decir que lo deseaba.

Se le cerró la garganta y ya no pudo pensar en otra cosa que no fuera arrancarle del cuerpo aquella elegante ropa con los dientes. Pese a saber la clase de situación en que aquello podría derivar, anhelaba desesperadamente dar satisfacción a aquella mujer.

La soltó y enterró los dedos en aquellos rizos para dedicarse a amasarlos, haciendo caer cintas y alfileres mientras liberaba parte de sus mechones de seda.

—¿Estamos haciendo esto?

Los senos de la dama se alzaban y bajaban rápidamente, tentándolo a que se los desnudara y acariciara.

Tirándola suavemente del pelo fino y suave, la obligó a alzar la cabeza para asegurarse de que lo mirara.

—Te he hecho una pregunta, cariño —la tuteó—. ¿Estamos haciendo esto?

Ella entreabrió los labios.

—Señor Milton...

—Matthew. Llámame Matthew.

—Matthew.

—¿Sí? —esperó a que dijera algo, pero ninguna palabra brotó de aquellos labios.

Simplemente lo miraba en silencio.

Percibiendo que la mujer estaba como hipnotizada por lo que para él no era más que un sencillo contacto, acarició con las puntas de los dedos aquel hermoso rostro, cuidando de no tocar el verdugón de su mandíbula. Las callosas yemas de sus dedos no habían tenido el honor de tocar algo tan hermoso ni tan terso en mucho tiempo.

—Quiero que me digas una cosa.

—¿Sí? —susurró ella.

Él le acunó el rostro entre las manos.

—Desde que nos conocimos, ¿has pensado alguna vez en mí?

—Sí. Sí que he pensado —respondió tras una vacilación.

—¿A menudo?

—Más de lo que me gustaría admitir.

Había estado pensando en él. A menudo. Al igual que él había estado pensando en ella. A menudo. Demasiado, hasta el punto de necesitar darse placer en la oscuridad de su cuarto para asegurarse de no explotar mientras esperaba a verla de nuevo.

—¿Y te tocaste mientras pensabas en mí? —insistió.

Ella abrió mucho los ojos.

—¿Qué sentido tiene...?

—¿Te tocaste? —le apretó con fuerza el rostro.

Ella le sostuvo la mirada, con aquellos ruborizados rasgos dándole el aspecto de una mujer que acabara de levantarse del lecho después de haber gozado de horas de pasión.

—Dos veces.

Podía ver en sus ojos que, efectivamente, lo había hecho dos veces. El hecho de saberlo lo llenó de una obscena euforia.

—Pues yo lo hice más de dos —la soltó al tiempo que se acercaba más, rozándole las faldas con los muslos—. Viendo que ambos compartimos el mismo deseo el uno por el otro, quiero que me echéis los brazos al cuello. ¿Estáis preparada para ello?

Sin dejar de mirarlo a los ojos, subió las manos hasta sus hombros y lo atrajo hacia sí.

Se lo había ordenado y ella había obedecido. Maldijo para sus adentros. Había estado esperando una mujer como aquella durante toda su vida. Solo podía esperar que no le aplicara su regla de una aventura de una sola noche una vez que todo hubiera terminado, porque no sería capaz de soportarlo.

Deslizó las manos por aquellas increíbles curvas, excitado insoportablemente por su calor. Su verga presionaba rígida contra la bragueta de su pantalón.

—Dime lo que sucederá después.

—Creo que ambos sabemos lo que sucederá después.

El pulso le atronaba en los oídos. Ya no podía respirar. Solo podía pensar en lamer aquellos labios canosos, en romper aquel vestido en dos y en hacerla suya, toda suya.

—Probablemente debería advertírtelo: nunca he sido capaz de hacer nada despacio.

—¿Te he pedido yo que lo hagas despacio? —replicó ella con tono dulce, tentador.

Matthew reprimió un estremecimiento y, que Dios lo ayudara, supo que estaba perdido.

Capítulo 7

Todo lo que puedas hacer, no lo hagas. A no ser que ello te traiga algún bien. A no ser que te haga cambiar.

The Truth Teller,
un periódico de Nueva York para caballeros

Cada centímetro de la piel de Bernadette vibraba mientras aquellas manazas abandonaban su pelo para recorrer la curva de su cuello, hasta que su maravilloso calor se detuvo en su corpiño. Sus dedos se deslizaron más abajo de su escote.

Él le sostenía la mirada, apretando la mandíbula afeitada con tanta fuerza que un músculo debajo de su parche tembló. Olía a cuero, a jabón barato y a peligro.

Sabía lo que él deseaba y ella lo deseaba también. Y aunque nunca se había acostado con un hombre tan rápidamente, a sus treinta y cinco años estaba a punto de hacerlo. Porque aquel pirata era arrebatadoramente sensual y ella nunca había sentido un deseo físico tan intenso por nadie.

Desvió la mirada hacia la entrada del salón.

—Deberíamos cerrar las puertas.

Él no se movió.

—¿Para qué malgastar un aliento que vamos a necesitar?

—Tengo... —se ruborizó— criados.

Las puntas de sus encallecidos dedos se tensaron contra la puntilla de su corpiño.

—Entonces oirán el ruido y se mantendrán alejados.

Que Dios la ayudara.

Él la miró con aquel único ojo que parecía ordenarle que se arrodillara a sus pies.

—¿De verdad que quieres esto?

¿Que si lo quería?

—Sí.

—¿Sentirme dentro de ti?

«Oh, Dios», exclamó para sus adentros.

—Sí.

—Dame una razón por la que deberíamos hacerlo.

Si había sido sincero con ella cuando le dijo que quería un compromiso, y si era eso lo que buscaba en aquel momento, iba a llevarse una decepción. Se le encogió el estómago mientras el deseo nublaba hasta el último resto de decencia que pudiera quedarle.

—Porque lo deseo de verdad.

—Esa respuesta me gusta.

Ella soltó el aliento que no había sabido que había estado conteniendo. Él se inclinó sobre ella para deslizar eróticamente la punta de su lengua húmeda y ardiente por su labio inferior y luego por el superior, y nuevamente entre los dos.

Se quedó sin respiración con cada húmedo lamido.

Sus dedos se tensaron entonces sobre la tela de su vestido, acariciando la piel que se escondía debajo.

—No voy a perder el tiempo con todos estos malditos ganchos y botones. ¿Puedo?

Ella tragó saliva.

—Sí.

—Quédate quieta —apretando los dientes, agarró ambos lados del vestido por encima de cada seno y dio un fuerte tirón con sus musculosos brazos, abriéndolo violentamente con un fuerte desgarrón que hizo saltar ganchos y botones por el suelo.

Ella perdió el aliento, tambaleándose ante el agresivo movimiento, y sintió que las rodillas le flaqueaban. El calor de su piel pulsaba contra el aire frío que de repente la envolvió. Su corsé lila, la camisola y la parte superior de sus senos habían quedado al descubierto. Jadeaba. Se esforzó por mantenerse tranquila, desesperadamente excitada y necesitada de saber lo que iba a ocurrir a continuación.

Nunca había experimentado nada parecido. Jamás.

Bajando la mirada a sus senos, él volvió a acercarse y ladeó ligeramente la cabeza, lo suficiente como para que algunos mechones de su cabello decolorado por el sol cayeran sobre el parche de cuero de su ojo izquierdo.

—Quítate el resto.

¿Podría hacer algo así sin desmayarse? Deslizó la rasgada tela de su vestido a lo largo de sus hombros y brazos. La prenda resbaló sin esfuerzo a lo largo de sus enaguas. Ella misma terminó de bajársela hasta que cayó al suelo.

Él la observaba. Esperando.

Bernadette se desató los lazos de sus enaguas, con el corazón latiendo a toda velocidad por lo que estaba haciendo. Estaba a punto de acostarse con un hombre al que apenas había conocido.

Sus enaguas resbalaron también hasta el suelo y se quedó ante él únicamente en camisola, corsé, medias y zapatos. Sosteniéndole la mirada, se descalzó y, de dos sendas patadas, envió los zapatos contra los pliegues del vestido caído.

Se detuvo entonces, consciente de que sola no podía desatarse el corsé.

—Todo —insistió él, bajando la voz.

Ella intentó tranquilizar su respiración. Lo intentó.

—No puedo desatarme los lazos yo sola.

Él se llevó una mano a un bolsillo del abrigo. Sacando una navaja, la abrió. El metal refulgió a la luz de las velas.

—Permíteme.

Ella abrió los ojos mientras él la rodeaba. Dio un respingo.

—Preferiría que no usaras eso.

—¿Por qué no?

—Me pone nerviosa.

—Me gusta ponerte nerviosa —la agarró de la muñeca y la hizo volverse hacia las puertas abiertas de par en par del salón. Acercándose por detrás, le echó la larga melena sobre un hombro con la mano libre y deslizó la ardiente punta de su aterciopelada lengua a lo largo de su cuello.

Ella cerró los ojos contra la sensación, girando naturalmente la cabeza hacia el otro lado mientras su lengua se abría camino hacia la curva de su hombro desnudo. Habría podido rebanarle el cuello y ella no se lo habría impedido.

—No te muevas —aferrando la parte superior del corsé justo debajo de sus omóplatos, deslizó la punta de la navaja entre los lazos y... los cortó.

Bernadette esbozó una mueca mientras sentía la navaja cortando cada lazo justo encima de su piel, descendiendo cada vez más, hasta que el corsé cedió con un último tirón y fue a parar al suelo.

La rodeó lentamente, con sus botas resonando en el salón, y cerró la hoja. Apoyándose en la mesa que tenía al lado, dejó allí la navaja y procedió a sacar metódicamente las pistolas del cinto donde las llevaba encajadas. Con un suave sonido, las dejó también sobre su pulida superficie.

Volviéndose, se acercó de nuevo a ella y recorrió con la mirada la fina camisola de lino que lo dejaba ver *todo*. Su pecho se hinchó.

—¿Qué edad tienes?

La cara le ardía. ¿Era ahí donde iba a terminar todo?

—Treinta... y cinco.

Él soltó un silbido por lo bajo, mientras se ajustaba su abrigo.

—El buen Dios te ama. Y a mí también, aparentemente. No creo haber visto nunca una mujer tan bella. Y eso lo dice un hombre seis años más joven que tú. Seis.

Una carcajada de asombro escapó de su garganta mientras intentaba cubrirse. Por la manera en que lo había dicho...

De repente él le retiró las manos, se apoderó del borde de su camisola y se la sacó por la cabeza de un solo movimiento. La arrojó luego a un lado, dejándola completamente desnuda, a excepción de las medias de seda blanca sujetas por el liguero de encaje a juego.

Se detuvo y bajó la mirada a sus senos, que rodeó en seguida con las palmas de sus cálidas manos.

—Entonces, ¿cómo es que no quieres volver a casarte? Porque tengo que reconocer que me costará renunciar a ti después de esto.

El calor abrasaba su piel mientras reprimía un exasperado suspiro, luchando contra la incomodidad de tener que soportar aquella conversación estando desnuda.

—Estoy harta de que me posean.

Él escrutó su rostro.

—Obviamente no te has estado asociando con la clase adecuada de hombres.

Tragó saliva mientras aquellos dedos seguían rozando y acariciando cada pezón. Aquel hombre exudaba una experiencia de la vida teñida de una actitud de absoluta naturalidad hacia su cuerpo, como si deseara comprenderla desde dentro. Resultaba liberador.

Permaneció ante ella durante un buen rato, hasta que finalmente inclinó la cabeza y la besó dulcemente en la boca. Las palmas de sus manazas se alzaron como para acunarle el rostro, sin llegar a tocarlo, calentándole la piel con el calor que emanaban. Era casi como si temiera que fuera a romperse.

Poniéndose de puntillas, Bernadette puso una mano sobre su mejilla y aplastó literalmente los labios contra los suyos, obligándole a abrir la boca con la presión de su lengua.

Él gruñó contra sus labios.

Su mente quedó en blanco mientras aquella ardiente y aterciopelada lengua se enzarzaba juguetonamente con la suya. Le acarició el rostro, rozando el parche de cuero cuando enterró los dedos en su pelo.

Se besaron sin cesar. Todo se difuminó en una nube hipnótica, encantadora, hasta que él se apartó de repente.

Ella abrió los ojos y sus miradas se engarzaron.

Seguía desnuda. Y él seguía completamente vestido.

Apretando con fuerza la mandíbula, se despojó del abrigo para revelar una amarillenta camisa de lino y unos pantalones de lana. Dejó que la prenda resbalara hasta el suelo.

Sin dejar de mirarla a los ojos, se sacó la camisa por la cabeza para terminar arrojándola también. Se inclinó luego hacia ella, avasallándola con su amplio pecho.

Con exquisita lentitud, Bernadette procedió a deslizar las manos por aquel torso tan duro y tan suave, rodeando con las palmas sus anchos hombros. Nunca había visto ni tocado nada parecido. Su aroma a cuero y a jabón, su calor, sus tensos músculos parecían envolverla.

Las yemas de sus dedos tropezaron con varias cicatrices. Recorrió con un dedo la más larga de todas, que se prolongaba desde su bíceps izquierdo hasta el hombro. Se inclinó para besarla con ternura.

—¿Qué te pasó?

—La vida. Eso fue lo que me pasó —murmuró él.

Ella alzó la mirada, advirtiendo que la estaba observando.

Su ancho pecho se alzaba y bajaba a intervalos irregulares, como si le costara respirar mientras ella le acariciaba.

Ella no era la única en verse absolutamente arrasada por aquel momento.

Deslizando una mano entre sus cuerpos, sin dejar de mirarla a los ojos, se abrió la bragueta para descubrir su grueso miembro. Acto seguido, agarrándola de la cintura, enterró los dedos en su cadera y utilizó la otra mano para frotar lentamente su erección contra su vientre. La fricción encendió su piel, provocándole un estremecimiento de excitación por todo el cuerpo. ¿Cómo era posible que no pudiera adivinar lo que él estaba a punto de hacer a continuación?

Sus rasgos se tensaron.

—Vuélvete. De cara a la chimenea.

Se giró muy lentamente de cara al hogar, donde ardían las brasas de leña.

Él le agarró suavemente las muñecas por detrás y le alzó los brazos, obligándola a avanzar con el cuerpo pegado al suyo. Deteniéndola justo enfrente de la chimenea, guio sus manos hacia la repisa de mármol.

Sus dedos aferraron la fina y pulida superficie recalentada por el fuego. Eso era. Eso era lo que siempre había querido pero que nunca había llegado a conocer con hombre alguno: una pasión auténtica.

Él seguía envolviéndola por detrás, con su erección presionando contra su trasero.

—¿Eres real? —susurró él con los labios contra su cuello.

—Sí —musitó a su vez—. ¿Y tú?

—Sí que lo soy —se apartó, bajando las manos desde sus hombros hasta su trasero.

Ella cerró los ojos mientras él continuaba bajando las manos todo a lo largo de sus muslos y se arrodillaba detrás de ella. Sintió sus cálidos labios y la húmeda punta de su lengua deslizándose por su curva lumbar. Lo único que estaba haciendo era tocarla y acariciarla con la lengua. Y ya no dejó de hacerlo.

Agarrándose al mármol con fuerza, se tambaleó.

—Por favor... —no pudo decir mucho más.

Él se incorporó entonces, recorriendo con la lengua toda la línea de su espalda.

—Dilo.

—Tómame —jadeó.

Su lengua viajaba en aquel momento a lo largo de uno de sus omóplatos.

—Puedes hacerlo mejor, cariño.

Bernadette reprimió un estremecimiento.

—Yo... lo necesito.

Le lamió el otro omóplato.

—¿Qué es lo que necesitas? Vamos.

Ella se tambaleó.

—A ti. Te necesito a ti.

—No me pareces lo suficientemente desesperada —le mordisqueó la curva del cuello.

—¡Hazlo ya! —exclamó con furiosa exasperación.

—Eso me gusta más —bajó las manos hasta su cintura. Agarrándola con fuerza de las caderas, se colocó en posición para deslizar lentamente su gruesa verga entre los húmedos pliegues de su sexo. Sin previo aviso, se hundió profundamente en ella, hasta la base, dejándola sin aliento.

Aquello era increíble.

Tiraba de ella hacia sí, hundiendo los dedos en la piel de sus caderas. Bajó una mano para acariciarle el clítoris, mientras permanecía profundamente enterrado en ella. No se detuvo hasta que su cuerpo cedió ante aquel arrebatador y convulsionante placer que se negaba a abandonarla.

Claramente aquel hombre sabía lo que estaba haciendo.

Subió los dedos hasta sus caderas. Aferrándola de la cintura, se salió casi para volver a hundirse hasta el fondo. Ella se tambaleó mientras él empujaba una y otra vez, como si estuviera decidido a romperla con cada embate. Las oleadas de placer barrían cada centímetro de su cuerpo hasta que se sintió tan abrumada que ni siquiera fue capaz de respirar.

Él empujó todavía con mayor fuerza. Con cada poderoso embate, los húmedos dedos de Bernadette resbalaban sobre la repisa a la que ya estaba teniendo problemas para aferrarse. Las brasas de la chimenea empezaron a girar, como lo estaba haciendo el mundo entero.

—Dime tu nombre —jadeó él a su espalda, entre embate y embate—. Tu nombre de pila.

Ella cerró los ojos cuando el placer alcanzó su cénit y la hizo bascular hacia delante.

—Bernadette —gimió.

—Bernadette —repitió como si estuviera acariciando su nombre, al igual que el resto de su persona.

Oh, Dios. Estaba a punto de...

Todo pareció desmenuzarse, su cuerpo incluido. Gimoteó, dejándose llevar por la sensación mientras él incrementaba el ritmo.

Finalmente supo lo que era la pasión real, verdadera. Un cielo en llamas.

Sus ardientes embates continuaron hasta que él gimió y se retiró bruscamente. Con varios y rápidos golpes de mano, el calor de su semilla se derramó sobre la curva de su espalda. Un gruñido escapó de su garganta mientras esparcía el líquido por su piel, con los dedos.

Los jadeos de ambos flotaban en el aire.

Ella se tambaleó una vez más, todavía aferrándose a la repisa de mármol para no caer. «Dios santo», exclamó para sus adentros. Yacer con aquel hombre era como beberse a grandes tragos la libertad y la euforia.

Por encima de su hombro desnudo, vio que se apartaba del todo. Con su musculoso pecho subiendo y bajando como un fuelle, volvió a abrocharse la bragueta del pantalón. Se detuvo, mirándola a los ojos.

Ella tragó saliva, sintiéndose insoportablemente vulnerable bajo aquella mirada, y se volvió para recoger su ropa.

—Bernadette —se abalanzó de repente hacia ella y la agarró de la cintura, sobresaltándola. Con la otra mano, la levantó en vilo, tensando la mandíbula por el esfuerzo. Apretándola contra el reconfortante calor de su torso desnudo, se volvió hacia las puertas abiertas del salón y la miró.

—Te acostaré en tu cama. ¿Dónde está tu dormitorio, cariño?

Ella parpadeó varias veces, asombrada, mientras se aferraba a sus hombros. ¿Cómo era que no se sentía ya desnuda ni vulnerable en sus brazos?

—En el piso de arriba.

En silencio, la sacó de la habitación y subió los escalones de dos en dos hasta que llegó al rellano.

—A la derecha. La última puerta —lo guio ella.

En un santiamén, llegaron allí. Atravesó en dos largas zancadas el dormitorio azul celeste y la depositó en la cama de dosel. Retirando las sábanas, la envolvió en ellas y cubrió su cuerpo desnudo con silenciosa ternura.

Ella se apoyó sobre un codo, sorprendida. ¿Arroparía a todas sus amantes de aquella forma?

—¿Quieres quedarte a pasar la noche conmigo? Te lo estoy ofreciendo.

Él alzó la mirada mientras terminaba de arreglarle las sábanas. Se la quedó mirando con lo que parecía una expresión de genuina decepción.

—Por mucho que me encantara hacerlo, no puedo. Me está esperado alguien.

Ella asintió. Aunque no había previsto que querría verlo de nuevo, lo cual resultaba irritante, deseaba más. Deseaba más de él, de aquello. Nunca había experimentado nada parecido.

—¿Volveré a verte? —ensayó un tono de absoluta naturalidad.

Él le sostuvo la mirada.

—¿Quieres volver a verme?

—Sí.

—¿Y qué ha pasado con tu regla de la única noche? ¿Eh?

Eso, ¿qué había pasado con aquella norma suya? Sabía la respuesta. Que jamás ningún hombre le había regalado la noche que acababa de disfrutar. Nunca. Inspiró profundo, consciente de que él estaba escrutando intensamente su expresión, a la espera de su respuesta.

—Tú pareces constituir una rara excepción... Y, como tal, supongo que puedo dedicarte otra noche.

Él esbozó una leve sonrisa.

—Será un placer asegurarme de que, la próxima noche que pase contigo, me dediques en lo sucesivo varias miles más.

¿Por qué se sentía como si acabara de condenarse a sí misma? Ni siquiera replicaría a su comentario. Porque tenía la sensación de que él deseaba que lo hiciera.

—¿Necesitas dinero antes de marcharte? ¿Cuánto?

Él bajó la barbilla.

—No eres una mujerzuela. Así que no hables así. Si quisiera dinero, te lo pediría. Y no te lo estoy pidiendo.

Ella se lo quedó mirando fijamente. Aquello era un comienzo.

Él suspiró. Inclinándose sobre ella, le acarició una mejilla sin dejar de mirarla a los ojos. El parche de cuero se le había descolocado levemente, dejando ver la curva inferior del ojo que ocultaba.

—Bernadette —le rozó el labio con el pulgar—. La próxima vez que nos veamos, hablaremos.

Ella tragó saliva.

—¿Sobre qué?

—Sobre lo que sucederá después. Nos hemos precipitado un poco. En realidad, nos hemos precipitado demasiado, pero tengo la sensación de que tú y yo alcanzaremos una pronta sintonía —apretó la mandíbula mientras escrutaba su rostro—. No invitarás a más hombres a tu lecho. ¿Entendido?

La manera en que dijo aquello, con tanta seguridad y sin la menor duda, como si acabaran de desposarse, le provocó una punzada de pánico. Le apuntó con un dedo, reprimiéndose de clavárselo en el pecho.

—Yo no pertenezco a ningún hombre. Que no te quede la menor duda sobre eso. Yo decido con quién me relaciono y lo que sucede después. No tú.

Él se inclinó aún más sobre ella, visiblemente tensos los músculos de su pecho y hombros.

—Te daré una semana para que me eches de menos. Empezaremos a partir de entonces —irguiéndose, se recolocó su viejo pantalón de lana y se marchó. Abandonó la habitación sin dignarse mirar atrás, como si supiera sin ninguna duda que efectivamente iba a echarlo de menos.

Sus pasos se fueron apagando poco a poco en el corredor.

Bernadette emitió un tembloroso suspiro, todavía sin dar crédito a lo que acababa de pasar. Todos sus nobles e idealistas sueños sobre una pasión tórrida y arrebatadora siempre habían sido mucho más maravillosos en su cabeza que en la realidad. Pero aquella era la primera vez que su cabeza y la realidad se habían fundido en una sola cosa.

Lo que quería decir... que algo muy malo estaba a punto de ocurrir. Que era lo que solía ocurrir cuando se trataba de sueños.

Y lo último que deseaba era perder el control de la situación al completo. Sobre todo cuando el hombre en cuestión pensaba que aquella única noche iba a convertirse en algo permanente, para siempre.

Incorporándose, se envolvió rápidamente en las sábanas y se levantó de la cama. Corrió luego hacia la puerta abierta y asomó la cabeza fuera. Aunque hacía ya un buen rato que Matthew había desaparecido, su fornido mayordomo se dirigió hacia ella con la mirada baja, como si quisiera dar a entender que no había visto nada, cuando probablemente lo había visto todo.

—John —lo llamó, cubriéndose bien con la sábana. Hacía ya tiempo que había renunciado a fingir que su vida era otra cosa que lo que era: viudez y escándalos.

El gigante se detuvo y alzó la mirada.

—¿Sí, milady?

—El hombre al que acaba usted de ver. El del parche.

—¿Sí? —volvió a bajar la vista.

Bernadette bajó la voz.

—Le pagaré cincuenta libras más además de su sueldo si lo sigue por sus recorridos por la capital antes de que vuelva a visitarme. Ahora mismo está abajo, vistiéndose. Quiero que se dedique a seguirlo y a vigilarlo. Asegúrese de que nadie le pone una mano encima e infórmeme luego de todo lo relacionado con él. ¿Lo hará?

El hombretón alzó las cejas como si acabara de recompensarlo con algún tipo de título.

—Con mucho gusto. Antaño serví en el ejército. Infantería.

Ella sonrió.

—Sí, lo sé. Razón por la cual le estoy encomendando esta tarea. Gracias. Y ahora le sugiero que se procure unas pistolas, porque se lo advierto: no tengo la menor idea de lo que puede implicar esto. Si en algún momento llega usted a temer por su vida, avise a las autoridades. No quiero que ni usted ni nadie pueda resultar herido. Porque yo no sé nada de ese hombre.

—Haré lo que decís, milady. Y no necesitáis preocuparos por mí —tras ejecutar una rápida reverencia, se retiró a paso ligero.

Bernadette se apoyó en el marco de la puerta. Respecto al objetivo de saber más sobre el lado oscuro y peligroso de Matthew, ya había establecido una ruta a seguir. Lo siguiente que necesitaba hacer era hablar con Georgia.

Capítulo 8

Deja que tu memoria sea de muerte, de castigo y de gloria. No meramente de gloria.

The Truth Teller,
un periódico de Nueva York para caballeros

Matthew abrió la estrecha puerta del pequeño coche de punto que lo esperaba al final de la calle empedrada de la residencia de Bernadette y se metió dentro. Cerrando a su espalda, se sentó junto a Coleman y se recolocó el largo abrigo de montar y el cinturón con las pistolas.

Él, Matthew Joseph Milton, era un canalla. Un despreciable canalla. ¿Por qué? Porque estaba involucrando a la increíble, sabrosísima Bernadette en el desastre que era su vida sin advertirle de dónde diablos se estaba metiendo. Estaba absolutamente seguro de que en la Biblia debía de figurar algún tipo de mandamiento contra algo así. Algo del tipo: «no desearás a mujer alguna sin haberla informado antes de que eres el jefe de una banda de criminales».

—Así que al final… ¿cuánto nos ha terminado dando? —insistió Coleman.

Ah, sí. Eso. Matthew alzó una mano y dio unos golpes en el techo del coche para ordenar al conductor que se pusiera en marcha.

—No he aceptado su dinero.

Coleman se sentó muy derecho.

—¿Qué? ¿Qué quieres decir? ¿Por qué no? ¿Qué ha pasado?

—No ha pasado nada.

—¿Qué quieres decir con que no ha pasado nada? Estuviste allí durante dos malditas horas. ¿Se puede saber qué estuviste haciendo si no pasó nada?

Dos horas. A él le habían parecido dos minutos.

Mientras el coche avanzaba, por unos segundos, Matthew no pudo hacer otra cosa que mirarse fijamente las manos. Y aunque apenas podía verlas con las sombras de la noche, todavía podía sentirlas. En sus yemas podía sentir la suavidad de la piel de Bernadette, su contacto, aquella fragancia a cítricos, algo que resultaba inquietante de puro encantador.

Nunca antes había deseado a mujer alguna de aquella forma. Jamás. No hasta el punto de que fuera incapaz de respirar o de pensar. Hacía mucho tiempo que había dejado atrás a la maldita señorita Drake y al muchacho que había sido en aquel entonces: un mozalbete deseoso de besarla y de recitarle poemas, que se había mostrado dispuesto a sacrificarlo todo por ella, cuando ella había hecho precisamente lo contrario. Le había dejado pudrirse en Five Points para casarse, a los pocos meses, con quien había sido su mejor amigo. Eso era algo que Matthew no les había perdonado a ninguno de los dos. Pero aquello era... era...

Coleman se volvió hacia él.

—¿Qué hiciste entonces mientras estuviste allí? ¿Dos malditas horas pasadas en aquella casa para luego salir con nada?

Matthew intentó no enfadarse con su amigo.

—Ella y yo estamos oficialmente liados. ¿Entendido? Así que al diablo con el dinero. Ya lo conseguiremos en alguna otra parte. Apalearemos estiércol si es necesario, porque no estoy dispuesto a recibir dinero de una mujer a la que pretendo hacer mía.

Coleman se quedó callado por unos segundos antes de tronar:

—¿Tú...? ¿Qué? ¿Qué diablos quieres decir con que estás liado? ¿Que te la estás tirando? ¿Tan pronto?

—¿Por qué siempre tienes que hacer que todo suene tan asquerosamente vil? No fue así en absoluto y no voy a decirte nada más. Pero sí te diré una cosa: no voy a recibir dinero de ella. Me niego.

—Oh, ya entiendo. Quizá debería envolver ese pretencioso miembro que tienes entre las piernas, ponerle un lazo de satén y vendérselo a la reina para conseguir así el dinero que necesitamos.

Matthew fingió una carcajada nada entusiasmada.

—Dado que estamos hablando de miembros y de lazos de satén, ¿por qué no vas a ver de una vez por todas a tu padre y le pides el dinero a el? Siendo como es un aristócrata, lo tendrá a espuertas, ¿no te parece?

La voz de Coleman se endureció hasta adquirir un tono letal.

—No pienso tocar esos arcones. Si llego a visitar a mi padre, puedo asegurarte que ni tú ni yo querremos seguir en la capital para entonces.

Solo Dios sabía lo que había querido decir con aquello...

—Tu situación financiera ya no es un problema para mí —dijo Matthew, recostándose en el asiento—. Tengo que impresionar a esa mujer.

—¿Qué diantre es todo esto? Un rescate en el parque,

dos horas en su salón... ¿y ya te has aflojado? ¿Es que has perdido el sentido común? ¿Desde cuándo?

—Desde ahora. ¿Tienes algún problema con eso?

—¿Tan bien te ha ido? Diablos, quizá debería lucirme yo también un poco y ver cuánto vale para ella lo que tengo entre las piernas...

Aunque no podía distinguir nada salvo el contorno de los rasgos de Coleman en la oscilante oscuridad, Matthew se inclinó a su vez hacia él y susurró:

—Nadie se burla de mí. ¿Entendido? Y ni se te ocurra acercarte a ella, si quieres seguir vivo.

Colmen soltó una carcajada.

—Por la manera en que estás hablando, esa mujer parece haberte hecho un agujero en la cabeza del tamaño de Manhattan. ¿Quién habría imaginado que caerías tan fácilmente? —alzando las manos, aplaudió bromista—. Bueno, bravo por ti. Parece que al final has encontrado a una chica que satisfaga ese estúpido sueño de convertirte en un buen padre de familia. Y bien, ¿ahora qué? ¿Piensas llevártela en brazos a Five Points e instalarla en ese nido de ratas? ¿O es que te has olvidado de contarle lo de las ratas? Y cuando digo ratas, no me refiero a las de verdad. Me refiero a los muchachos.

Matthew lo acusó con el dedo.

—Si no te conociera mejor, Coleman, diría que estás celoso. Y al diablo contigo y con todo eso. Da la casualidad de que esa mujer es como el símbolo de todo lo que siempre he querido, y si eso te molesta, te sugiero que te cortes la garganta. Porque tengo derecho a una vida propia, más allá de los muchachos.

Coleman se removió en su asiento.

—Estoy confuso. ¿Vas a quedarte aquí en Londres? ¿Es eso lo que me estás diciendo?

Matthew soltó un suspiro. Sabía que en algún momento tendría que enfrentarse a la pregunta.

—Todavía no sé lo que voy a hacer. Pero sí sé una cosa: no me alejaré de ella después de lo que ha sucedido esta noche.

—Bueno... no puedes dejar colgados a los muchachos de buenas a primeras. Sobre todo cuando yo no voy a volver. El desafío ha terminado y todos están esperando tu regreso. ¿Y qué pasa con Ronan? Te está guardando tu maldita vivienda. Sabes perfectamente que ese chico depende de ti para todo. Tú le dijiste que volverías.

—Sí. Créeme que lo sé —Matthew echó la cabeza hacia atrás para golpeársela repetidamente contra el respaldo del asiento. Detestaba su propia vida. Ni siquiera podía relacionarse con una mujer sin ahogarse en la culpa por su responsabilidad para con el distrito.

Permanecieron callados durante el resto del trayecto.

Finalmente el coche de punto se detuvo delante de Limmer's. La amarilla luz de una farola de gas alcanzaba a iluminar parte de la entrada.

Inclinándose hacia delante, Coleman dijo:

—Sigo necesitando dinero.

—Maldito seas —podía pasarse la vida gruñendo por ello, pero Matthew sabía que le debía a aquel hombre eso y mucho más—. Tú sigue boxeando y te daré todo lo que gane, ¿de acuerdo? Simplemente volveré a Nueva York más tarde de lo esperado. Eso me permitirá encontrar una solución.

Coleman vaciló.

—Gracias. Te lo agradezco.

—Ya era hora de que lo hicieras.

—¡Limmer's! —gritó el cochero—. ¿Caballeros? ¿Van a bajar?

Descendieron del coche para sumergirse en la borrosa niebla de la noche. Matthew se sacó del bolsillo una moneda y se la lanzó al cochero, para luego dirigirse a la entrada del local. La espesa niebla los rodeaba, atenuando el amarillento resplandor de las farolas que flanqueaban la calle empedrada.

Percibiendo que alguien los estaba observando, Matthew se volvió ligeramente. Por el rabillo de su único ojo, distinguió un elegante carruaje negro lacado, detenido al final de la calle, con el conductor y un corpulento criado observándolos desde el pescante.

Fingió no haberlos visto.

—Coleman —dijo sin mover los labios—. Nos están vigilando.

Coleman soltó un suspiro irritado, pero no se volvió. Bajó la voz.

—¿Por qué habrían de hacerlo?

Matthew lo empujó entonces hacia la entrada de Limmer's.

—No lo sé. Sigue moviéndote.

—¿Serán de Nueva York?

—No es posible. Los de nuestra clase no pueden permitirse cruzar el océano así como así, para no hablar de alquilar un coche de esa clase —se interrumpió—. ¿Sabe tu padre que estás en la capital?

—Como tú sabes condenadamente bien, todavía no me he acercado a ese canalla.

—¿Entonces quién puede saberlo?

—Nadie aparte de Georgia.

Convencido de que Georgia no podía haberles enviado a aquellos hombres, Matthew se dijo que tendrían que resolver aquel enigma pronto.

Capítulo 9

SE BUSCA INFORMACIÓN.

The Truth Teller,
un periódico de Nueva York para caballeros

A la tarde siguiente
Park Lane

Sonriendo levemente, Georgia entró en la habitación a paso rápido, haciendo ondear las amplias faldas de su vestido verde claro.

—De aquí a cinco días como poco, pienso tener a Robinsón arrastrándose ante mí. Y detesto reconocerlo, lady Burton, pero no puedo esperar más.

Entre las dos, parecía que ya lo habían hablado todo sobre los hombres. Bernadette se sonrió.

—Espero que todo esté marchando según lo planeado.

—Oh, marchará —todavía sonriendo, Georgia se le acercó apresurada—. No he vuelto a saber de vos desde el pequeño incidente en el parque. ¿Cómo os encontráis?

—Como si estuviera colgando de una nube, supongo —

Bernadette ni siquiera le dio a Georgia una oportunidad de sentarse mientras añadía—: Sé lo muy ocupada que está usted instalándose en Londres, y por nada del mundo querría entorpecer los planes del señor Astor, así que será breve y me marcharé en seguida. Necesito que me cuente más cosas sobre el señor Milton. ¿Lo hará? Por favor...

Georgia se detuvo en seco, con un balanceo de sus tirabuzones rojos. Una maliciosa carcajada escapó de sus labios mientras sus ojos verdes la miraban con expresión divertida.

—Eso es lo que yo llamo un gran, gran problema.

Aquello resultaba estimulante.

—Ya estoy en problemas —no pudo evitar admitir Bernadette. Desvió la mirada hacia la entrada del salón, medio esperando que la señora Astor apareciera en cualquier instante, y rezó para que eso no ocurriera. Bajó la voz—. Me visitó anoche.

Georgia tomó asiento con gesto majestuoso y se recogió el vestido bajo los pies antes de enarcar una rojiza ceja.

—¿Y?

Si se hubiera tratado de cualquier otra persona, Bernadette se habría levantado silenciosamente de su sillón y se habría marchado sin más. Pero se trataba de Georgia. La muchacha que resoplaba de furia. La muchacha que había aplaudido de entusiasmo cuando vio que sus eternas pecas desaparecían bajo una conveniente capa de cosméticos. La muchacha que no tenía escrúpulos en soltar tacos. La muchacha que se había convertido, para Bernadette, en lo más cercano a una amiga. La única amiga que tenía.

—Dejé que me llevara a la cama.

Georgia desorbitó los ojos. Inclinándose hacia delante en su sillón, se aferró a los brazos como si temiera caerse.

—¿Os habéis acostado con Matthew Joseph Milton? Oh, vaya, lady Burton, eso es... —fingió escupir dos veces al pie de su sillón antes de soltar un profundo suspiro—. ¿Cómo habéis podido hacer tal cosa?

Bernadette alzó la barbilla, irritada por la idea de que tuviera que defenderse.

—Porque lo encuentro profundamente auténtico, irresistible, increíblemente atractivo, y porque a pesar de mi incapacidad para confiar en mí misma en estas cosas, ansío con desesperación no tener que vivir el resto de mi vida pensando que los hombres son todos unos canallas. He ahí el porqué.

Georgia se retrepó en su sillón.

—Supongo que con eso me basta. ¿Qué es lo que os gustaría saber?

—Todo.

Georgia soltó una risita.

—Yo no lo sé todo sobre él, pero sí lo suficiente como para hacerle ruborizar.

—Mejor todavía. Adelante. Comience usted con su fecha de nacimiento.

Alzando la mirada al techo, Georgia tamborileó en su rodilla con un dedo perfectamente manicurado y volvió a suspirar.

—Su fecha de nacimiento fue el veinte de diciembre. Lo que le convertirá en... treintañero para finales de este año. Es increíblemente inteligente, aunque sus actos a veces lo desmienten. Le encantan los niños... aunque yo sé que nunca le confiaría los míos, para que no aprendieran cosas que no debieran. Lidera un grupo de vigilantes de barrio denominado los Cuarenta Ladrones y está bastante metido en la política de Nueva York, aunque, por desgracia, nadie le toma demasiado en serio. El alcalde lleva años desentendiéndose de él, aunque Matthew ha debido de remitirle decenas de cartas —Georgia volvió a inclinarse en su sillón—. ¿Sabíais que desde que lo conocí, y yo tenía quince años en aquel entonces, no se ha comprado una sola prenda de ropa nueva? Ni se ha tomado el tiempo de robar ninguna. Ni un solo botón. Dice que esa es una actitud vanidosa y no da ninguna importancia al dinero, y por tanto opta por remendarse y parchear todo lo que tiene. Todo el dinero que consigue, honestamente o no, lo reparte estúpidamente entre los demás, razón por la cual no posee nada. Se corta él mismo el pelo cuando le ha crecido demasiado, porque aunque el barbero de Mulberry solo cuesta dos peniques, él es así de sobrio. Su mejor amigo es Edward Coleman, lo que debería deciros algo sobre su cuestionable gusto en amistades, porque Coleman es boxeador, jugador y descreído, aunque tengo que decir que todas las mujeres de Five Points lo adoran y están siempre intentando ponerle las manos encima.

Bernadette la escuchaba con atención. Georgia hizo una pausa antes de continuar:

—Aunque la verdad es que son todas unas mujerzuelas, así que eso no es decir gran cosa. Oh, y si queréis hacer enfurecer a Matthew, colocadle bien el parche cuando se le tuerce. Eso es algo que odia —volvió a clavar la mirada en Bernadette, dejando de tamborilear en su rodilla con el dedo—. ¿Hay algo más que deseéis saber?

A pesar de todos aquellos perversos comentarios, y del dato de que el hombre lideraba un grupo de «vigilantes», resultaba obvio que era alguien muy especial. ¿Le encantaban los niños? ¿Y escribía cartas al alcalde?

—¿Puedo preguntarle por qué se pasea por la ciudad armado con pistolas y cuchillos? ¿Es acaso un delincuente? Sé que lo parece, pero no actúa como tal, y esa faceta suya de los niños y las cartas al alcalde apunta claramente a una faceta amable de su personalidad. Él me comentó que había gente a la que no le caía bien. ¿Quiénes son y por qué?

Georgia volvió a poner los ojos en blanco.

—Cuando un hombre se mete en la «política de calle», como la llamamos en mi barrio, al final todo el mundo quiere verlo muerto. Se pasea por ahí con navajas y pistolas porque, allí de donde venimos, es lo único que puede hacer para no ser atacado o muerto. Y sí, detesto decirlo, pero es un delincuente. Aunque no un delincuente normal. Hace cosas buenas y es un hombre justo, pero roba con tal de mantener a su grupo de pilluelos, y tanto si es consciente de ello como si no, eso está minando su moralidad. Se está esforzando por llevar la esperanza y la autoestima a la gente de Five Points, sin que le importe las consecuencias que ello pueda acarrearle. Pero, al final, no lo conseguirá. Y lamento añadir que, para él, solo es una cuestión de dinero.

Bernadette se mordió el labio antes de atreverse a replicar.

—Para tratarse de un hombre al que, según usted, solo importa el dinero, ha rechazado el que yo le he ofertado en todas las ocasiones en que lo he hecho. ¿Me está diciendo que eso es solamente una estratagema?

Georgia la miró extrañada.

—¿Así que no os ha pedido dinero? ¿Ni os ha robado nada?

—No. De hecho, la pasada noche, cuando le pregunté si necesitaba alguna cantidad, me reprendió acremente por ello.

La expresión de Georgia se suavizó.

—Evidentemente estáis consiguiendo ver un aspecto diferente de su personalidad —una leve sonrisa asomó a sus labios—. Tal parece que lo habéis conmovido de la manera adecuada. Es como para enorgullecerse de ello. Él tiene por norma no robar nunca a nadie de los suyos. Con lo que es obvio que os considera ya algo... suya.

Sintiendo un nudo de nervios en el estómago, Bernadette insistió:

—¿Qué quiere usted decir? Sé que él y yo compartimos lecho, pero...

—Lo único que puedo decir de Matthew... —repuso Georgia—, dado lo que sé de él, es que es muy selectivo con sus mujeres. Solamente da el paso cuando piensa que aquella que ha elegido puede ser la mujer de su vida. Si él piensa que vos sois esa mujer, lady Burton, bueno... pues estáis lista. No os soltará con facilidad. Suena como si ya hubieseis conseguido un marido.

Bernadette había empezado a entrar en pánico.

—Pero yo no quiero un marido. Eso se lo dejé muy claro anoche. Clarísimo. Es imposible que me malinterpretara.

Georgia se sonrió.

—No importa lo que vos digáis o penséis. Matthew es un hombre dominante. Lo que significa que es él quien decide lo que va a suceder, no vos. ¿Os apetece un té?

Bernadette abrió mucho los ojos.

—No, gracias —en nombre del cielo y del infierno, ¿en qué clase de lío se había metido ella misma?

Capítulo 10

No existe en la actualidad ni la más mínima pista que pueda aclarar esta misteriosa transacción, que parece haber sido instigada por un robo.

The Truth Teller,
un periódico de Nueva York para caballeros

Días después, por la tarde
Piccadilly Square

Bernadette desahogaba su angustia y sus pensamientos con el piano, inclinándose hacia atrás y hacia delante, con sus dedos moviéndose rítmicamente por sus teclas. Al contrario que todo lo demás que la rodeaba, siempre podía confiar en que el marfil que sentía bajo sus yemas respondería de la manera en que ella quería. Cada vez que perfeccionaba la interpretación de una pieza, la sensación era maravillosa.

Ojalá hubiera podido decir lo mismo de todo lo demás que ocupaba su vida.

—Impresionante —comentó de pronto una voz masculina a su espalda—. No sabía que tocaras tan bien.

Se apartó bruscamente del piano, a mitad de una nota, y se quedó paralizada.

Era Matthew, de pie en el umbral del salón iluminado por las velas.

¿Cómo había entrado? El pulso le atronó en los oídos cuando se dio cuenta de que portaba un pequeño saco de lana, mientras con la otra mano agarraba del pescuezo a su fornido criado, John, el mismo al que había encargado su vigilancia.

Oh, Dios. Se apresuró a levantarse del banco del piano, volviéndose hacia ellos, y se quedó nuevamente paralizada. El rostro de Matthew, como tallado a golpes de hacha; el parche de cuero y toda su figura estaban salpicados de barro, mientras el pelo empapado por la lluvia se le pegaba al cráneo como si fuera alquitrán.

A empujones obligó a entrar en el salón al criado, que también estaba manchado de barro.

—Esto es tuyo, creo —gruñó.

No parecía un hombre que hubiera ganado una batalla.

Parecía un hombre dispuesto a empezar otra.

Bernadette se encogió por dentro.

—Puedo explicarlo.

—No hay necesidad —se dirigió hacia ella, con sus botas resonando en las tablas del suelo con un eco de rígida determinación. Una determinación que Bernadette no solo podía ver, sino también sentir.

Se detuvo ante ella y se inclinó tanto y tan cerca, que casi le rozó el rostro con su viejo parche de cuero.

—Has tenido el descaro de enviar a alguien a espiarme.

Bernadette retrocedió y parpadeó sorprendida cuando se fijó en el sucio saco que portaba bajo el brazo, visiblemente desgarrado. Un caro tejido de terciopelo asomaba bajo los desgarrones como si fuera una sangrienta herida.

—¿Has atracado a alguien? —le preguntó.

—No tengo por qué responder a eso.

Lo que quería decir que lo había hecho. «Dios mío», exclamó para sus adentros.

Él la agarró de un brazo y la guio hacia las puertas abiertas del salón.

—Venga. Hablaremos en otro sitio.

El criado se apresuró a rodearlos.

—¡No la toque!

Matthew se volvió hacia ella, con aspecto aún más furioso.

—Dile que se retire, Bernadette. Díselo antes de que le mande a Irlanda de un puñetazo.

Percibiendo que era muy capaz de hacerlo, insistió ante su criado:

—Márchese, John. No necesita preocuparse. El señor Milton es un conocido mío.

Matthew replicó entonces:

—Hace tiempo que hemos dejado atrás esa fase y lo sabes.

El criado titubeó. Bernadette señaló frenéticamente la entrada del salón.

—Váyase ya, John. Estaré perfectamente.

Aunque el hombre todavía vacilaba, finalmente asintió y abandonó sigilosamente la habitación mientras se ajustaba su arrugada librea.

Matthew la tomó del brazo y la guio hacia el corredor.

—Hablaremos en la intimidad de tu dormitorio, cariño. No quiero que tus sirvientes escuchen nuestra conversación.

El corazón le atronaba en el pecho mientras se dejaba guiar. Él no volvió a pronunciar otra palabra.

Al final de la escalera curva y del largo corredor flanqueado de habitaciones, se encontraron por fin ante la puerta cerrada de su dormitorio. Bernadette se dio cuenta de que había recordado perfectamente dónde estaba.

La soltó y se inclinó sobre ella, oliendo a barro fresco.

—¿De verdad crees que merezco que me hagas seguir por uno de tus sirvientes? Eso ha hecho que me sienta como un inútil, y te aseguro que ya me siento lo suficientemente inútil como para que encima me lo recuerden.

—Perdóname —se disculpó con un nudo en la garganta—. Lo que pasa es que... necesitaba saber más sobre ti.

Su pecho se alzaba y bajaba como un fuelle bajo su abrigo y su camisa de lino sin abrochar.

—Podías habérmelo preguntado.

Se le hizo un nudo en el estómago.

—No estoy acostumbrada a conseguir respuestas directas de los hombres.

—Yo no soy como los demás hombres. Si me haces una pregunta, no hay una maldita cosa que no te responda. Eso es un hecho. Porque resulta que mi boca siempre ha estado conectada a una cosa llamada integridad.

—Qué sentimiento tan encantador. Uno que pretendo poner a prueba ahora mismo —señaló el saco que portaba—. ¿Has robado eso?

Él maldijo en silencio. Luego se volvió hacia la puerta y giró el picaporte, para abrirla de una patada.

—Entra. Tenemos que hablar.

—¿Qué pasa con mi respuesta?

—La tendrás. Aquí —tomándola suavemente del brazo, la metió en la habitación y cerró la puerta a su espalda. Con un profundo suspiro, se acercó al tocador y dejó encima el pequeño saco de lana, descolocando al hacerlo los frascos de agua de rosas, talcos y lápices de labios—. Perdona —volvió a colocar los frascos—. ¿Qué son estas cosas? ¿Cosméticos? Diablos. ¿Usas todo esto?

Resultaba obvio que aquello era como hablar con una pared.

Dirigiéndose hacia él, se detuvo ante el espejo del tocador y se apoderó del saco. Después de entregárselo, se sacudió las manos de polvo.

—Te sugiero que devuelvas esto, Matthew. Puede que yo tenga muchos defectos, pero no estoy dispuesta a transigir con esta situación.

Él se la quedó mirando fijamente.

—Detesto decepcionarte, pero no puedo devolverlo.

—¿Por qué no?

Seguía mirándola.

—Yo solo he venido a entregarte a tu criado. Pero dado que me lo has preguntado, te reconoceré al menos que mi intención era que no supieras nada de esto.

¿Por qué tenía la sensación de que ella era de la misma opinión?

—Por el amor de Dios, ¿qué has hecho?

Suspiró mientras metía una mano en el saco y sacaba una bolsa de terciopelo del fondo.

—Hoy vi al canalla que te golpeó con la fusta. A la salida de Regent Street, cuando volvía de trabajar en los muelles. Así que seguí al niño bonito hasta su casa, esperé a que saliera de nuevo y le limpié la bolsa. El único problema fue que tuve que interceptar a tu criado para evitar que me capturaran.

Bernadette se quedó sin aliento.

—¿Atracaste a lord Dunmore?

—Sí. ¿No acabo de decírtelo?

—¿Pero por qué? —desorbitó los ojos—. ¿Por qué habrías de...?

—Porque mi personal sentido de la justicia tiene tendencia a deformar mi percepción racional de cuando en cuando. Le robé porque se lo merecía después de lo que te hizo a ti. No espero que lo comprendas, dado que decidiste lastimar mi maldito orgullo ordenando a tu criado que me vigilara, como si yo fuera una amenaza para Inglaterra entera. Tienes suerte, Bernadette, de que el tipo me dijera quién era, porque de lo contrario habría podido rebanarle la garganta pensando que querría verme muerto.

Miró la bolsa de terciopelo. En la parte delantera tenía un bordado de oro con el nombre *Dunmore*. «Oh, Dios», exclamó para sus adentros.

—¿Tienes que devolverlo?

—¿Y hacer que me ahorquen? ¿Por ese cerdo? Cristo, no —se la quedó mirando fijamente durante un buen rato—. ¿Quién es ese Dunmore para ti, por cierto?

Ella se encogió por dentro.

—Nadie.

—¿Nadie? —continuó mirándola con la misma fijeza—. Esa preciosa boquita tuya está mintiendo. Aparte de todos los gritos que intercambiaste y del fustazo que te llevaste en la cara, ¿te importaría explicarme por qué tiene un retrato tuyo colgado en la pared de su despacho?

Le ardieron las mejillas. ¿Dunmore seguía conservando el retrato que ella mandó hacer para él? ¿Después de todo el tiempo que había pasado? El muy estúpido...

—Lo encargué para él.

—Qué detalle tan tierno por tu parte. ¿Por qué?

—Fuimos amantes.

—Amantes —su voz se oscureció—. ¿Durante cuánto tiempo? ¿Me estás diciendo que dejaste que te hiciera la misma clase de cosas que yo te hice a ti?

Ella se le acercó. Estaba celoso. El rey pirata estaba celoso.

—¿Y qué pasaría si te respondiera que sí?

Él soltó un suspiro, apartándose.

—Olvida mi pregunta.

—Lo haré. ¿Qué es lo que le robaste a Dunmore, por cierto? Quiero verlo.

Él volvió a suspirar y, lentamente y a regañadientes, abrió la bolsa.

—Es este el resultado de mi necesidad de vengarte, sumada a la necesidad de conseguir algún dinero, ¿de acuerdo? Aquí lo tienes.

Ella abrió mucho los ojos. Una decena de collares de diferentes formas y tamaños refulgieron a la luz de las velas contra el fondo de terciopelo, en un rico surtido de piedras rojas, blancas y verdes.

Sabía lo que eran. Habían pertenecido a la difunta madre de Dunmore. Dunmore se las había ofrecido una noche, y ella, por supuesto, se había negado a aceptarlas. A pesar de sus cuantiosas deudas, que se había encargado de esconderle mientras estuvieron juntos, no se había desprendido de las joyas de su madre. Lo que significaba que aún quedaba algo del hombre magnífico que había sido antaño. Lo maldijo en silencio.

Alzó rápidamente la mirada.

—Tienes que devolver estas joyas. Pertenecieron a su madre. Es todo lo que le queda de ella.

Él continuaba observándola, endurecida todavía la expresión de su rostro.

—No sabía que ese hombre significara tanto para ti.

—Matthew, esto no tiene nada que ver con él. Tiene que ver con lo que es justo. Tienes que devolvérselas a Dunmore. No quiero ver cómo te cuelgan por esto.

Un músculo tembló en su mandíbula salpicada de barro. Cuadró los hombros y bajó la mirada mientras volvía a guardar los collares en la bolsa.

—Como si te importara algo que me colgaran, ahora que sabes la clase de hombre que soy.

Aunque su postura, su tono y sus palabras eran inflexibles, como si no pudiera importarle menos lo que ella pensara de él, su rostro duro sugería una tristeza incapaz de esconder.

Se inclinó hacia él.

—Me importa más de lo que imaginas. Sé lo que es verse forzado a tomar decisiones que van en contra de todo lo que uno es. Pero eso no quiere decir que tengamos que seguir ese camino y dejar que eso destroce todo lo que somos —se acercó un poco más y tomó la bolsa que él seguía sosteniendo entre sus dedos, en un intento por quitársela—. Y ahora, dame esto.

Pero él la sujetó con fuerza, impidiéndoselo.

Ella tiró una vez más, sin éxito.

—Matthew...

—¿Sabes? Serías una buena monja —le retiró las manos y se dirigió hacia la cama. Dejando la bolsa sobre las sábanas, se pasó ambas manos por la cara—. ¿Todavía sigues sintiendo algo por él?

El corazón empezó a atronarle en el pecho cuando se dio cuenta de que estaba genuinamente afectado por su asociación con Dunmore.

—No.

—¿Es él la razón por la que te niegas a volver a casarte?

Bernadette suspiró, percibiendo que no iba a ceder hasta que hubiera conseguido respuesta a todas sus preguntas. Tampoco podía decirse que su vida estuviera cargada de secretos. En cualquier periódico podría encontrar esas respuestas.

—No. Me vi prisionera de un matrimonio durante casi doce años de mi vida y, además, con un hombre cuarenta y tres años mayor que yo. Aunque yo había pedido un cortejo previo, porque solo tenía dieciocho años y quería tiempo para adaptarme a la idea, me lo negaron y me entregaron a los brazos de ese hombre a las dos semanas de mi debut en sociedad. William era un viejo amigo de infancia de mi padre que se había ofrecido a pagar todas nuestras deudas, que siempre habían tenido muy apurada a mi familia. Lo único que pidió a cambio fue mi mano, con dieciocho años. Así que ahí lo tienes. Después de haberse visto encerrada y marginada de la sociedad durante tanto tiempo, una dama no puede evitar sentir escalofríos ante la posibilidad de volver a verse en la misma posición.

Él no dijo nada.

Bernadette volvió a suspirar y rodeó la cama para acercarse a la bolsa de las joyas.

—A pesar de mi anterior asociación con Dunmore, tenemos que devolver esto. Es de justicia.

Él bajó la cabeza con la actitud de un perro de presa antes de iniciar un ataque.

—No voy a devolvérselas al canalla que te azotó y te marcó la cara. No pienso hacerlo. Además, Coleman necesita el dinero. De modo que vamos a darle un mejor uso.

Parecía que Georgia había estado en lo cierto sobre él. Al margen de lo que Matthew quisiera hacer, creía firmemente que tenía todo el derecho del mundo a hacerlo.

Ella se inclinó entonces sobre la cama para apoderarse de la bolsa de terciopelo.

—Las devolveremos.

—No lo creo —agarrándola por la cintura, la atrajo hacia sí para luego tumbarla sobre la cama y quedar encima de ella. La mantuvo inmovilizada contra el colchón bajo el peso de su poderoso cuerpo—. ¿Me has echado de menos?

Se quedó congelada, mirándolo fijamente. Podía sentir las manchas de barro húmedo de su ropa ensuciándole el vestido.

—Déjame.

Sus manos de palmas callosas se apoderaron de sus muñecas para levantárselas lentamente por encima de su cabeza.

—¿Y si no lo hago, qué? ¿Me besarás? Sácame de dudas.

Sin aliento, entre jadeos, ella le espetó:

—Pregúntate a ti mismo quién es mejor hombre de los dos: ¿el que me rescató aquel día en el parque... o el que me azotó con la fusta? Si eres mejor hombre que él, le devolverás esas joyas. ¿O es que el honor no significa nada para ti?

Él le sostuvo la mirada durante un buen rato.

—Honor es lo único que tengo, Bernadette. No lo olvides nunca.

Ella tragó saliva, incapaz de decir nada más.

Una gota de agua sucia resbaló por su cabello castaño y rodó todo a lo largo de su parche de cuero y de su mejilla sin afeitar para ir a caer a su rostro. Bernadette esbozó una mueca cuando sintió su contacto en la piel.

Él le enjugó la gota con el pulgar.

—No podré volver a mi alojamiento en Limmer's después de esto, por si a Dunmore se le ocurre ir a buscarme allí. Lo que quiere decir que necesito un lugar para quedarme hasta que decida un rumbo de acción. ¿Puedo quedarme contigo?

A Bernadette se le disparó el pulso del cuello.

—Estás demostrando ser un canalla de los bajos fondos, ¿lo sabías?

Sin dejar de sujetarle las muñecas, entrecerró su único ojo.

—Tú, Bernadette, la más aristocrática de las damas, que solo tiene que chasquear los dedos para conseguir todo lo que se le antoje, no tienes la menor idea de lo que son los bajos fondos. Pero yo sí. ¿Has visto alguna vez el cuerpo sin vida de un niño arrojado a un montón de basura como si fuera efectivamente basura? ¿Te has peleado alguna vez con salvajes que toman placer en violar a mujeres y niños en oscuros callejones? Yo he conocido los bajos fondos y no encajo en esa maldita categoría. Así que no vuelvas a llamarme eso.

Bernadette se sentía como si le faltara el aliento. Percibía que aquel hombre había pasado por muchísimas más cosas de las que le estaba dejando saber.

—Perdóname.

Sus tensos y endurecidos rasgos se suavizaron. Asintiendo levemente, le soltó las muñecas y se apartó.

Al ver que la bolsa de terciopelo seguía todavía a su lado, Bernadette se lanzó a por ella.

Él reaccionó entonces y se le adelantó, recogiendo la bolsa. Alzó el brazo en el aire, para que ella no pudiera atraparla mientras seguía tendida en la cama.

—No me obligues a atarte.

—Oh, no seré yo la que acabe maniatada esta noche. Yo estoy intentando hacer lo justo. ¿Por qué tú no...? —apretó los dientes y le soltó una patada de pura rabia.

Él le atrapó el pie con su manaza.

—Nadie me patea y conserva la pierna. Recuérdalo la próxima vez que intentes hacerlo —la fulminó con la mirada y se levantó. Con la bolsa de terciopelo en la mano, se dirigió hacia la puerta cerrada.

Levantándose también de un salto, Bernadette se lanzó hacia la puerta y, adelantándose a él, se apoyó en ella.

—Esas joyas son insustituibles. ¡Son la herencia de su madre!

Matthew se le acercó deliberadamente, avasallándola con su cuerpo.

—Creo que tenemos un problema, cariño.

—Claro que lo tenemos —saltando sobre él, agarró una de las pistolas que sobresalían de su cinturón de cuero.

No pudo hacer nada con ella, ya que él le agarró la muñeca y le apartó la mano.

—Ahora que ya sé dónde radican tus lealtades, este asunto se va a terminar ahora mismo. Antes de que termines disparándonos a los dos.

Tras arrojar la bolsa de terciopelo al colchón de la cama, se sacó las pistolas de los cinturones de cuero y las dejó en el suelo. Luego se acercó a ella.

—Parece que no confías en mí y yo no confío en ti. Lo que quiere decir... —sosteniéndole la mirada, se desabrochó el cinturón de cuero y se lo enseñó—. Voy a atarte. Solo te desataré una vez que haya entregado las joyas a quien tengo que entregárselas, pero si gritas o te resistes, te dejaré atada. ¿Es esto lo que quieres?

Bernadette se había quedado sin aliento.

—¿Pretendes atarme?

—Te lo has ganado —le agarró las manos mientras la presionaba contra la puerta con el peso de su cuerpo musculoso.

Bernadette desorbitó los ojos, incrédula.

—¿Cómo te atreves...? ¡No lo hagas! —aunque forcejeó frenéticamente por liberarse, solo consiguió que él la apretara todavía con mayor fuerza contra la puerta.

El crujido del cuero sobre sus muñecas, ya firmemente apretadas una contra otra, le hizo darse cuenta de que no sería capaz de salir de aquel apuro. Eso le pasaba por confiar en un ladrón.

Capítulo 11

El diablo batió su cola para castigar a cada nación. A Escocia le dejó un escozor y a Irlanda la emancipación.

The Truth Teller,
un periódico de Nueva York para caballeros

Matthew detestaba hacer aquello. Lo detestaba de verdad, pero la mujer no le había dejado otra elección y no tenía tiempo para lidiar con la querencia sentimental de Bernadette hacia aquel canalla, sobre todo teniendo en cuenta que tenía que recorrer unos buenos siete kilómetros para volver a Limmer's.

Cuando terminó de maniatarla con su cinturón, asegurándose de que el cuero no le mordiera la piel, la depositó sobre el colchón. Ella intentó soltarle otra furioso puntapié, pero estaba demasiado bien atada.

—Esto no es solo por tu propia seguridad, sino aparentemente también por la mía.

Tenía la melena suelta y las mejillas encendidas. Sus ojos oscuros lo miraron durante un buen rato, airados. Finalmente le espetó:

—Si sales por esa puerta sin desatarme, ¡me aseguraré de que no vuelvas a respirar nunca más, miserable mal parido!

Una carcajada incrédula brotó de la garganta de Matthew. No sabía que las mujeres de su clase conocieran aquella clase de palabras.

—No me obligues a amordazarte también.

—No tendrás que hacerlo, porque no pienso volver a dirigirte la palabra —y apretó los labios como para demostrarle que estaba hablando en serio.

Mujeres. Tan pronto ardientes, como al momento siguiente frías como el hielo.

—No estarás mucho tiempo atada. Volveré.

Ella rodó entonces hacia el borde de la cama mientras se ponía a forcejear de nuevo con sus ligaduras.

—No pienso consentir que te cuelguen por culpa de ese amigo canalla tuyo que….

—Coleman no tiene nada que ver en esto.

—¡Entonces es incluso peor! Porque entonces quiere decir…

—Esta semana solo he podido arañar dos libras trabajando honestamente, a pesar de haber estado sudando diez horas al día desde la última vez que te vi. Y Coleman necesita mucho más. Otra semana de trabajo honesto no conseguirá cambiar milagrosamente ni su situación financiera ni la mía.

Cambiando de postura, lo fulminó con la mirada.

—Así que en lugar de pedirme el dinero a mí, ¿pensaste que robar a Dunmore era una mejor idea?

—Creía que habías dejado de hablarme.

—¡Desátame! —estalló, agitándose contra el colchón.

Matthew suspiró. Inclinándose, recogió las pistolas y la bolsa de terciopelo con las joyas.

—Volveré. Luego podrás dispararme, y entonces estaremos empatados.

Se quedó repentinamente quieta, con una expresión de dolor en sus rasgos.

—Matthew. Déjame ayudarte. Antes que te descubras a ti mismo al extremo de una soga.

—Sabes perfectamente que si entrego estas joyas, terminaré de todas formas al extremo de una soga. Y ahora, quédate aquí tranquila. Volveré.

A la mañana siguiente

Un portazo procedente del interior de la casa sacó a Bernadette de su ligero sueño. Parpadeó varias veces. La grisácea luz de la mañana se filtraba a través de los visillos de encaje de las ventanas. Soltó un gruñido exasperado, recordando la humillación que había supuesto que los criados tuvieran que desatarla después de que Matthew se hubiera marchado. Lo maldijo para sus adentros. Ella había pensado que era un hombre mejor. No sabía por qué, pero lo había pensado.

Y, por supuesto, el canalla no había regresado.

Hombres. Los odiaba. No volvería a acostarse con uno. Por muy dotado o capaz que fuera. Estaba harta. ¡Harta!

Cuando sonó otro portazo de algún lugar del pasillo, haciendo temblar esa vez los muebles de su dormitorio, se sentó en la cama, con las sábanas resbalando hasta su cintura. Echándose su bata de seda sobre el camisón, se volvió hacia el umbral. ¿Qué…?

El paso fuerte de unas botas acercándose resonó en el corredor. A Bernadette se le disparó el pulso, con la mirada clavada en la puerta cerrada. Aquellos pasos no sonaban nada amigables.

Se apresuró a levantarse de la cama. La puerta se abrió

de golpe y rebotó contra la pared, haciéndola soltar un grito.

Se quedó paralizada, jadeando.

Un hombre alto, de largo cabello negro salpicado de plata y recogido en una coleta, apareció en el umbral. Vestía un abrigo largo y deshilachado, con un desgarrón en un hombro.

Ella abrió mucho los ojos. Era el mismo hombre que había estado en el parque al lado de Matthew.

—¿Qué quiere?

El hombre entró en la habitación.

—A vos. ¿A quién si no?

El pánico se apoderó de ella. Iba a morir. ¡Y en ropa de dormir!

Aquellos ojos azul hielo parecían taladrarle el alma mientras se dirigía hacia ella.

—Milton no volvió a su cuarto anoche. Después de pasarme toda la maldita mañana buscándolo, y creyéndolo muerto, alguien me informó en Limmer's de que Scotland Yard lo tenía detenido. Así que fui para allá exigiendo saber de qué cargos lo acusaban, pero nadie quiso decirme nada. Ni me dejaron verlo.

Sin aliento, Bernadette se llevó una temblorosa mano a la boca. El corazón se le cayó a los pies al pensar que iban a colgarlo. «Oh, Dios», exclamó para sus adentros. Uno de sus criados debía de haber acudido a Scotland Yard la noche anterior, pese a que ella les había ordenado que guardaran silencio, y ahora eso iba a costarle la vida a un hombre con quien nunca debió haberse relacionado desde un principio.

—Vestíos —ordenó Coleman—. Vais a usar vuestro título y vuestra riqueza para sacarlo de allí. Ni siquiera quiero saber qué es lo que hizo ese estúpido. Solía pensar que el loco era yo. Hasta que lo conocí a él —acercándose a su enorme armario, lo abrió de par en par, metió las manos y sacó un vestido mañanero. Volvió de nuevo con ella y se lo tendió—. Poneos esto.

—¿Quiere saber por qué lo detuvo Scotland Yard? Yo le diré por qué. Robó las joyas familiares de un antiguo amante mío, las que recibió en herencia. Aparentemente, usted estaba muy necesitado de dinero y él quería ayudarlo.

Coleman abrió mucho los ojos.

—¿Qué?

—Ya me ha oído. Uno de mis sirvientes debió de haber informado a las autoridades de lo que hizo. O eso, o el propio Dunmore lo descubrió y él no se enteró. En cualquier caso, es obvio que lo van a colgar.

Coleman cerró los ojos.

—Cristo. Todo esto es culpa mía. Nunca debí haber... —volviendo a abrirlos, masculló—: Hay que sacarlo de allí.

Plantándose ante ella, abrió el cuello del vestido que había elegido y empezó a ponérselo. Se lo metió primero por la cabeza.

—¿Qué...? —estupefacta e incapaz de ver nada excepto los pliegues de su vestido lila, intentó resistirse, pero él ya le estaba bajando la tela por el cuerpo. ¡Como si hiciera aquello todos los días!

Cuando asomó la cabeza, forcejeó para pasar un brazo por una manga pero descubrió que tenía el otro atrapado por el vestido. Lo fulminó con la mirada.

—Después de lo que me hizo, no se merece que lo salve.

Él la apuntó con un dedo.

—Si a vos os pareció lo suficientemente bueno como para que os acostarais con él, entonces también lo es para que lo salvéis. Iréis ahora mismo a Scotland Yard, tal como estáis vestida, y lo sacaréis de allí.

—¿Está loco? No puedo suplicar en su favor luciendo este aspecto de... de desarreglada mujerzuela. ¡Podrían colgarme con él!

Él se quedó callado, como reconociendo que tenía razón.

Bernadette se alisó y recolocó el vestido, intentando liberar su otro brazo.

—Déme tiempo para vestirme apropiadamente. No solamente necesito parecer presentable, sino pensar también en lo que voy a decir. Solo tenemos una oportunidad de sacarlo de allí —volvió a fulminarlo con la mirada—. Y le recomiendo encarecidamente que no se deje ver. Es usted tan cómplice de esto como él, tanto si lo sabía como si no.

—Hoy no estoy de humor para recibir lecciones —se acercó a ella—. Y no me importa lo que hagáis o lo que digáis: simplemente sacadlo de allí. Aparte de su vida aquí, hay hombres en Nueva York que dependen de él. Hombres cuyas vidas cesarán de existir si él muere. ¿Entendido? —señaló la puerta—. Estaré abajo, buscando el brandy. Vestíos rápido —girándose en redondo, se marchó.

Bernadette apretó los dientes, reprimiéndose de escupir al suelo de rabia. ¡Buscar el brandy, como si estuviera en su casa! ¡No la extrañaba que fuera tan buen amigo de Matthew!

Había pasado tanto tiempo apartada del mundo, que había salido de su encierro salivando como una diablesa en busca de aventura y de pasión para terminar liándose con un pirata tuerto... ¡y ahora, además, tenía que salvarlo!

Tiró repetidas veces de la cuerda con borla que colgaba junto a la cama, hasta arrancarla casi. Iba a necesitar mucho más que dinero para sacarlo de allí. Aquello iba a costarle lo poco que quedaba de su apellido. Del apellido Burton.

Afortunadamente, los hombres de Scotland Yard habían conocido muy bien a su difunto marido. William había defendido valientemente la creación de Scotland Yard antes incluso de que el Parlamento se dignara aprobar la Ley de Policía Metropolitana. Y, afortunadamente, la marca del fustazo de Dunmore seguía siendo lo suficientemente visible como para que ella pudiera usarla en su defensa del caso de Matthew, ante los magistrados. Después de eso, solo sería cuestión de idear el tipo de castigo que le infligiría a Matthew una vez que consiguiera liberar al muy canalla.

*Seis horas después,
Scotland Yard*

Después de haberse quitado la chistera para dejarla encima de la mesa, entre ellos, el hombre de pelo gris se lo quedó mirando fijamente. Todo en aquel hombre mayor le recordaba a Matthew un frío día invernal. Desde los guantes blancos como la nieve que llevaba, con su cuello almidonado del mismo color, hasta su chaleco bordado, a juego con sus ridículos pantalones también blancos. Ropas todas de un blanco deslumbrante que no podían contrastar más con el rotundo negro de su casaca.

Varios hombres más, todo ellos magistrados de alguna clase, se hallaban sentados en medio de un severo y unánime silencio, alineados al otro extremo del banco de madera. Al contrario que el «señor Escarcha», vestían todos de negro.

Oh, sí. Era día de juicio. Un irlandés tuerto contra una nación entera de Brits con sus dos ojos. Habría dado igual que hubiera robado una brizna de hierba. Le habrían colgado igualmente.

Matthew se inclinó tanto hacia atrás que la silla quedó en precario equilibrio sobre dos patas, apoyadas las manos esposadas sobre los muslos. Iban a colgarlo. Y ni sus muchachos ni el distrito se enterarían probablemente de nada hasta mucho después de que su cuerpo hubiera empezado a pudrirse. Iban a colgarlo no solo a él, sino a todos los chicos de Nueva York, hasta llegar a Ronan. Nunca debió haber sido tan estúpido como para creer que su vida podría elevarse por encima de lo que siempre había sido: nada.

—Es usted libre para irse —anunció finalmente el señor Escarcha, examinando sus níveos guantes—. Una vez que haya acabado de firmar los papeles que le entregarán los señores magistrados, hemos acabado y esperamos no volver a verlo nunca más.

Matthew dejó de inclinarse hacia atrás y la silla volvió a apoyarse de golpe sobre sus cuatro patas, con un fuerte ruido. Sus grilletes resonaron el uno contra el otro.

—¿Qué?

El señor Escarcha entrecerró los ojos.

—Afortunadamente para usted, señor Milton, ha contado con el respaldo de una testigo muy prestigiosa: lady Burton. La próxima vez, procure no tomarse de manera tan descarada la justicia por su mano.

Matthew parpadeó varias veces, sorprendido, con un apretado nudo en el estómago. La mujer que había intentado dispararle en defensa de otro hombre, al final lo había salvado. Y él que pensaba que lo había visto todo en la vida... El señor Escarcha señaló a los magistrados y luego a Matthew.

—Quítenle los grilletes, que firme los papeles y sáquenlo de aquí. Caso concluido.

Uno de los hombres de negro se levantó para acercarse a Matthew. Una sensación de humillación le apretaba el pecho. A partir de aquel momento, iba a tener que enfrentarse con aquella mujer. «Jesús, María y José», exclamó para sus adentros. No.

Unas manos lo liberaron de los hierros, a lo que siguió la apresurada firma con pluma de ganso en un papel que ni siquiera se molestó en leer. Finalmente se levantó y fue escoltado hasta la salida por una puerta lateral.

Ni las pistolas ni las navajas le fueron devueltas.

Era un mal augurio.

—Lady Burton le está esperando fuera, señor Milton —le informó con tono neutro uno de los magistrados mientras lo guiaba hacia la entrada principal del edificio.

Iban a entregarle sin protección alguna en manos de una mujer que estaría más interesada en castrarlo que en besarlo. Inspirando hondo, salió a la calle bajo la fría llovizna de la tarde grisácea.

Tres jóvenes criados de librea roja lo esperaban al pie de un carruaje negro, lacado, con un escudo de armas. Bernadette lo esperaba también, majestuosa, vestida con un impresionante vestido negro que recordaba la muerte y la venganza, justo al lado de la portezuela que un sirviente mantenía abierta. Aunque su rostro estaba oculto bajo el velo de encaje que caía en cascada de su bonete, Matthew no tuvo duda alguna de que era ella. Reconocía aquella pose excesivamente rígida y las formas de su voluptuoso cuerpo.

Carraspeando, se recolocó su largo abrigo de lana. Terminó de bajar las escaleras del portal y se plantó ante ella.

—Creo que te amo —le espetó—. A pesar de todo.

Una parte de él había hablado en serio. Aquella mujer le había salvado la maldita vida.

Bernadette dio un taconazo en el suelo con un «click» que sonó a rabia y a reprimenda.

—Ojalá pudiera sentir yo lo mismo por usted, señor Parche.

«Señor Parche». Aquello era una novedad. Y no le cabía duda de que no se trataba de un cumplido.

Bernadette juntó sus enguantadas manos, con su retícula de cuentas colgando de una muñeca.

—Confío en que no será necesario que te sermonee sobre la gravedad de la situación de la que acabo de librarte —las severas palabras hicieron moverse levemente el velo de encaje que ocultaba sus rasgos.

Le molestaba no poder ver su rostro. Ya era suficientemente degradante que no quisiera que lo vieran con él en público. Aunque tampoco podía culparla por ello.

—¿Hay alguna razón para el velo?

Conocía la razón, pero quería oírla de su boca.

—No. Simplemente me gusta llevar velo en los días lluviosos —su tono indicaba lo contrario—. Y ahora sube al carruaje, antes de que la buena sociedad nos apedree a los dos.

—Estoy acostumbrado a que me apedreen. Así que no necesitas preocuparte por mí —subió al carruaje de un salto, sin utilizar la escalerilla, y se acomodó en el ancho asiento tapizado de cuero fino. Se reclinó en él, reparando en las paredes y el techo forrados de seda azul bordada. El interior del coche tenía un aspecto impresionante.

Con la ayuda de un criado, Bernadette subió también, recogiéndose las faldas para que no entorpecieran sus movimientos. Un sensual aroma a cítricos lo envolvió de golpe, impulsándolo a llenarse los pulmones con aquella esencia. No podía escapar de ella. Y tampoco lo quería. Era como si aquella mujer poseyera el mismo aire que respiraba. Cerró con fuerza los puños.

Se sentó silenciosamente ante él, todavía velada.

Alguien cerró la puerta, atrapándolo en su mundo.

Se balanceó con el movimiento del carruaje cuando se

puso en marcha de golpe. Scotland Yard fue desapareciendo de su vista. Gracias a Dios.

Viajaron en silencio.

El velo oscilaba sobre su rostro y sus hombros, pero por lo demás no movió un solo dedo. Era como si estuviera esperando a que él reconociera la larga lista de pecados que todavía tenía que pagar.

Matthew resopló, apoyando ambas manos sobre las rodillas, y se inclinó hacia delante.

—Sinceramente no sé qué decir. No me esperaba esto. Pero gracias, Bernadette. Esto significa para mí mucho más de lo que te imaginas. Te debo mi vida entera.

Ella se alzó el velo con sus manos enguantadas, descubriendo sus ojos oscuros y sus delicadas cejas en forma de arco.

—¿Piensas que con un «gracias» y una simple disculpa vas a aplacarme? ¿Es eso lo que crees?

—No, yo...

—Acabo de ahorcar lo poco que me quedaba de mi buen nombre con tal de que no te ahorcasen a ti. Y todavía queda lo peor, si el testimonio que tuve que aportar es un indicio de ello. Porque ese testimonio incluía el porqué de que robases aquellas joyas y cómo buscaste lastimar el honor de Dunmore después de lo que me hizo en el parque, revelando de esa forma que tú y yo somos... ¿cómo lo diría? Amantes. Eso fue lo único que te salvó. Que yo confesara una verdad y la retorciera lo suficiente para hacer que todo encajara delante de los magistrados. Y dado que mi extenso testimonio figura ahora en los registros oficiales, unos registros que incluyen tu nombre completo y el mío... para finales de esta misma semana todo el mundo que sepa leer un periódico se habrá enterado de todo. Lo que quiere decir que si me quedara en Londres una semana más, ¡mi situación no sería muy distinta de la de María Antonieta cuando se quedó en París a la espera de que estallara la Revolución Francesa! Ni siquiera Georgia podrá seguir relacionándose conmigo después de esto. Y mi propio padre, que ya piensa lo peor de mí, probablemente se presentará ante mi puerta para apalearme. Así que gracias. Muchas gracias.

Matthew podía sentir cómo su pulso se aceleraba por momentos. Si los periódicos publicaban aquello, que Nueva York terminara enterándose también solo era cuestión de tiempo. Si Nueva York se enteraba, aquellos que deseaban su muerte se enterarían también. Y teniendo en cuenta que la reputación de Bernadette no valdría ya nada, no tenía la menor duda de que su acaudalada posición podría derivar en un secuestro.

El terror se apoderó de él. Suponía que eso era lo que le sucedía a un hombre cuando se empeñaba en cambiar su destino.

La llovizna que había logrado filtrarse a través de su velo había dado un tenue brillo de humedad a su nariz y a sus mejillas. El moratón de su mejilla se había apagado considerablemente, aunque todavía resultaba visible.

Se la quedó mirando con fijeza, tenso cada músculo de su cuerpo como la piel estirada de un tambor. ¿Por qué habría pensado que merecía la pena salvarlo? ¿Era posible que sintiera algo por él? Ese algo... ¿sería ese mismo «algo» que él había sentido por ella desde el primer momento en que la tocó, y que había terminado ofuscando su capacidad para pensar en otra cosa que no fuera hacerla suya?

—¿Por qué has hecho esto?

—¿Quieres decir aparte de que tu amigo bandido me hiciera una visita privada en mi dormitorio, después de haber intimidado a mis criados?

Matthew bajó la barbilla.

—¿Coleman estuvo en tu dormitorio?

—Sí. Ese bárbaro también intentó ponerme a la fuerza un vestido cuando estaba semidesnuda.

Matthew abrió mucho los ojos. Ese canalla...

—Ya pondré en vereda a ese imbécil. No tienes que preocuparte por eso.

Ella entrecerró los ojos.

—Yo te sugeriría que te pusieras en vereda a ti mismo. Por alguna razón, pareces pensar que el robo es algo aceptable cuando se hace por venganza o para ayudar a un amigo en apuros. Robar es robar, Matthew. ¿O es que no lo sabías?

Apretó la mandíbula y se recostó de nuevo en el asiento, sintiéndose como si lo hubieran abofeteado. Al diablo con su esperanza de que ella hubiera sentido ese «algo» por él.

—Dada la abrumadoramente baja opinión que tienes de mí, así como tu incapacidad para comprender que le debo mi vida a Coleman desde que tenía veinte años, ¿por qué no das media vuelta y me devuelves a Scotland Yard? Porque no quiero escuchar ni una maldita palabra más de todo esto. Ni tengo por qué hacerlo. Ya me he disculpado. Y ha sido una disculpa sentida. ¿Qué más quieres de mí?

—Hice añicos lo poco que quedaba de mi buen nombre por ti... ¿y crees que una simple disculpa te convertirá en Moisés y abrirá las aguas del Mar Rojo ante ti? ¿Es eso lo que piensas, irlandés granuja?

Matthew volvió a inclinarse hacia delante, apoyando un antebrazo en la rodilla.

—Yo nunca te pedí que destrozaras tu reputación por mí, pero dado que lo has hecho, ahora nos encontramos los dos en un grave problema. Teniendo en cuenta que todo el mundo en Londres va a saber de nuestra asociación por la prensa, es solo cuestión de tiempo que esos periódicos terminen cruzando el océano, y una vez que lo hagan, al menos una de las cincuenta y seis personas que desean mi muerte te considerará una excelente víctima de secuestro, con la esperanza de sacarte un buen puñado de dinero.

Bernadette puso los ojos en blanco.

—¡Que lo intenten!

—¿Crees que estoy bromeando? Solo hay una manera de afrontar esto. Me trasladaré a tu casa hasta que termine este asunto. Yo no tengo un lugar donde quedarme y Dios sabe que, en todo caso, esa es la ruta más directa al matrimonio.

Ella le espetó entonces, con una mueca de asco:

—Contrataré a la escuadra británica entera con tal de protegerme, pero tú no vas a formar parte de ella. ¡Ni tampoco vamos a emprender ruta alguna hacia el matrimonio después de lo de anoche!

—Necesitas tranquilizarte.

—¿Tú crees?

—Sí. Las relaciones románticas nunca son utópicas y todo el mundo comete errores. Y yo cometí uno. Lo admito. No hay necesidad de exagerar las cosas.

Ella entrecerró los ojos.

—Señor Milton. Tenemos aquí un problema mucho más grande que usted no parece reconocer —simuló un tono distante—. El caso es... que ya no confío en ti, ni te quiero cerca de mí después de lo que hiciste anoche. ¿Sinceramente crees que voy a perdonarte por haberme atado como si fuera un cordero a punto de ser asado?

¿Qué se suponía que podía replicar un hombre a eso?

Se pasó una mano por la cara, demasiado agotado para discutir después de haberse pasado la noche entera sentado en un bloque de piedra que los de Scotland Yard llamaban silla.

—¿Qué quieres que haga?

—Primero, quiero que me hables de esos hombres de Nueva York. Los mismos que Georgia y Coleman no paran de mencionar. ¿Qué son para ti? Quiero saberlo.

Tampoco podía decirse que tuviera una reputación que mantener ante sus ojos... Suspiró.

—Coleman y yo lideramos un grupo de hombres conocidos como los Cuarenta Ladrones. Todo comenzó con un llamamiento a la integridad moral y a la protección de la gente de nuestra comunidad... que con el tiempo nos ha vuelto dependientes: de llevar armas, para defender nuestras vidas, y de robar, debido a lo poco que teníamos. A los ojos de la sociedad, soy un ladrón y lo asumo. Yo robo. Pero todo lo que hago no tiene tanto que ver con mantener un modo de vida como con asegurarme de que yo, y los otros, sigamos respirando. Así que en respuesta a tu pregunta, esos hombres son, en realidad, mi familia. Perdí a mi madre cuando tenía doce años, mi padre murió hace varios años y nunca he tenido parientes. La cual es solo una de las muchas razones por las que siempre quise tener una familia propia. Porque, tal como estoy, no tengo nada. Solo a los muchachos, a Ronan y las botas que llevo puestas. Que no es mucho.

—¿Y en qué sentido dependen de ti esos hombres?

—En el genuino propósito de salir de la miseria a la que todos hemos sido condenados. Cuando vinieron a mí uno a uno, buscando rebelarse contra la violencia que inundaba el distrito, no tenían nada. Ni siquiera sabían leer. Yo les proporcioné una educación para que pudieran comprender sus derechos como ciudadanos de los Estados Unidos, mientras que Coleman les enseñó a luchar para poder defenderse. Todo lo cual era mucho más de lo que nunca nadie les había dado. Lo único que querían era una oportunidad para crecer, para ser algo más. Y Coleman y yo se la dimos.

Bajó la cabeza y sacudió la cabeza, consciente de que ella nunca lo comprendería. Ya le había costado bastante hacerle entender a su padre la necesidad de crear un grupo de acción en un distrito asolado por la miseria, donde la única regla era que no había ninguna.

—La única razón por la que abandoné Nueva York fue porque diecisiete hombres de un distrito vecino querían matarme. ¿Por qué? Porque colaboro con los guardias que detienen delincuentes. Tuve que escapar. Cuando te persigue tanta gente, algo tan simple como cruzar una calle se convierte en un problema.

Ella meneó lentamente la cabeza, con aquella expresión de desprecio con que no dejaba de mirarlo.

—Puedo perdonar ciertas cosas, incluido lo de los robos y los hombres que te quieren muerto, pero nunca te perdonaré lo que me hiciste anoche cuando repetidamente intenté ayudarte —al cabo de un largo silencio, añadió—: Estuve hablando con Coleman. O debería decir mejor... lord Atwood.

—¿Te lo contó?

—Sí. Aparentemente sintió la necesidad de confiar en otro aristócrata. No es necesario que te recuerde, Matthew, que tu amigo es una compañía muy inquietante.

—¿Qué te dijo?

—Lo suficiente como para que me diera cuenta de que estoy mejor sin ti.

Matthew inspiró profundo. Coleman había cercenado la última oportunidad que hubiera podido quedarle con aquella mujer. Y no tenía la menor duda de que lo había hecho por el bien de los muchachos. El muy canalla...

—No sé lo que te dijo él, pero yo te digo aquí y ahora que Coleman... o mejor dicho, Atwood, tiene una actitud deformada y retorcida hacia las mujeres que yo no comparto. Ahora estás furiosa conmigo, lo cual comprendo perfectamente, pero no tengo duda alguna de que tú y yo superaremos esto al margen de lo que los demás piensen o digan.

Ella se lo quedó mirando fijamente.

—Yo no le quiero en mi vida, señor Milton —volvió a tratarlo con distancia—. Y nada de lo que ni usted ni nadie diga podrá cambiar eso.

Aquellas palabras le dolieron algo más de lo que había esperado. Fue en ese momento cuando se dio cuenta de que tenía un problema aún mayor. No quería dejarla. Realmente no quería. Y tampoco iba a hacerlo. Se redimiría. Se reformaría. Después de que le hubiera pegado una buena paliza a Coleman, esto es.

—Dejando a un lado todo lo que ya hemos compartido, y que por mucho que quieras, nunca podrás borrar.... No pienso dejarte sin protección. Es tan sencillo como eso.

—Como te dije antes, no necesito tu protección. Antes contrataría a la escuadra británica, que se sometería sin problema no ya a mis leyes, sino a las leyes de los hombres. Algo con lo que tú evidentemente pareces tener problemas —soltándose la retícula de la muñeca, se la tendió—. Toma. Te doy cincuenta libras con tal de asegurarme de no volver a verte nunca. Una cantidad que, en mi opinión, ya es demasiado generosa —se interrumpió para añadir—: Y si alguna vez nuestros caminos vuelven a cruzarse una vez que haya vuelto a Nueva York, cosa que dudo mucho, porque mi gente no es la tuya, te sugiero que salgas corriendo.

Él arqueó las cejas.

—¿Tú no vives aquí? Pero yo pensaba...

—No. Yo no vivo aquí. ¿Cómo crees que conozco a Georgia? El señor Astor fue quien me la presentó en Nueva York.

Matthew abrió mucho los ojos mientras el carruaje se

detenía. Los criados bajaron del pescante para abrir la puerta.

—No sabía que tú... por el amor de Dios. No me hagas esto, Bernadette. Soy consciente de lo mal que te traté, y Coleman no es precisamente un tipo muy agradable, pero te estoy pidiendo que me des una segunda oportunidad. Todo hombre se merece una. Déjame enseñarte la clase de hombre que soy. Al margen de... todo esto.

—La clase de hombre que eres resulta obvia.

Se inclinó hacia ella, reprimiendo la salvaje necesidad de agarrarla por los hombros para convencerla de su sinceridad.

—Tú no entiendes que si me obligas a alejarme de ti y de esto, Bernadette, sin darme la oportunidad de redimirme... no seré capaz de descansar nunca más. Ni de respirar siquiera.

—Entonces no descanses. Ni respires. Y, en mi opinión, te lo mereces. Porque me he tropezado demasiadas veces con demasiados canallas como para confiar en ti. Una vez que un hombre se revela ante mí como indigno, no le doy otra oportunidad. Es así como me aseguro de que la fusta esté en mi mano, y no en la suya —agitó la retícula—. Si el poco tiempo que hemos pasado juntos significa algo para ti, Matthew, respetarás mi decisión respecto a este asunto. Y ahora toma esto y desaparece.

Una parte de su ser se derrumbó. Realmente no podía respirar.

Ella agitó de nuevo la retícula.

Consciente de que debía respetar su decisión, sobre todo cuando ella se lo estaba ordenando, estiró la mano y recogió la retícula de cuentas. Esforzándose por mantener un tono tranquilo, dijo:

—Quiero que contrates a esa maldita escuadra. ¿Entendido? Y no vayas a creerte que nuestra asociación ha terminado solo porque tú lo digas. Y más aún teniendo en cuenta que vives en Nueva York.

—No te preocupes. Contrataré a esa escuadra para asegurarme de que no te acercas a mí.

Eso le dolió.

—Quédate con la retícula —añadió ella—. Puedes venderla para sacar más dinero, si así lo necesitas.

Eso le dolió también. Matthew apretó la mandíbula, agarrando con tanta fuerza la retícula que las cuentas se le clavaron en la piel.

La portezuela del carruaje se abrió en ese momento. El criado desplegó la escalerilla.

—Hemos llegado a Limmer's, señor Milton —Bernadette volvió a tratarlo de usted, para acentuar la distancia—. Pensé en hacerle la cortesía de dejarlo en su destino.

Le estaba enseñando la puerta. Literalmente.

Suspiró, consciente de que aquello era el adiós a todo lo que podría haber sido.

—Mi único deseo era que llegaras a conocerme. No como ladrón, sino como hombre —confesó.

Sin mirarla, se levantó y bajó del carruaje sin hacer uso de la escalerilla, sintiendo la desesperada necesidad de escapar de su presencia antes de que se ahogara por dentro. Era la primera vez en su vida que se sentía como si fuese escoria. Una verdadera escoria.

Capítulo 12

Ten cuidado con la persona encantadora que es capaz de decirlo todo menos la verdad.

The Truth Teller,
un periódico de Nueva York para caballeros

Matthew abrió de golpe la estrecha puerta que llevaba al cuartucho alquilado de Coleman.

—Eres un maldito imbécil, ¿lo sabías?

Coleman, que se encontraba a medio vestir, ataviado solamente con unos pantalones mientras terminaba de atarse la coleta, se giró hacia él. Aquellos ojos azules se desorbitaron mientras una sonrisa se extendía por su rostro sin afeitar.

—¡Milton! Te ha despachado, ¿eh?

Matthew entrecerró los ojos.

—¿Qué diablos has hecho? ¿Qué diablos le dijiste... Atwood?

Cruzando los brazos sobre su pecho desnudo, la sonrisa de Coleman fue reemplazada por una expresión absolutamente estoica.

—Al margen de lo que yo le dijera, esa mujer estaba decidida a deshacerse de ti. Y no es que la culpe por ello —chasqueó los labios—. ¿Atar a una mujer con tu cinturón y robar las joyas de su amante? Esa no es manera de conquistar a una mujer, Milton. Incluso yo sé eso.

Matthew lo fulminó con la mirada.

—No necesito que me eches ningún sermón. No después del que me ha soltado ella. El propio Belcebú no habría deseado una mejor compañía. Ella me ha hecho sentirme... sucio.

Coleman se sonrió.

—Lo admito. Esa mujer tiene fuego en las venas.

Matthew bajó la barbilla.

—Entonces... ¿qué fue lo que le dijiste? Exactamente. Suéltalo.

—No mucho. Solo le conté algo de mi vida. Los rumores acerca del heredero Atwood que se perdió en Nueva York. También le hablé algo de ti, dado que me lo preguntó. Naturalmente, exageré unas cuantas cosas para asegurarme de que no sintiera la necesidad de cambiar de idea, pero eso fue todo.

Matthew abrió mucho los ojos mientras sentía cómo se le hinchaban las venas del cuello.

—Define «exagerar». Porque, como tú bien sabes, mi vida no encaja demasiado bien en esa expresión.

Coleman se encogió de hombros.

—No puedo recordar lo que le dije. Solo estuvimos hablando.

Matthew se estaba ahogando de indignación.

—¿Y tú te consideras amigo mío?

—Sí. ¿Por qué diantres estás tan enfadado?

—Porque un amigo, un amigo de verdad... ¡habría defendido mi nombre!

—Milton, Milton... Sigues siendo ese muchacho de

veintiún años increíblemente ingenuo que conocí, al menos por lo que respecta a las mujeres. Incapaz de asumir la realidad.

Matthew tuvo que hacer un verdadero esfuerzo para no abalanzarse sobre él y pegarlo.

—¿Quieres hablar de quién es incapaz de asumir la realidad? Tienes una hermana muerta, cuya tumba aún no has visitado, y un padre aristócrata y superdotado que se jacta de gozar con mujeres y hombres de todas las edades. Ve tú a asumir esa realidad y luego quizás, solo quizás, puedas decirme que estamos empatados.

Aquellos ojos azul hielo lo fulminaron. A pesar de la distancia que los separaba, la violencia de aquella mirada hizo presa en Matthew, recordándole que acababa de insultar a un boxeador profesional.

—Retira eso.

Matthew alzó ambos puños, poniéndose en guardia, y bajó la cabeza.

—Devuélveme antes a Bernadette. Si no lo haces, te daré la paliza de tu vida.

Coleman puso los ojos en blanco.

—¿Seguro que quieres boxear conmigo?

Matthew le sostuvo la mirada con expresión testaruda, sin bajar los puños.

—Vamos. Será como un entrenamiento. Solo que mejor.

Coleman se acercó a él tranquilamente, tensos los músculos de su perfectamente esculpido pecho bajo las cicatrices que lo marcaban desde su juventud. Aquel cuerpo de cuarenta y un años hablaba de muchos combates librados.

Demasiados.

Matthew apretó la mandíbula, presto para la pelea.

Coleman se detuvo ante él y se quedó quieto, con sus

largos brazos colgando a los lados con aspecto absolutamente aburrido.

—Tienes miedo, ¿eh? —se burló Matthew.

—Ni pizca.

—Entonces pelea.

—Milton, tanto si lo reconoces como si no, tu pequeña aristócrata simplemente no se encaprichó tanto de ti como tú de ella. Porque de haber sido así, te habría perdonado. Te habría comprendido y te habría perdonado. ¿No te parece?

Matthew dejó caer las manos y maldijo por lo bajo. Aquello le había dolido más que cualquier gancho. Porque sabía que era verdad.

Coleman se adelantó para parar el puñetazo que Matthew le dirigió a la sien.

—Has fallado. ¿Por qué? Porque estás distraído. Es el efecto que provocan las mujeres. Es evidente que necesitas entrenarte más. Así que entrenémonos. ¿Estás preparado?

Matthew esbozó una mueca, consciente de que, en efecto, habría perdido el combate.

—Te odio. Lo sabes, ¿verdad?

Coleman se echó hacia atrás y se señaló la cara con el puño, tensa la expresión.

—Vigila siempre los movimientos de tu oponente, no solo el movimiento de su cuerpo. Por lo general, el oponente clavará la mirada por un instante en la zona que intentará golpear. Aunque, a veces, lo hará intencionadamente para engañarte. Y ahora, concéntrate. No te pegaré en la cabeza ni te atacaré por la espalda, será juego limpio. ¿Estás listo?

—No estoy de humor para esto.

Coleman se tocó entonces sus abdominales, que parecían tallados en piedra.

—Quiero que me golpees. Con toda tu fuerza. Vamos.

Matthew se quedó sorprendido.

—¿Por qué quieres que te pegue, sabiendo que ahora mismo no estoy nada contento contigo?

—Porque te lo debo. Quiero que lo hagas, ya que eso aliviará mis remordimientos. Te prometo que no te devolveré el golpe.

Matthew lo apuntó con un dedo, sonriendo despreciativo.

—Solo por esa arrogancia tuya, no creas que voy a pegarte flojo.

Coleman volvió a tocarse el estómago.

—Vamos.

Matthew se colocó de lado y echó el puño hacia atrás. Vaciló, concentrado en la intensa mirada de su amigo.

—¿Con toda mis fuerzas?

—Con toda tus fuerzas.

El muy canalla estaba loco. Pero, al fin y al cabo, aquello era totalmente propio de Coleman. Apretando la mandíbula, Matthew descargó el golpe.

Una inesperada punzada de dolor le recorrió el brazo. Esbozó una mueca de dolor y se echó hacia atrás, sacudiéndose la mano. Era como si hubiera golpeado un muro de ladrillos con la mano desnuda.

—Cristo, ¿qué diablos...? Esto no es normal.

Aunque Coleman se había tambaleado como consecuencia del golpe, soltando un suspiro tembloroso que hablaba del impacto que había recibido, continuaba estoico en la misma posición.

—Es algo en lo que he estado trabajando. He decidido dedicarme al boxeo a tiempo completo aquí, en Londres —señalándose los abdominales, visiblemente tensos, murmuró—: Y es por eso por lo que estoy a punto de ser conocido como El Vizconde del Vicio.

Poniendo los ojos en blanco, Matthew se burló.

—¿Ese va a ser tu nombre en el cuadrilátero?

—Me lo estoy pensando.

—No lo hagas. ¿Quiere eso decir que vas a quedarte en Londres?

Coleman se quedó callado durante un buen rato. Se pasó una mano por la cara y lo miró.

Percibiendo que su amigo deseaba decirle algo, Matthew arqueó una ceja.

—¿Qué pasa?

—Visité a mi padre, así como al marido y al hijo de mi hermana.

¿Y?

Coleman masculló, bajando la mirada.

—Mi padre se merece una buena cuchillada en la molleja y una bala en el cráneo. Tengo que decirte que casi... —cerró los ojos, con la mandíbula apretada. Cuando volvió a abrirlos, dijo—: Me entraron ganas de matarlo. Ese canalla ni siquiera quería reconocerme como un verdadero Atwood, pese a que me daba perfecta cuenta de que él sabía quién era yo —suspiró—. Pero me gustan mucho más el marido de mi hermana y ese sobrino que tengo. En lugar de marcharme a Venecia, tal como había planeado, estoy pensando en quedarme aquí. Quiero ver cómo evolucionan las cosas. ¿A ti qué te parece?

Bueno, bueno... Tal parecía que Coleman iba a quedarse en Londres. Matthew no pudo evitar sonreírse.

—Deberías quedarte. La familia es la familia. No lo olvides nunca.

—Hablando de familia, ¿sabes que Georgia va a casarse con mi sobrino?

Matthew se quedó estupefacto.

—Pero yo creía que ella y Robinsón...

—Robinsón es mi sobrino. Lord Yardley.

—Diablos.

—Ya.

Matthew suspiró profundamente y meneó la cabeza, disgustado.

—Parece que todo el maldito mundo se va a casar, por el amor de Dios. Todos menos yo.

—Yo no me voy a casar.

A Matthew le entraron ganas de abofetearlo.

—A ti nunca te incluí en la lista.

Coleman le dio unos cuantos golpes en el hombro.

—Date tiempo, hombre. Nueva York tiene más mujeres que cucarachas.

Matthew le retiró la mano. Volvía a sentir aquella familiar angustia en el pecho.

—Por desgracia, Coleman, Bernadette era la mujer de mi vida. La mujer de mi vida, y yo lo fastidié todo. De todas las torpezas que he cometido, esta ha sido la peor.

Y el hecho de saberlo no hacía sino deprimirlo aún más.

Capítulo 13

Sí. Aléjate de la verdad. Ignórala. Diles que su desesperación y su indigencia deben durar. Diles, en lugar de aliviar su desgracia, que su miseria se agravará y que continuará así. Diles que desciendan por la escala de la sociedad hasta que su desesperación los empuje a los actos más violentos de los que puede sentirse culpable la naturaleza humana.

The Truth Teller,
un periódico de Nueva York para caballeros

Tres meses después
Ciudad de Nueva York. Manhattan Square

Bernadette sonrió mientras alzaba su copa de vino hacia Jacob, la señora Astor y, por supuesto, hacia el propio señor Astor, sentado orgulloso a su lado.

—Le deseo un muy feliz y glorioso cumpleaños, señor Astor. Me siento muy contenta de participar de esta celebración y aún más de que todos hayan venido a cenar esta noche a mi casa. Ustedes son la familia que siempre deseé tener.

El señor Astor tenía una expresión radiante mientras tamborileaba con sus dedos enguantados sobre el mantel de lino.

—Ya está bien, ya está bien... —se removió en el cojín de su sillón y dijo, majestuoso—: Ya basta de brindis. Comamos —recogió su tenedor y señaló a su nieto, que se hallaba sentado frente a él—. Ahora que Inglaterra está devorando con ganas esa sabrosa tarta americana que es la joven Georgia, y además gozando enormemente, tú yo, Jacob, partiremos para Londres en febrero. Y no nos conformaremos con nada menos que la hija de un duque.

Levantando la mirada de su plato, el joven enarcó una ceja y señaló con su propio tenedor a su abuelo.

—Estoy empezando a pensar que tú quieres el título más que yo —miró a Bernadette, clavando en ella sus penetrantes ojos verdes—. Vos dijisteis que teníais una noticia que darnos. Me encantaría escucharla, en vez de tener que escuchar las peroratas de este anciano.

Ella soltó una carcajada.

—Ah, sí. Eso —dejó su copa a un lado y anunció—: De aquí a menos de un mes, partiré rumbo a Port Royal y Kingston —sonrió, regocijada con la perspectiva de viajar por fin a Jamaica. Se había procurado no uno, sino tres guardaespaldas. Hombres que lo eran todo salvo atractivos y que se asegurarían de mantener a todo el mundo a distancia, estuviera en Jamaica o no—. Con un poco de suerte, se me hundirán los pies en la arena y ya no podré volver.

Jacob se inclinó lentamente sobre la mesa mientras se ajustaba la chaqueta.

—¿Y durante cuánto tiempo estaréis fuera?

Bernadette se encogió de hombros.

—Todavía no he decidido un plazo. Ni pienso hacerlo.

El joven se removió en su asiento.

—Espero que no estéis ausente durante demasiado

tiempo. Porque, en mi opinión... —de repente sonó un ruido y se interrumpió de golpe, desviando la mirada hacia la puerta, que se hallaba justo detrás de Bernadette.

Bernadette se volvió en su propia silla para ver entrar en el comedor a un hombre alto y de cabellos largos y oscuros, con una cicatriz que le corría de la nariz hasta la mandíbula. Lo seguían otros cinco gigantes sin afeitar, todos vestidos con raídas ropas de jinete. Todos portaban pistola, y uno de ellos blandía un cuchillo de trinchar. Un cuchillo enorme.

El corazón le dio un vuelco en el pecho.

Todo el mundo en la mesa se quedó paralizado.

—Si se mueven... —anunció uno de los seis con tono bajo— derramaremos sangre y les obligaremos a limpiarla con la lengua. Incluidos a esos guardaespaldas y todos los criados que acabamos de maniatar.

Un nudo de pánico se aposentó en el estómago, en la garganta y en la mente de Bernadette cuando supo que sus tres guardaespaldas habían sido reducidos. Y sin que ninguno de ellos hubiera oído nada. Procuró no moverse.

El hombre de la cicatriz acercó el cañón de su pistola a la sien del señor Astor.

—¿Cuál es su nombre, viejo?

—John Astor —respondió, con las manos paralizadas sobre la mesa.

—¿Astor? —repitió, acercándose—. ¿El carnicero millonario que sale en los periódicos?

El nieto del señor Astor se levantó lentamente de su asiento y alzó una mano enguantada.

—Caballeros. Díganme cuánto quieren por arreglar este asunto y está hecho.

El gigante se irguió y lo fulminó con la mirada.

—Oh, piensa usted que todo esto es solo cuestión de dinero, ¿verdad? Entiendo. Así que, según su refinada opinión, nosotros no somos más que unos vagabundos que vamos por ahí buscando que nos sobornen. Vaya, eso sí que me irrita. Se impone pues una lección —dicho eso, apuntó con su pistola al hombro de Jacob. Se oyó un sonoro clic, seguido de un disparo, y una nube de pestilente humo se alzó en el aire.

Jacob se tambaleó mientras se llevaba una mano al hombro, para derrumbarse de golpe en su silla.

Bernadette soltó un chillido a la vez que el señor Astor y su esposa gritaban algo. Las lágrimas le nublaban la vista mientras se apresuraba a levantarse de la silla.

—¡Jacob!

El gigante entregó su pistola a uno de sus hombres y recogió otra, ya cargada. A quien encañonó esa vez fue a Bernadette.

Ella se quedó paralizada.

—Bueno, bueno —el gigante esbozó una expresión burlona—. Así que eres tú. He oído que Milton tiene una querencia por ti. Después de todo este tiempo.

No podía creerlo. Se estaba refiriendo a... Matthew. «Oh. Dios mío», exclamó para sus adentros. Se tragó las lágrimas, jurándose no ceder al miedo.

—¿Qué es lo que quiere?

—Ya llegaremos a eso —rodeó la mesa y señaló con el cañón de su arma la cabeza de la señora Astor—. Vieja, sé que está usted preocupada. Atienda al chico.

La señora Astor soltó un sollozo desgarrador. Levantándose apresuradamente de su silla, recogió las servilletas de la mesa para usarlas para taponar la herida y se inclinó sobre Jacob. Intentó quitarle la chaqueta, pero le temblaban demasiado las manos.

El señor Astor se levantó, desesperado. Uno de los hombres se aproximó y lo empujó bruscamente, sentándolo a la fuerza.

—Que lo atienda ella.

Bernadette tragó saliva, incapaz de contener las lágrimas que rodaban por sus mejillas.

El gigantón se plantó ante ella, con un olor a rapé y a whisky impregnando el aire. Sus ojos castaños tenían un brillo asesino.

—¿Eres tú lady Burton?

Conocía su nombre. Había ido a buscarla a ella. Solo rezó para que Matthew no estuviera muerto o herido. Intentando mantener un tono de voz firme, inquirió con irritada incredulidad:

—¿Importa eso? Acaba usted de disparar a un chico.

—¿Un chico? Es un hombre. Y solo le he rozado el brazo, nada más. Se pondrá bien —inclinándose sobre la mesa, gritó a Jacob—: ¡Quítate la chaqueta y demuéstrale a esta mujer que no tienes más que un simple rasguño, antes de que te dispare de lleno!

Jacob apartó a su abuela. Sosteniendo la mirada de Bernadette, se bajó el hombro de la chaqueta para revelar su camisa blanca.

—Estoy bien. No es más que un rasguño. Ni siquiera me ha dolido —una pequeña mancha de sangre teñía su camisa, pero no parecía extenderse.

Bernadette inspiró profundo, de puro alivio.

—¿Lo ves? —insistió el gigante—. Eso no ha sido más que un aviso.

Bernadette miró al hombre sin saber cómo conducirse en aquella situación.

—¿Qué es lo que quiere?

El hombre se acercó a ella. Un acre olor a sudor impregnaba el aire entre ellos.

—¿Eres tú la infame lady Burton o no? Porque este leal irlandés que tienes delante, cuyo padre procede de Cork, necesita saberlo.

Parecía un irlandés desquiciado dispuesto a masacrar a unos cuantos británicos.

—No se ha ganado usted el derecho a escuchar mi nombre.

El hombretón se pasó la mano libre por su pelo grasiento a la vez que encañonaba a la señora Astor. Amartilló la pistola.

—El nombre.

Un tembloroso suspiro escapó de su boca.

—Soy efectivamente lady Burton.

—Ya me lo imaginaba —bajó el arma. Flexionó los anchos hombros, con su maciza figura bloqueando la vista del salón, y escrutó satisfecho su rostro—. Quiero que te acerques al héroe de la noche. Atiende a esa niñita.

Bernadette vaciló antes de rodear lentamente la mesa hacia Jacob. Se detuvo ante su silla, se inclinó y le tomó la mano, que le apretó como si quisiera transmitirle la seguridad de que iban a sobrevivir. Sucediera lo que sucediera.

El joven alzó la mirada hacia ella, apretándole a su vez la mano. Aquellos ojos verdes reflejaban un silencioso terror.

El gigante los señaló con la pistola.

—Ahora, desabróchale el pantalón y trágate lo que salga de ahí. Se lo ha ganado y tú eres una mujer fácil, ¿verdad?

El terror y la náusea la invadieron.

Jacob le apretó de nuevo la mano, desesperado.

—¿Cómo se atreve...? —rugió el señor Astor, levantándose.

Todos los hombres apuntaron a la vez al señor Astor, que tuvo que volver a sentarse.

Bernadette no podía respirar. Aquello era algo personal contra ella. Matthew se lo había advertido. Le había advertido que algo así podría ocurrirle y ella no le había hecho caso. No había aceptado su protección y los guardaespaldas que había contratado habían sido reducidos en cuestión de segundos. Y ahora tanto ella como los Astor estaban pagando el precio.

El gigante de la cicatriz se le acercó, apuntando alternativamente al joven y a ella como para subrayar quién estaba al mando.

—Vamos. No tengo toda la noche.

Jacob la miraba. Estaba tan aterrado como ella.

Bernadette se inclinó sobre él y le acunó el rostro entre sus manos temblorosas. Besándolo en la frente, susurró:

—No voy a deshonrarte ni a ti ni a mí. Si él me dispara y muero, quiero que encuentres a un hombre llamado Matthew Joseph Milton para pedirle que vengue esta afrenta.

Solo rezó para que Matthew estuviera vivo. Y para que Jacob conservara la vida, también.

Jacob le apartó entonces bruscamente las manos.

—Yo moriré antes que tú —levantándose, se irguió cuán alto era para encararse con el intruso—. Dispáreme a mí. Vamos. Solo que esta vez apunte bien, canalla, porque no le tengo ningún miedo.

El gigante soltó una risotada.

—Estás loco. Me gustas —miró a Bernadette y se rascó la barbilla con la pistola—. Tú no quieres que le dispare a este loco. Pero quien realmente me interesa eres tú. No hay necesidad de montar tanto escándalo. Así que... ¿vas a marcharte tranquilamente conmigo? ¿O necesitamos derramar un montón de sangre para que colabores?

El corazón le atronaba en el pecho mientras miraba al señor Astor.

El señor Astor sacudió la cabeza y murmuró algo inaudible.

O ella o las vidas de aquella gente. Y resultaba obvio que aquel hombre estaba lo suficientemente desquiciado como para hacer uso de todas las pistolas que había en aquella habitación en caso de que ella se resistiera a marcharse con él.

Tragó saliva y asintió levemente, intentando no pensar en lo que iba a sucederle. Lo único que importaba era que nadie muriera por su culpa.

—Solo le pido que no les haga daño.

—Esto no va con ellos. Siempre y cuando tú cooperes, estarán bien —escrutó su rostro, sonriendo—. Y de verdad que no necesitarás preocuparte por todos los hombres que, de aquí a poco, estarán montándote en nombre de Irlanda. Porque una vez que te hayamos hecho trasegar un barril entero de ginebra, no te acordarás de una maldita cosa.

Bernadette desorbitó los ojos.

Jacob se abalanzó entonces sobre la mesa y se apoderó de un cuchillo.

El hombre volvió su arma hacia la cabeza de Jacob. Aquel cuchillo parecía un mondadientes en comparación.

—Vamos —el joven entrecerró los ojos—. Hágalo. ¡Dispáreme!

—¡Jacob! —exclamó Bernadette, incrédula—. ¡Suelta el cuchillo!

Jacob negó con la cabeza, tenso el cuerpo como si estuviera a punto de saltar.

—Que me mate. Porque no voy a consentir que…

—¡Suéltalo! —gritó aterrada, e intentó razonar con él—. Por el amor de Dios, si me hubiera querido muerta, ya me habría matado. Necesito que sigas vivo. De lo contrario, ¿qué será de mí si tú no estás aquí para encontrarme?

Jacob vaciló. Sosteniéndole ardientemente la mirada, como diciéndole que si cedía era solo porque ella así lo deseaba, soltó el cuchillo.

—Atad a estos tres —el hombretón apoyó una mano en la espalda de Bernadette y señaló a sus hombres—. Sigue a estos caballeros. Dos se quedaran detrás con tus amigos, para asegurarnos de que las autoridades no se enteren de esto antes de que hayamos acabado.

El corazón le latía a un ritmo frenético y las lágrimas le escocían los ojos. Oh, ¿por qué no había escuchado a Matthew?

Matthew casi podía saborear la sucia humedad de la densa niebla en los labios. Se extendía por todas partes, oscureciendo el amarillo resplandor de la única farola de gas que se alzaba al final del callejón embarrado. Cerrándose con fuerza el abrigo para combatir el frío, apresuró el paso.

Estaba alerta, al acecho de cualquier detalle. Aunque la calle permanecía oscura y desierta, eso no quería decir que estuviera solo. Nunca lo estaba. Alguien podía estar espiándolo, al acecho.

Se detuvo ante el edificio abandonado donde los chicos solían guardar provisiones adicionales de armas bajo las tablas del suelo y suspiró profundo, preguntándose por qué Smock no lo estaba esperando allí. Tenían que hacer la patrulla callejera de rutina. Mirando a su alrededor, no pudo distinguir otra cosa que las largas sombras de los viejos edificios de madera. Un par de perros ladraron a lo lejos cuando el cartel de la tienda crujió sobre sus oxidados goznes, justo encima de su cabeza.

El eco de unos pasos a la carrera le hizo tensarse. A través de la niebla, Smock corría hacia él desde el otro lado de la calle.

—¿Dónde te habías metido? —le preguntó Matthew—. Tú nunca te retrasas.

Smock se detuvo, jadeante, y se arrancó la gorra de la cabeza.

—Está pasando algo muy feo.

—¿Qué? ¿De qué se trata?

Smock abrió el cerrojo y empujó la puerta.

—No deberíamos hablar aquí fuera.

Después de lanzar una última mirada a la calle, Matthew se apresuró a entrar en la tienda y cerró a su espalda. Quedaron sumidos en una completa oscuridad, protegidos de los ojos de la noche por las tablas que tapiaban las ventanas.

—¿Qué pasa? —exigió saber Matthew.

Un fósforo se encendió de golpe, iluminando el desvaído papel de las paredes.

—Cassidy ha perdido el juicio —Smock protegió la llama con una mano y encendió rápidamente una vela que estaba colocada sobre un cajón. Después de soplar el fósforo, se volvió hacia él—. Se ha llevado a una mujer a la taberna The Divine Bell y está invitando a todo el mundo a montarla. ¡Sí, nuestro Cassidy!

Matthew inspiró profundo. Aparte del daño hecho a la pobre mujer, aquello iba a destruir la reputación de los Cuarenta Ladrones ante el distrito y ante los guardias que le estaban ofreciendo su ayuda precisamente cuando él más la necesitaba. Los mismos guardias que siempre estaban capturando y persiguiendo a aquellos que intentaban matarlo.

Nunca volverían a ayudarlo. Dejarían que le hicieran trizas.

Matthew apretó los dientes.

—Voy para allá.

—Son muchos. Y están enfadados. Yo no iría solo.

—Reúne a cuantos chicos puedas conseguir. Diles que voy a entrar. Con o sin ellos.

Capítulo 14

Sé constante, permanece obediente y alerta.

The Truth Teller,
un periódico de Nueva York para caballeros

Cuando Matthew se detuvo a unos pasos de la taberna The Diving Bell, en lugar de la desierta calle de una tranquila noche de domingo, se encontró con una enorme multitud de hombres apostados a las puertas del mugriento edificio. Parecían hormigas infestando una topera, hombres de todas las edades empujándose para entrar por la estrecha puerta, con el resultado de una masa de cuerpos y gritos que resonaban en la noche brumosa.

Maldijo para sus adentros. Era una de las mayores multitudes que había visto por aquellos barrios, a excepción de los motines y protestas durante las campañas políticas. Corriendo hacia ellos, se sumergió en el tumulto de gorras sucias y grasientas cabezas. Todo el mundo se estaba afanando por entrar en el edificio.

Apretando la mandíbula, se fue abriendo paso en medio del hedor a sudor, whisky y tabaco que impregnaba el aire.

Empujó y empujó hasta que logró entrar en el estrecho interior del despacho de ginebra.

The Diving Bell reverberaba con incontables voces.

Desde que Matthew volvió de Londres, Cassidy, uno de sus mejores hombres había empezado a darse aires de grandeza, jactándose más de lo habitual y negándose a recibir órdenes. Aunque había hablado de ello con él varias veces, y las cosas se habían calmado, resultaba obvio que se encontraba ante un problema mucho mayor.

Fanales agrietados colgaban de los bajos techos de madera, bañando el frío y húmedo interior con un manto de luz amarillenta y parpadeante. Entrecerró los ojos en un intento por ver más allá de las cabezas que tenía delante, pero no podía distinguir nada.

El agudo crujido de las maderas se añadía al fragor ensordecedor de las mesas y sillas que eran empujadas contra las paredes de piedra para acomodar mejor a la multitud creciente.

Se abrió paso hacia el fondo, donde parecía radicar el centro del tumulto. Los hombres se apartaban de su camino nada más verlo, cabeceando algunos a manera de saludo.

Oh, sí. Todos sabían que estaba allí para resolver aquello. Como siempre. Matthew continuó abriéndose paso a fuerza de codos, apartando a aquellos que se negaban a moverse.

—¡Moveos! ¡Todos! No puedo creer que estéis aquí asistiendo a este espectáculo, en lugar de hacer algo útil…

Se detuvo bastante antes de que pudiera alcanzar la primera fila. Más allá de las cabezas que tenía delante, al otro lado de la tosca barra de roble, había una mujer sentada sobre una barrica de cerveza, con una jarra de ginebra en la mano. Cassidy apoyaba el cañón de su pistola contra su mejilla, ordenándole que bebiera.

La mujer así lo hizo, con la ginebra resbalando por su mejilla. El negro cabello le caía en una cascada de ondas sobre los hombros, largo hasta la cintura, mientras se esforzaba por apurar la jarra. Cuando lo hizo, devolvió el recipiente a Cassidy. El gigantón se inclinó para bajarle la capa de terciopelo negro que cubría sus finos hombros, revelando un precioso vestido de noche cuyas faldas rozaban el suelo. No era la clase de vestido que solía verse en Five Points.

Matthew perdió de golpe el aliento. ¡Era Bernadette!

Cassidy le pasó un brazo por los hombros, volviendo a rozarle la mejilla con el cañón de la pistola.

—Yo diría que necesitas una más. Para entonces, hasta el último hombre que hay aquí podrá intentarlo con una británica de pies a cabeza —señaló la jarra—. ¡Que alguien llene esto hasta el borde!

A Matthew se le hizo un nudo en la garganta. Sinceramente, no supo qué fue lo que le impidió lanzarse por encima de toda aquella multitud y desgarrar el cuello de Cassidy con los dientes. Pero dado que estaba rodeado de gente, tenía que encontrar la mejor manera de lidiar con aquel asunto si no quería terminar pisoteado antes de que pudiera llegar hasta ella.

—¡En mi opinión, lleva demasiada ropa! —aulló alguien—. Yo digo que se lo quite todo. ¡Incluidas las horquillas del pelo!

Se oyó un coro de risotadas.

Era él contra el distrito entero, que estaba a punto de arrancarle la ropa a Bernadette en el nombre de Irlanda. «Dios mío», exclamó para sus adentros. No podía dispararlos a todo. Solamente disponía de dos pistolas y una navaja.

Tenía que esperar a los muchachos.

Examinó a la multitud que lo rodeaba, pero no vio una

sola cara de su grupo. Ni una. ¿Dónde diablos estaban? Algunos ya deberían haber llegado.

De repente se quedó paralizado. ¿Y si todos estaban conchabados con Cassidy?

Bernadette se tambaleó hasta caerse casi del tonel. Se apoyó en la barra, desviando la mirada hacia los rostros que se apiñaban al otro lado.

—Que alguien me ayude —balbuceó, arrastrando las palabras—. Puede que sea británica, pero eso... esto no es justo.

A Matthew le ardían los ojos. Miró a los hombres que lo rodeaban, consciente de que no podía esperar ni confiar tampoco en la llegada de sus hombres. Tenía que ayudar a Bernadette en aquel mismo momento. Aunque eso significara morir degollado por aquella multitud.

—Psss. ¡Milton!

Matthew se volvió para mirar al muro de hombres que acababan de rodearlo. Eran Kerner, Murphy, Plunkett, Lamb, Bryson, Chase y algunos más.

No estaba solo, después de todo. Gracias a Dios.

Andrews se abrió paso empujando con su enorme pecho hasta que llegó hasta él. Inclinándose, le dijo en voz baja:

—Por si no te has dado cuenta, Cassidy se ha saltado las normas. Ninguno de nosotros sabía nada de esto hasta hace un momento, cuando apareció Smock para contárnoslo. Así que... ¿cuál es el plan? Si dependiera de mí, le dispararía ahora mismo.

—Tiene una pistola. Así que necesito que me escuchéis.

Andrews y los demás, unos quince en total, le rodearon para ofrecerle su apoyo y esperar órdenes.

Matthew se aseguró de que Cassidy no pudiera verlo mientras bajaba la voz.

—Quiero que todos vosotros os quedéis donde estáis. No quiero una sola muerte y tampoco deseo convertir esto es un motín. Pero si la multitud interviene, os necesitaré a todos para que la frenéis mientras yo saco a la mujer de aquí. Porque solo dispongo de dos pistolas y una navaja.

Andrew bajó la voz.

—Yo tengo un cuchillo.

—Y yo —añadió Bryson.

—Y yo —terció Chase.

—Mientras que yo tengo solo dos manos —gruñó Kerner— que no dudaré en usar para romperle el cuello a Cassidy por esto.

—Bien. Esperad aquí.

Matthew desenfundó sus dos pistolas y continuó abriéndose paso entre el gentío, hacia donde estaban Bernadette y Cassidy. Podía parecer sorprendente, pero solamente había matado a un hombre desde que llegó a Five Points: un hombre de treinta y seis años que había violado a una niña de cuatro en un oscuro callejón. Accidentalmente le había roto el cuello mientras se lo quitaba a la chiquilla de encima. No se arrepentía de ello y las autoridades nunca llegaron a acusarlo de asesinato, dado lo que había estado haciendo aquel canalla. El único bien que todo ello le había reportado había sido que el distrito entero se había dado cuenta de que no solo era capaz de matar a un hombre, sino que nunca se echaba atrás a la hora de hacer justicia.

Por fin salió de entre la multitud y apuntó a la cabeza de Cassidy con sus dos pistolas. Con un movimiento de los pulgares, las amartilló a la vez.

Bernadette lo miró. Desorbitó los ojos y un sollozo escapó de su garganta.

—¡Matthew!

Un profundo silencio se hizo en la taberna.

Cassidy cuadró los hombros y señaló a Bernadette con el cañón de su pistola.

—¿Es esto lo que te tuvo tan ocupado en Londres mientras los chicos y yo derramábamos sangre en tu nombre en el último desafío? Un gusano es lo que tú eres, Milton. No tienes lealtad alguna para con los tuyos.

Matthew no se lo podía creer. Cassidy había leído los periódicos de Londres. Sin dejar de apuntarlo a la cabeza, se esforzó por mantenerse tranquilo.

—Esto se va a acabar ahora mismo. No tenías ningún derecho a traerla aquí.

La expresión de Cassidy se endureció.

—Te has vendido a ti mismo y has dilapidado el poco respeto que te tenía. No es que te tuviera mucho, dado que yo nunca fui lo suficientemente honesto para ti, hiciera lo que hiciera. Yo nunca fui lo suficientemente bueno para ti, Milton, por muchas veces que me partiera la nariz por defenderte. Estaba ya cansado de tus tonterías antes de que me enterara de este asunto, pero esto ha sido la gota que ha colmado el vaso. Porque yo soy Irlanda e Irlanda soy yo, y tú lo sabías perfectamente. Lo cual no te impidió apuñalarme por la espalda, ¿verdad?

A Matthew se le cerró la garganta. Había domado aquel potro salvaje en un esfuerzo por moldearlo para una gran causa, solo para descubrir que le había insuflado demasiada pasión y, además, en la dirección inadecuada. Se había equivocado. Y ahora Bernadette estaba pagando el precio. Pero allí terminaba todo. Para él al menos.

Con un rápido movimiento, encañonó aquel cuello de toro con sus dos pistolas, justo debajo de su mentón.

—Por el amor de Dios, Cassidy, mi relación con ella no tuvo nada que ver ni contigo ni con Irlanda.

Pero Cassidy, a su vez, le apuntó a la cabeza con su arma, presionando el cañón contra su frente. La amartilló.

—¿Vamos a ver quién dispara primero? Sabes que estoy dispuesto. Por cierto, tu perrillo negro, ese que se fue de la lengua para avisar a los chicos, como siempre hace, no está ahora mismo aquí. ¿Te has fijado?

Apretando los dientes, Matthew hundió los cañones de las pistolas en su cuello hasta que sintió el latido de su pulso en los dedos, a través del metal.

—¿Dónde está? —siseó—. ¿Dónde está Smock?

Cassidy respondió apretando a su vez el cañón de su arma contra su frente, con el metal clavándose dolorosamente en su piel.

—No pienso entregártelo. Como tampoco pienso dejar que sigas liderando a nuestros chicos irlandeses después de esto. Ni hablar.

Matthew siempre había sabido que Cassidy era un patriota irlandés, pero nunca había imaginado que llegaría tan lejos.

—¿Quién te enseñó a leer esos periódicos que ahora estás usando contra mí, canalla? ¿Quién?

—No me enteré por esos periódicos ingleses —resopló—. Yo nunca toco esas porquerías. Lo supe por un amigo tuyo.

Matthew abrió mucho los ojos.

—No sé de quién...

—Lord Dunmore te manda recuerdos. De hecho, te ha pedido que lo visites mañana por la mañana arriba de la colina. Ya sabes, en Kill Hill. Sube allí a las nueve.

Matthew estuvo a punto de apretar los dos gatillos.

—Que tú... que tú hayas dejado que tu odio contra una nación se antepusiera a tus principios morales ya es suficientemente repugnante. Lo único que me impide ahora mismo apretar estos gatillos es saber que el distrito entero nos está observando. Porque yo todavía tengo una reputación que mantener. Una reputación que no pienso perder convirtiéndome en un asesino.

Cassidy desvió la mirada hacia los rostros de los reunidos que no solo estaban observando la escena, sino escuchando la conversación con una devoción aún mayor que la de un sacerdote en una misa.

—Todos están conmigo en esto, Milton. Y los chicos nunca podrían tomar el distrito entero. Porque la verdad es esta: que nosotros, los irlandeses, no tenemos tratos con aristócratas británicos que, como tú bien sabes, violan a nuestras mujeres y ocupan nuestras tierras. Eso es un deshonor para todo aquello que representamos y es por eso por lo que, ahora mismo, estamos a punto de devolverles ese favor. Esos Brits son la razón por la que hasta el último de nosotros está aquí, separados por un océano de todo aquello que amamos... ¡sin derecho a orinar y a escupir donde nos plazca!

El barrendero Joseph Moran se abrió paso de pronto entre la multitud para acercarse a ellos.

—Ahí es donde te equivocas, Cassidy. Al contrario que en mi tierra natal, Irlanda, yo me he ganado la libertad de orinar y escupir donde me plazca. Y es por eso por lo que estoy con Milton en esto. Huele este aire, muchacho. Ya no estás en Irlanda y esta chica de aquí pertenece a Milton. Brit o no, solamente por eso ya forma parte de los nuestros. ¡Y yo te maldigo por habérnoslo ocultado!

Otras voces se sumaron a la protesta.

—¡Vuélvete a Cork si quieres!

—Dispara al tipo, Milton. ¡Tu padre sí que era un verdadero irlandés!

—Que Raymond descanse en paz —los murmullos corrieron por la habitación.

—Si disparas a Milton, Cassidy —añadió una voz gruñona—, saldrás escaldado. Porque te haremos picadillo en su nombre. ¡No dudes de que lo haremos!

Conforme más y más gritos de enfado reverberaban en

la taberna, una sensación de orgullo iba creciendo en el pecho de Matthew, sabiendo que si bien había adquirido muchos enemigos con el paso de los años, también se había ganado muchos, muchísimos amigos. Amigos que todavía recordaban a su padre y todo lo que había hecho por la comunidad irlandesa.

Apretando la mandíbula, Matthew retiró los cañones de sus pistolas del cuello de Cassidy.

—¿Y ahora qué, Cassidy? Me parece que eres tú quien está en minoría, no yo —vio que arqueaba las cejas con expresión insegura—. Esperabas derrotarme delante del distrito entero, ¿verdad? Con lo que no esperabas encontrarte era con el único rasgo irlandés que tú nunca heredaste: la lealtad. Y ahora, baja de una vez esa pistola. Por última vez: ¿dónde está Smock?

Los rasgos de Cassidy se tensaron aun más mientras contemplaba a la multitud que, para entonces, se había arremolinado a su alrededor. Tras un largo silencio, retiró a regañadientes la pistola de la cabeza de Matthew y retrocedió un paso.

—Atamos a ese perro y lo entregamos a Rosanna Peers.

Rosanna «Alcahueta» Peers. Una bruja conocida por sus negocios esclavistas con los plantadores del Sur, pese a que la esclavitud estaba prohibida en Nueva York.

—¿Quién lo retiene? ¿Cuántos son?

—Patrick y cuatro más.

Matthew se volvió entonces para gritar a sus muchachos:

—Sacad a Smock de allí antes de que lo embarquen para el Sur —entregó luego una de sus pistolas a Andrews—. De aquí a una hora quiero ver a Smock en mi cuarto, o arrasaré este distrito —volviéndose una vez más hacia Cassidy, masculló—: Espero que los guardias se ocupen de ti, canalla.

Cassidy esbozó una sonrisa.

—Yo que tú me preocuparía más bien por tu cita de mañana en Kill Hill. Ese Brit que dice llamarse Dunmore está loco.

Matthew le quitó de la mano la pistola, que entregó a otro de sus hombres.

—Dentro de poco, tanto tú como él estaréis sentados en la misma celda cargados de grilletes y rodeados de guardias que se asegurarán de que no volváis a salir nunca.

Varios saltaron sobre Cassidy y lo agarraron. Andrews no dejó a apuntarle a la cabeza con la pistola mientras el grupo se abría paso entre la multitud, desapareciendo.

Matthew suspiró profundamente mientras se encajaba el arma en el cinturón.

Corriendo hacia Bernadette, que seguía sentada sobre la barrica, tomó sus manos heladas y se las apretó con fuerza. Intentó disimular el temblor de las suyas, pues sabía que él, y solo él, era el responsable de aquella situación.

—Vamos. Te llevaré a casa.

Un sollozo medio ahogado escapó de su garganta. Se aferraba a sus manos como si no quisiera volver a soltarlo nunca.

Él le sonrió, en un forzado intento por transmitirle la mayor seguridad posible, y descubrió entonces su capa caída en el suelo. Soltándole las manos, la recogió y se la echó por los hombros.

De repente vio que bajaba la cabeza: tuvo una arcada. En seguida, una masa de vómito se extendió por el suelo.

Tomándola de la cintura, la alzó en brazos.

—¿Dónde vives? —susurró.

Cabeceó varias veces, como si le costara recordar y mantener al mismo tiempo la cabeza en alto. De repente puso los ojos en blanco y se derrumbó contra él.

Mejor así.

Las voces de la taberna empezaron a apagarse mientras Matthew seguía avanzando, con Bernadette apretada contra su pecho. Una sensación deliciosa que jamás había imaginado que volvería a sentir alguna vez.

—Alguien tiene que avisar al comisario Royce para contarle lo de Cassidy —se dirigió a la multitud—. Quiero a ese canalla detenido para mañana.

—Yo se lo diré a Royce —gritó una voz familiar.

Matthew se detuvo y se volvió para mirar a quien acababa de ofrecerse.

—Ronan. ¿Qué diablos estás haciendo aquí?

—Kerner me dijo que podía venir —se ajustó la gorra y se inclinó para mirar a Bernadette, que seguía con la cabeza enterrada en el hombro de Matthew—. ¿Es tuya?

Matthew bajó la mirada y le acomodó mejor la cabeza en el hueco de su brazo.

—Hacía algún tiempo que no lo era. Y, después de lo de esta noche, no creo que vuelva a serlo nunca.

Ronan esbozó una sonrisa, echándose la gorra hacia atrás.

—Ah, tú la conquistarás al final. Solo dile que la amas. Las mujeres son así de fáciles —señaló a la multitud con el pulgar—. Me voy corriendo a avisar a Royce —y salió disparado, abriéndose paso a empujones.

Matthew se dio cuenta de que los hombres que lo rodeaban se habían acercado todavía más, mirando con curiosidad a Bernadette.

—Excusadme, caballeros —dijo, bromista—. Necesito pasar.

Aunque el espacio que había era muy exiguo, todos retrocedieron medio paso. Más de uno le palmeó solidariamente la espalda hasta que consiguió llegar hasta la puerta de entrada.

Salió por fin a la noche y a la calle embarrada. No se

atrevía a mirar a Bernadette. Simplemente continuó caminando, aturdido solo de pensar en el horrible episodio que acababa de vivir por culpa de su asociación con él.

Se detuvo ante su alojamiento, consciente de que no había otro lugar adonde pudiera llevarla. Tendría que esperar a que recuperara la consciencia antes de quitarle el vestido, y solo Dios sabía cuándo sería eso, teniendo en cuenta la cantidad de ginebra que la habían obligado a trasegar.

Atravesó el portal, cuya puerta alguien había dejado abierta. Se detuvo al descubrir a dos hombres en las sombras, que fumaban apoyados en la pared.

La voz del que sabía que tenía que ser su vecino, Charlie, resonó con su habitual humor cargado de ironía.

—Por fin te has buscado una chica, ¿eh, Milton? Ya era hora. Súbela rápido a tu cuarto y háztelo con ella antes de que se despierte.

—Tú sigue fumando. Es lo que mejor sabes hacer.

—¿Te veré por la mañana?

—Sí. Hazme un favor. Si alguien se presenta con Smock, dame una voz para avisarme.

—Así lo haré.

Matthew subió rápidamente la estrecha escalera de madera. Sosteniendo a Bernadette con un brazo, abrió la pesada puerta de roble. Nada más entrar, la cerró de golpe y suspiró, intentando relajar la tensión de su cuerpo. Por instinto, echó los cinco cerrojos de la puerta. Cerrojos que había instalado después de que un tipo de otro distrito forzara la puerta para intentar matarlo. En realidad, los cinco cerrojos no servían para impedir la entrada a nadie, sino solamente para darle tiempo a prepararse para un ataque.

El terror le atenazó el estómago cuando tomó conciencia de que Bernadette tenía todavía que ver lo peor de él: la manera en que vivía. Ya había sido suficientemente humillante haber tenido que presentarse con la ropa toda vieja y manchada de barro allí, en Londres. ¿Pero aquello…?

Se apartó de la puerta, acomodándola en sus brazos. Perfectamente acostumbrado a la oscuridad, ya que por la noche nunca encendía velas debido a que cada cuarto costaba un penique, cruzó la habitación y la depositó suavemente sobre su jergón de paja.

A tientas, localizó sus pies y le quitó las zapatillas. Acto seguido volvió a la puerta cerrada y se apoyó en ella, para esperar. Esperó y esperó hasta que…

Alguien llamó a la puerta.

—¿Milton? —era la voz de Smock.

Charlie no había gritado. Lo que significaba que Smock estaba solo.

Descorrió todos los cerrojos y abrió la puerta.

Smock alzaba un fanal agrietado en una mano. La expresión de sus rasgos oscuros era de un gozo contenido. En silencio, estiró la otra mano para agarrarle con fuerza un hombro.

Matthew le agarró la mano y lo acercó hacia sí, sintiendo un inmenso alivio de que no le hubiera sucedido nada malo.

—Lamento lo que Cassidy intentó hacer contigo.

Smock asintió en silencio.

Matthew no tenía ninguna duda de que Smock se sentía todavía más traicionado que él. Porque Cassidy y los otros muchachos que habían colaborado con él habían ido demasiado lejos. Lo habían humillado.

—Para mañana, Cassidy estará detenido —dijo Matthew, suspirando—. Ronan fue directamente a ver al comisario Royce para denunciarlo —sacándose la pistola que le quedaba del cinturón, se la tendió—. Toma. Esta es mejor arma que la que tú tienes. Y si me necesitas para cualquier cosa, házmelo saber.

Smock recogió la pistola con su otra mano. A la débil luz del fanal, un brillo de melancolía inundaba sus grandes ojos oscuros. Vacilando, señaló las escaleras.

—Está bien. Tengo que volver con Mary.

Matthew asintió. Mary era su esposa. Tener una familia era el regalo del cielo que él necesitaba tan desesperadamente. Echaba de menos a su padre. Mucho.

—¿Necesitas dinero? Me sobra algún dólar.

—¡Nah!

Matthew se lo quedó mirando hasta que desapareció. De vuelta en el cuarto, echó de nuevo los cinco cerrojos y se pasó una mano temblorosa por la cara, a oscuras. Volvió con Bernadette, deteniéndose ante el jergón de paja donde seguía acostada.

Un leve gruñido de incomodidad, seguido de un largo suspiro y el ritmo regular de su respiración le recordaron que Bernadette, su Bernadette, estaba allí... en su cama. Y él se sentía condenadamente agradecido por ello. Porque la necesitaba para poder superar aquella noche.

Después de despojarse del abrigo, las botas y el parche, a los que siguieron el cinturón y la navaja, lo dejó todo en el suelo y se acostó cuidadosamente a su lado. Aquel dulce aroma a cítricos llegaba hasta él procedente de su piel y de sus ropas, llenándolo de anhelo.

Era como si volviera a estar en Londres.

La acercó suavemente hacia sí y la acunó tiernamente contra su calor, envolviéndola en sus brazos. Acariciando con la nariz las sedosas ondas de su pelo y su cremosa mejilla, cerró los ojos mientras se deleitaba en su contacto. Dios, no había pasado una sola noche sin que pensara en abrazarla así.

Sobradamente le había demostrado que no era merecedor de ella. Ella, que le había salvado la vida a costa de su propio nombre; ella, que había intentado salvar su alma aquella noche, cuando él no había sido capaz de comprender el significado de la palabra «dignidad». Estaba acostumbrado a mandar, que no a obedecer.

En medio de aquel momento mágico, mientras la abrazaba con fuerza, fue consciente de que no tardaría en amanecer, cuando todo cambiaría. Porque al margen de tener que enfrentar el hecho de dejarla marchar, una vez más, tendría también que afrontar una realidad angustiosamente nueva. Admitir que el respeto que siempre había buscado como hombre, y el cambio que siempre había esperado imprimir en su existencia, nunca los hallaría entre todo aquel... caos de vida que llevaba. Necesitaba un trabajo de verdad, un hogar de verdad y una vida de verdad al margen de los Cuarenta Ladrones, antes de que todo su ser y todo aquello en lo que había creído se hundiera para siempre. Tenía que encontrar una nueva manera de cambiar. Tenía que ser independiente. Un hombre nuevo. Como lo había sido su padre.

Capítulo 15

Yo soy, quizá, como diréis vosotros, una criatura muy curiosa: porque estoy cambiando cada día de nombre, de forma y de naturaleza.

T.W.K.

The Truth Teller,
un periódico de Nueva York para caballeros

Un relámpago y el violento restallido de un trueno sacaron a Bernadette de su profundo sueño. La náusea volvió a asaltarla, atenazándole el estómago, la garganta y la mente. Se sentó muy derecha, con los puños cerrados, preparada para la batalla. Su melena suelta cayó como una larga cortina sobre su rostro. Esbozó una mueca y soportó el lacerante dolor del cráneo.

La lluvia repiqueteaba contra el ventanuco, cuyo cristal roto había sido tapado con un trapo. La luz grisácea de la mañana reveló un cuarto pequeño y sucio carente de cualquier mobiliario, a excepción de los tres cajones apilados contra una pared y el jergón de paja donde yacía, con las sábanas amarillentas y remendadas.

La profunda huella dejada en el jergón por un cuerpo masculino, visible a su lado, le dio una idea de lo que había sucedido. Tenía las faldas levantadas hasta las rodillas y enrolladas en torno a sus muslos, dejando al descubierto sus medias blancas de seda y sus pies descalzos. El pánico se apoderó de ella mientras se llevaba una mano a la boca para reprimir un grito.

Aunque no recordaba nada de lo que había sucedido después de la cuarta jarra de ginebra, que al final se había tragado de buen grado, pensando que lo mejor era no recordar nada... tampoco tenía que forzar mucho la memoria: lo que había sucedido era más que evidente. Parpadeó para contener las lágrimas que se mezclaban con el dolor que le punzaba el cráneo. Lentamente se arrastró por el jergón, rezando para que el hombre que se había acostado con ella la dejara en paz...

Otro relámpago surcó el cielo detrás del ventanuco, iluminando las paredes mal encaladas con parte del cañizo al descubierto. De repente, el crujido de las tablas del suelo bajo el peso de alguien que parecía moverse en el cuarto contiguo casi la hizo retorcerse de horror.

—Oh, Dios mío... —susurró sin saber qué hacer.

Se hizo un silencio.

Había hablado demasiado alto.

Los pasos se acercaron hasta detenerse en el umbral, que no tenía puerta.

—¿Bernadette? —sonó una voz profunda.

El corazón le dio un vuelco en el pecho.

Un hombre grande, de anchos hombros, se había asomado al umbral, vestido únicamente con un pantalón de lana y una vieja toalla colgada al hombro, como si acabara de lavarse. La pose autoritaria de su cuerpo musculoso y el pelo decolorado por el sol la convencieron de que se trataba de...

Matthew. Solo que no llevaba el parche.

Sus ojos oscuros contemplaron los suyos durante unos segundos de sobrecogedora intimidad para la que no había estado preparada. Aunque el ojo que normalmente llevaba oculto parecía normal, tenía una ligera nube en el centro que traicionaba su ceguera. Parecía diferente sin el parche. Parecía un cabalero, un caballero de verdad.

Un calor abrasador le corrió por los muslos y el pecho mientras se esforzaba por aparentar indiferencia. Estaba absolutamente arrebatador. Ese siempre había sido su aspecto, pero en aquel momento...

Entró en la habitación.

—No recuerdas nada, ¿verdad?

Con absoluta lentitud y a regañadientes, a través de la bruma de una noche teñida de ginebra, vio a retazos una gran multitud, a Matthew apoyando los cañones de sus dos pistolas en el cuello de su agresor, a ella misma balanceándose sentada en un tonel, consciente de que Dunmore la había traicionado a ella y a Matthew de la más vil de las maneras. A ella misma, en fin, vomitando... y después la nada.

La incredulidad se mezcló con un alivio inmenso cuando se dio cuenta de que Matthew la había salvado cuando más lo había necesitado.

—Recuerdo lo que hiciste por mí —tragó saliva—. Gracias, Matthew. Gracias por...

—Es tu asociación conmigo lo que ha llevado a esto. Así que, por el amor de Dios, no me des las gracias.

Se sentó en el jergón junto a ella, retirándose la toalla del hombro desnudo. La arrojó a un lado y siguió allí sentado, muy cerca. Despedía un fresco aroma a jabón barato y espuma de afeitar.

—Lo lamento —se inclinó hacia ella—. De verdad que lamento muchísimo que hayas tenido que pasar por todo esto.

Un sollozo, que no había sabido que había estado conteniendo, se le escapó de pronto a Bernadette.

—Creí que iba a morir.

Atrayéndola hacia sí, la envolvió en sus brazos. El calor de su duro cuerpo se derramó sobre ella como una bendición caída del cielo.

Bernadette se apretó contra aquel calor, que necesitaba con verdadera desesperación.

Permanecieron sumidos en un profundo silencio, únicamente roto por la respiración de ambos y por algún gemido ocasional que ella fue incapaz de contener.

Había pasado tanto tiempo desde la última vez que había experimentado algún tipo de consuelo parecido al que estaba experimentando en aquel momento... Todavía no podía creer que Matthew, el hombre al que había pensado que no volvería a ver nunca, la estuviera abrazando y consolando. Estaba allí. Con ella.

Por fin lo soltó y, al cabo de un rato, le confió:

—Mucho antes de lo de anoche, me arrepentí de la manera en que nos separamos. Quiero que lo sepas.

—Bah. Me merecía la patada —se removió—. Y, para que lo sepas tú, aprendí la lección. No he robado nada desde entonces. Acepté un par de trabajos fuera del distrito e incluso conseguí que todos los muchachos hicieran lo mismo —se mostraba reacio a mirarla—. Yo nunca tuve la oportunidad de... disculparme contigo por todo lo que sucedió. Sé que probablemente provoqué una brecha entre tu padre y tú cuando todo aquel asunto salió publicado en la prensa. Y, tengo que admitirlo: cuando mencionaste que tu padre probablemente te apalearía por mi culpa, eso me pesó horriblemente en la conciencia. Porque yo nunca, jamás, deseé eso para ti.

Ella sacudió la cabeza.

—No me apaleó. Nunca se molestó en buscarme. Estoy acostumbrada a defraudarlo y, en realidad, él y yo nos habíamos distanciado mucho antes.

—Lamento saberlo —se quedó callado—. Yo tuve la suerte de haber estado unido con mi padre.

Sabiendo como sabía que su padre ya no vivía, Bernadette alzó una mano y le acarició suavemente un hombro.

—Georgia me contó lo de su fallecimiento. Lo siento mucho.

—Yo también —inspiró hondo, se rascó la barbilla y cambió de postura, apartándose de ella—. ¿Y bien? —carraspeó—. ¿Te has relacionado con otros hombres? ¿Desde que nos separamos?

Aunque intentó aparentar indiferencia, Bernadette detectó un acusado tono de dolor en su voz que la hizo estremecerse por dentro. Quería saber si había pasado página. Como si una mujer pudiera pasar página después de haber conocido a un hombre como él. Negó lentamente con la cabeza.

—No. Después de nuestra separación, me prometí a mí misma que no volvería a relacionarme con ningún hombre.

Él esbozó una mueca y se pasó una mano por la cara.

—¿Tanto me odias?

—No. Me quedé muy decepcionada contigo y muy furiosa, pero nunca te odié —suspiró—. En verdad, tú me pusiste un espejo en mi vida. Yo nunca me tomé a nadie y a nada en serio después de mi relación con Dunmore. Y eso fue un error por mi parte. Un error muy grave.

Él soltó un largo, profundo suspiro.

—Me alegro de saberlo. Porque yo... me alegro de ello —escrutó su rostro antes de preguntarle—: ¿Por qué Dunmore está tan decidido a destruirte? ¿Qué sucedió entre los dos? Nunca llegaste a decírmelo.

La asaltó una náusea.

—No manejé bien la relación. Herí sus sueños, por retorcidos que fueran. De alguna manera, yo soy la culpable de todo esto. Y eso, tengo que admitirlo, resulta difícil de asumir.

Matthew no dijo nada.

Bernadette estudió su rostro atractivo, intentando acostumbrarse a su nueva imagen sin el parche.

—¿Por qué me miras así? —le preguntó.

El corazón le latía acelerado.

—Estás tan diferente sin el parche... Nunca te había visto sin él.

—¿Es una pulla?

—Es un cumplido —pese a su conflictiva ruptura, había pensado mucho en Matthew. Demasiado. Y aunque la mayor parte de los pensamientos habían sido amargos, incluso los más de ellos habían estado mezclados con deliciosos momentos de dulzura.

De repente, él se inclinó de nuevo hacia ella y le apretó el brazo.

—Necesito saberlo. ¿Cómo fue que terminaste con Cassidy?

—¿El hombre de la cicatriz?

—Sí. ¿Llegaste a contratar guardaespaldas, como yo te pedí que hicieras?

Ella asintió.

—Estaban conmigo todo el tiempo, tanto en la casa como en mis salidas por la ciudad, pero él se presentó con un grupo de hombres y logró reducirlos.

Matthew apretó con fuerza la mandíbula y la miró.

—¿Llegó a tocarte? ¿O...?

Ella sacudió la cabeza, con el estómago revuelto.

—No. No de esa manera.

Él echó la cabeza hacia atrás y se quedó mirando al techo.

—Debí haberme marchado aquella primera noche, cuanto tú me pediste que me quedara. Debí haberte guardado un mínimo de respeto.

Bernadette se apoyó en él y acarició suavemente el calor de su pecho desnudo con una mano, ofreciéndole el perdón que tan claramente necesitaba.

—No me arrepiento de nuestra noche. Como tampoco me arrepiento de haberte conocido. Incluso después de todo lo que pasó desde entonces. Quiero que lo sepas.

Él la miró. Le cubrió la mano con la suya y se la llevó al corazón. La dejó allí, dejando que sintiera su rápido latido. No dijo nada.

A Bernadette se le hizo un nudo en la garganta.

—Matthew...

Él le soltó entonces la mano y se frotó la barbilla con el dorso de la mano.

—Tengo que llevarte a casa. Voy a vestirme —señaló el suelo—. Te quité los zapatos. He barrido los suelos todo lo que he podido, pero nunca acaban de estar limpios del todo.

Se levantó del jergón y desapareció en el cuarto contiguo. Se oyó un ruido de ropas.

Aquella era su manera de despedirse.

Ni siquiera le había pedido una segunda oportunidad. Incluso en aquel momento, después de todo lo que había pasado, habría podido plantearse ofrecerle una.

Con una tristeza que no había esperado sentir, examinó en silencio su pobre cuarto. El ventanuco roto, el cañizo expuesto de la pared con la sucia capa de cal y los tres grandes cajones: uno conteniendo una colección de antiguas armas y los otros dos ropas viejas y disparejas. Se le encogió el corazón de incredulidad. No podía soportar saber que vivía de aquella manera. Ningún hombre se merecía vivir así.

Especialmente un hombre como él.

Su atención se vio atraída por el jergón de paja lleno de bultos en el que estaba sentada, donde persistía la huella que había dejado el cuerpo de Matthew. Había dormido a su lado. Se había quedado la noche entera después del horror de aquel último incidente.

Estiró una mano para acariciar aquella huella, delineándola sobre la sábana remendada. De repente su mano se detuvo sobre algo duro oculto debajo. Retiró la sábana para descubrir lo que había allí escondido y se quedó asombrada. Era su retícula. La que ella le había regalado cuando le ordenó que saliera de su vida.

Consciente de que no solamente la había guardado, sino que además dormía sobre ella, sintió un escozor de lágrimas en los ojos. Lo bendijo para sus adentros. Cuidadosamente volvió a colocar la sábana para esconderla. Sabía que a su orgullo masculino no le habría gustado que la descubriera.

Se levantó con esfuerzo del jergón y se irguió, con su vestido cayendo en cascada sobre sus piernas. Cuando vio sus zapatos de satén pulcramente colocados a los pies del catre, se los puso con una sonrisa.

Atravesó el estrecho umbral para asomarse al otro cuarto, y vaciló al descubrir que no había más. El mobiliario consistía en cuatro sillas disparejas. Y nada más.

Una silla estaba colocada bajo un espejo desportillado, con un pequeño aguamanil, una navaja, jabón, crema de afeitar y su parche encima. Matthew se hallaba de pie delante de aquella silla, cara al espejo, colocándose un pañuelo amarillento al cuello. Llevaba puesta la camisa y un chaleco de un desvaído color azul, al que faltaban dos botones.

En otra silla, la que estaba al otro lado, había una alta pila de periódicos que amenazaban con caerse. La tercera, que contenía un fajo de papeles torpemente cortados, varias plumas de ganso y un tintero a medias, servía de escritorio. En la cuarta y última había un surtido de botellas de variados tamaños, con lo que parecía whisky y otras bebidas sin etiquetar, y una taza de lata entre ellas.

Un pequeño hogar con un caldero de hierro y una cuchara de madera asomando completaba aquella habitación que era tan pequeña como la que acababa de abandonar.

Al contrario que antes, por fin comprendía su desesperación de aquella noche. Por fin comprendía por qué se aferraba con tanta ferocidad a su orgullo. Porque no poseía nada más.

—Es patética la manera en que vivo, ya lo sé —le espetó, todavía observándola en el espejo desportillado mientras terminaba de colocarse el pañuelo de cuello—. Tu gusto en cuestión de hombres no es el que debería ser.

—Oh, calla. Ten más respeto por ti mismo.

Él gruñó y señaló la silla con las botellas.

—Bebe lo que hay en la taza. Te ayudará con las náuseas.

Ella asintió y se acercó a la silla. Recogiendo la taza, observó su contenido: un líquido denso y pardo. Lo olisqueó y esbozó una mueca al detectar un olor a rancio, que agravó su náusea.

—No lo huelas —le dijo—. Solo trágatelo.

Así lo hizo. Casi le dio una arcada, pues sabía a jengibre podrido con pimienta. Dejó la taza a un lado y volvió a hacer una mueca por su amargor.

—Mi padre solía prepararlo cuando cualquiera de los dos cometía la estupidez de beber demasiado. En seguida te sentirás mejor.

Aquel hombre no solo la había salvado, sino que además, en aquel momento, la estaba ayudando a sobrellevar los efectos de la ginebra. ¿Habría algo que no supiera hacer? Terminó de bebérselo, sintiendo cómo el brebaje iba aliviando poco a poco su estómago.

Era increíble. Como él. ¿Por qué había tenido que verlo en aquel horrible cuartucho para comprender por fin que no tenía nada que ver con cualquier otro hombre que hubiera conocido?

Se acercó a él, consciente de que nunca podría olvidarlo y menos aún allí, sobre todo después de lo que había hecho por ella la noche anterior. Le tocó suavemente el brazo.

—Matthew...

Él se tensó y la miró. Bernadette lo obligó a volverse hacia ella y alzó las manos para acunarle el rostro, recién afeitado.

—Quiero que dejes este lugar. No quiero que vivas así. Vente a vivir conmigo.

Él se apartó de su contacto mientras le sostenía la mirada con expresión solemne.

—No. Estoy harto de tomar cosas que no me he ganado con mi esfuerzo. Pretendo salir solo de esto y no necesito tu compasión.

—Matthew. Tú no puedes vivir así. Ni yo pienso permitirlo.

Se volvió de nuevo hacia el espejo, recogió el parche de la silla y se lo colocó sobre el ojo.

—Llevo nueve años viviendo así. Otros nueve no me matarán.

Quizá el problema no fuera su orgullo. Quizá fuera... ella.

—Sé que no nos separamos en los mejores términos y que ya no compartimos una relación sentimental, pero...

—Si tú crees que yo he pasado página, Bernadette, te equivocas. Pero la triste realidad es que aun cuando me dieras otra oportunidad para redimirme, cosa que sé que no harás, lo nuestro nunca podría ser. Porque yo mismo no soy nadie.

Bernadette sintió un picor de lágrimas en los ojos.

—No pienso dejarte viviendo así. No lo haré.

—Déjalo ya. Te llevo a casa —recogió su abrigo, se lo puso y se dirigió hacia la puerta. Descorrió los cerrojos—. Vamos, Bernadette. Tengo por delante una larga jornada que incluye una cita con Dunmore en Kill Hill, por la noche.

Ella entró en pánico.

—¿Vas a encontrarte con ese hombre, solo, en un lugar llamado Kill Hill? ¿Es que estás loco?

—Aunque aprecio tu preocupación, no voy a ir solo. Me llevaré a los guardias para que detengan a ese canalla. Y ahora, vamos. Tú y yo tenemos que irnos.

Sacudió la cabeza. No estaba dispuesta a ceder. No cuando tan claramente él se había sacrificado a sí mismo dependiendo únicamente de ese estúpido orgullo suyo, que siempre le metía en problemas. Como lo había hecho aquella noche.

Volviéndose hacia la silla que estaba delante del espejo, recogió la tiza y el cepillo pequeño que también había allí. Aparte de que la mugre de la noche anterior seguía tiznándole hasta el último centímetro de la piel, necesitaba deshacerse del sabor a ginebra y a vómito que seguía teniendo en la boca. Hundiendo el cepillo en el pequeño recipiente de tiza, se inclinó sobre el espejo y empezó a cepillarse los dientes, decidida a lavarse la lengua y la boca de cualquier recuerdo de la pasada noche.

Él se la quedó mirando fijamente.

—Espero que no vayas a pedir luego un baño caliente y champán.

Ella lo ignoró. Cuando terminó de cepillarse los dientes, volvió a dejarlo todo sobre la silla y se aproximó a la que estaba cargada de periódicos. Se dedicó a ojearlos uno tras otro hasta que alzó uno que llamó su atención.

The Truth Teller,
Un periódico de Nueva York para caballeros.
17 de mayo de 1819

—Es muy antiguo —lo miró—. ¿Hay alguna razón para que...?

—Deja eso —se acercó a ella—. Están ordenados por fechas —le quitó el periódico de la mano y volvió a colocar cuidadosamente los que ella había apartado.

Ella observó su concentrada expresión. Aquellos diarios parecían significar mucho para él.

—¿Por qué los guardas?

—Esto es todo lo que queda del periódico de mi padre. Era muy popular entre la comunidad irlandesa y uno de los pocos que se imprimían no solo en Nueva York, sino también en Irlanda. Mi padre era tratado muy bien allí por causa de ello. Ese es el motivo por el que tantos hombres se pusieron anoche de mi lado. Honraban a mi padre, que no a mí —cuadró los hombros—. Y ahora, vámonos.

Bernadette arqueó las cejas.

—¿Qué le sucedió al periódico de tu padre? ¿Dejó de existir?

—Sí. Confió en un amigo suyo, que dilapidó todos los fondos del periódico en juego y mujerzuelas. Es por eso por lo que terminamos aquí.

Ella desvió la mirada hacia la pila de diarios amarillentos, contemplándolos con renovada fascinación.

—Es una lástima que fuera desmantelado.

—Sí, una lástima. ¿Podemos irnos ya?

Bernadette se fijó entonces en un recorte de diario que había caído al suelo, del montón que él acababa de ordenar. Lo recogió y se volvió para leerlo, de forma que él no pudiera arrebatárselo.

FALLECIÓ en la Ciudad de Nueva York, el 7 de junio de 1826, a la edad de 53 años, Raymond Charles Milton, oriundo de Cork, Irlanda, uno de los caballeros más distinguidos del distrito, que dedicó noblemente su vida al mejoramiento de las de los demás. Deja un hijo, Matthew Joseph Milton, y una esposa, Georgia Emily Milton. Su entierro tendrá lugar este domingo en la iglesia de San Pedro.

Bernadette desorbitó los ojos. Alzó la mirada.
—¿Georgia estuvo casada con tu padre?
Él esbozó una mueca y se aclaró la garganta.
—Sí.
—Ella nunca me lo dijo. No puedo creer que no se me ocurriera relacionar a los dos «Milton». A menudo me extrañaba que se negara siempre a explicarme cómo me conoció. ¿Qué edad tenía ella cuando…?
—Dieciocho. Acababa de cumplirlos.
«Oh, Dios», exclamó para sus adentros. Ella misma había tenido dieciocho años cuando la forzaron a casarse con William.
—No sabía que Georgia y yo tuviéramos tanto en común. Ella era tan joven, y él tan mayor… La diferencia de edad debió de haber sido… brutal.
—No tanto —Matthew le quitó el obituario de la mano—. Te diré que esa chica tuvo un flechazo con mi padre que ya desearían muchos hombres. Y con razón. Él era un hombre digno de recibir amor —lo colocó cuidadosamente sobre los periódicos y se volvió una vez más hacia la puerta—. Vámonos ya.

Bernadette tocó el obituario y los periódicos que se hallaban debajo. Aquello era como tocar el alma de Matthew. Le dolía. Pero al mismo tiempo la llenaba de entusiasmo saber que al fin estaba conociendo su verdadera personalidad. Él no era un ladrón ni un criminal. Era un hombre bueno. Un hombre merecedor de una segunda oportunidad.

Sabiendo ya quién era realmente, sabía también que tenía que luchar por aquel hombre increíble antes de que se rompiera por culpa de su propio orgullo. El orgullo no lo era todo. Ella lo sabía bien.

Al mirarlo, advirtió que se había quedado mirándola en silencio. Le regalaría una nueva vida. Así de sencillo.

—Te ofrezco cincuenta mil dólares para que hagas lo que quieras con ellos. Y no consentiré que rechaces mi oferta.

La miró fijamente. Agarrándola de los brazos, la atrajo hacia sí. Se inclinó tanto sobre ella que Bernadette solo pudo distinguir su rostro difuminado, con el parche borroso.

—No todo se puede comprar en esta vida —masculló—. ¿Es que no lo entiendes, Bernadette? Sé que has nacido en un mundo de privilegiados, pero tu comprensión del mundo es como la de una maldita criatura. El orgullo no se puede comprar. Ni el honor. Ni el sudor. No necesito ni compasión ni caridad. ¿Entiendes? Tengo que hacer esto solo, porque si no, no seré capaz de vivir conmigo mismo. Y si no entiendes esto, entonces nunca podrás entender lo que yo represento. Ni contarás jamás con mi respeto. No cuando piensas que todo, yo incluido, mi orgullo y mi alma, puede ser comprado y controlado a golpe de dólar. Porque no se puede. ¡No se puede!

Ella parpadeó rápidamente, impactada por aquellas palabras. Tragó saliva y bajó la mirada.

—Perdóname.

Nunca había sentido tanta vergüenza de ser quién era, y lo que era. Allí estaba aquel hombre que no tenía nada, pero que se aferraba ferozmente a su orgullo porque valoraba lo poco que tenía, mientras que ella... ¿qué tenía ella? Nada sino abalorios que nunca traducirían su esperanza, o la felicidad, o el amor.

—Tienes razón. Perdóname.

Vio que su pecho se alzaba y bajaba, mientras aflojaba la fuerza con que seguía agarrándola. La soltó por fin y retrocedió un paso.

Sabía que tendría que presentarle una oferta diferente. Una que fuera digna de él. Una que le permitiera elevarse por encima de sus circunstancias.

—Permíteme que corrija mi oferta, porque yo solo deseaba honrarte, que no deshonrarte. Yo estaría dispuesta a... convertirme en inversora.

—¿Para qué?

—Para que vuelvas a abrir la oficina de tu padre. Eso significaría que la poseería yo hasta que tú cubrieras por entero la deuda, usando los fondos para levantar el periódico. Una vez que la deuda fuera saldada, *The Truth Teller* sería tuyo y tú no me deberías nada. Ni siquiera gratitud. Te convertirías en un hombre independiente.

Él la miró sorprendido, arqueando las cejas.

—¿Volver a abrir *The Truth Teller*? —parecía intrigado.

—Sí.

Se pasó las dos manos por el pelo, descolocándose el parche.

—¿Tú... harías eso?

Sonrió.

—Sí.

—No puedo garantizarte que sea capaz de ganar lo suficiente para recuperar siquiera una fracción de los costes. Eso podría llevarme años.

—El plazo de la deuda no tendría límite.

Sacudió la cabeza, dejando caer las manos.

—No. Yo... no puedo. No me he ganado la oportunidad que me estás dando.

—Matthew.

—No.

Resultaba obvio que necesitaba tiempo. Y ella se lo daría. Porque aquel hombre increíble, que tanto había dado a la gente que lo rodeaba, pese a sus numerosos errores, se había olvidado de recompensar a la persona que más lo necesitaba: él mismo. Razón por la cual ella tendría que armarse de paciencia y enseñarle la lección que suponía recibir, aceptar. Después de lo ocurrido la pasada noche, le debía eso y más.

Pero lo primero era lo primero. Ni siquiera podía respirar ni pensar bien con la mugre de la pasada noche cubriendo todavía hasta el último centímetro de su cuerpo. Quería quitársela.

Rodeó rápidamente a Matthew. Dirigiéndose hacia la puerta abierta que llevaba al pasillo, la cerró y echó todos los cerrojos. Uno a uno.

Él se acercó a ella.

—Será mejor que vuelvas a abrir esa puerta, mujer. Porque puedes estar segura de que no te vas a quedar aquí.

—Deja de ser tan grosero. Solamente me estoy procurando intimidad —se volvió y empezó a desabrocharse el vestido, descubriendo el corsé hasta la cintura—. Necesito lavarme antes de marcharme. ¿Hay agua suficiente en tu aguamanil para que pueda hacerlo?

Él se quedó paralizado.

—Ya te lavarás cuando llegues a casa.

Ella liberó los brazos de las mangas del vestido y se lo bajó hasta la cintura y las enaguas.

—No quiero tener que soportar el hedor de Cassidy ni un momento más. Por favor... me siento asquerosa ahora mismo. Quiero quitármelo.

Matthew suspiró.

—Te prepararé el aguamanil —dijo, volviéndose.

—Gracias —desatándose las enaguas, se las bajó y salió de ellas. Hasta que se quedó en corsé, camisola y medias.

Sin mirarla siquiera de reojo, Matthew se acercó al balde de cinc lleno de agua que había en una esquina de la habitación, lo levantó y lo dejó junto a la silla en la que estaba su pequeño aguamanil. Recogiendo el aguamanil que había estado usando antes para lavarse las manos y afeitarse, se lo llevó al otro cuarto, abrió el ventanuco y arrojó el agua fuera.

Cerrando la ventana con fuerza, regresó y volvió a dejar el recipiente junto a la silla.

—Estaré en la otra habitación.

Pero Bernadette le tocó un brazo.

—Antes de que te vayas, ¿podrías desatarme los lazos del corsé, por favor? —reprimió una sonrisa—. Sin la navaja, si no te importa. Porque necesitaré ponérmelo de nuevo cuando haya terminado de lavarme.

Él suspiró. Rodeándola, se dedicó a desatarle los lazos con los movimientos precisos de un hombre que estaba decidido a sacarla de allí cuanto antes. Le retiró el corsé y se lo colgó de un hombro.

—¿Podrías sujetármelo, por favor? —le pidió ella—. No veo ningún gancho en las paredes.

Recogiéndolo de nuevo, se retiró rápidamente con él a la otra habitación.

—Tienes cinco minutos, cariño —gritó desde allí—. Cinco minutos.

Bernadette se sonrió. La había llamado «cariño». Se preguntó si volvería a usar alguna vez ese término con ella. Despojándose de la camisola, recogió el jabón.

Cuando hubo terminado de lavarse el torso y todo lo demás hasta las rodillas, sintiéndose limpia por fin, usó la camisola para secarse. Cuando volvió a ponérsela, se sintió maravillosamente mejor.

Vestida con la camisola, las zapatillas de satén y las blancas medias de seda, entró en el cuarto donde estaba Matthew.

—Gracias. Realmente lo necesitaba. ¿Puedes ayudarme a ponerme el corsé? Lo demás puedo hacerlo sola.

Matthew, que se había quedado mirando sin ver el ventanuco del cristal roto, con el corsé todavía en la mano, se giró. Su mirada se posó en la casi transparente tela de su camisola. Estrujaba el corsé entre sus dedos.

—Puedo verlo todo, por el amor de Dios.

—Ya me has visto desnuda antes —replicó ella, fingiendo la mayor naturalidad mientras se acercaba a él—. Y yo no puedo atarme el corsé. Necesito tu ayuda para ello.

Pero él giró la cabeza a un lado, desviando la mirada al tiempo que estiraba la mano para entregarle el corsé.

—Lo siento, pero vas a tener que idear una manera de hacerlo tú misma. Porque mi nombre es Matthew, cariño. No San Matthew.

Ella reprimió una exasperada sonrisa y aceptó el corsé.

—Aprecio tu intento de salvarnos a ambos del pecado, pero en verdad que... esta era mi esperanza de que tú y yo fuéramos capaces de empezar de nuevo. Al margen de este desastre que estúpidamente hemos creado los dos.

Aunque seguía clavando la mirada en la pared más alejada del cuarto, aquello pareció sorprenderlo.

—¿Qué estás diciendo?

Suspiró mientras sus dedos no dejaban de juguetear con el corsé.

—He decidido darte la segunda oportunidad que me pediste allá, en Londres. Es tuya. Esto es, si la quieres.

Matthew volvió por fin el rostro hacia ella y escrutó su expresión.

—¿Por qué? No me la merezco. No me la he ganado.

Bernadette pensó que aquel hombre era más santo de lo que él mismo se imaginaba.

—Porque yo me merezco conocerte al margen de esta pobreza en la que vives y tú te mereces conocerme a mí al margen de mis millones de libras de renta. Cada uno tiene mucho que aprender sobre el otro y quiero que aceptes mi oferta de crédito como testimonio de reconciliación. Y como una oportunidad de que te conviertas en lo que siempre quisiste ser pero nunca pudiste. A pesar de lo que tú puedas pensar, esa oportunidad te la ganaste. Yo te debo mucho más que una segunda oportunidad, Matthew. Te debo mi vida.

—Yo no imaginaba que tú podrías replantearte... —deslizó lentamente la mirada hacia sus senos. Apretó la mandíbula. Pero en seguida volvió a clavar los ojos en su rostro, ruborizándose—. Perdón —cuadró los hombros—. Si yo... er... aceptara ese crédito, ¿qué implicaría eso?

Ella reprimió una sonrisa, consciente de que lo había puesto nervioso con su semidesnudez. A él, a un líder de banda de los barrios pobres de Nueva York que lo había visto todo.

—Haría que mis abogados redactaran un contrato que recogiera todos y cada uno de los términos que tú estimarías aceptables.

Él se le acercó, esforzándose todavía en concentrarse en su rostro como si no confiara lo suficiente en sí mismo como para mirar otra cosa.

—¿Y esa llamada segunda oportunidad? ¿Qué entrañaría?

Bernadette sintió que le ardían las mejillas.

—Lo que sea, será. La relación estaría determinada por lo que hiciéramos y cómo lo hiciéramos.

Él se la quedó mirando fijamente.

—Eso me gustaría.

—Bien. A mí también.

Él cerró momentáneamente los ojos. Pasándose una mano por el pelo, soltó un profundo suspiro y volvió a abrirlos.

—Si aceptara ambas cosas, algo que tengo muchos deseos de hacer, necesitaré tiempo. ¿Me lo darás?

—¿Tiempo? ¿Para qué?

—Para convertirme en el hombre que quiero ser. En el hombre que merecerías conocer.

El corazón le dio un vuelco en el pecho. Había llegado el momento de aceptar que, a veces, una no podía controlarlo todo, y que, por lo que se refería a una hombre y a una mujer, no había reglas. Solo la ciega esperanza de que todo terminara funcionando al final.

—Sí. Te esperaría.

Un músculo tembló en la mandíbula de Matthew.

—Voy a traerte la ropa. Antes de que me ponga a divagar —la rodeó rápidamente y desapareció en el otro cuarto, para volver en seguida con su vestido en las manos. Acercándose al catre, lo dejó encima y, sin mirarla, le pidió en voz baja—: Ven aquí.

Ella tragó saliva, percibiendo que algo había cambiado durante aquellos últimos segundos, entre el momento en que se marchó a la otra habitación y volvió. Frunció los labios y se aproximó. Se detuvo frente a él, todavía jugueteando con su corsé.

Se volvió hacia ella.

—¿Y si reformarme me costara un año, o dos, o tres? ¿Me seguirías esperando?

Intentando tranquilizar el errático latido de su corazón, Bernadette asintió.

—Te seguiría esperando. ¿Significa esto que... piensas aceptar el crédito?

—Solo con la condición de que te lo devuelva con intereses.

—Por supuesto.

Tras una ligera vacilación, Matthew estiró una mano hacia ella. Quitándole el corsé de los dedos, lo arrojó a la cama y se acercó aún más. La miró a los ojos.

—¿Puedo besarte? ¿Antes de que te vista y te lleve a casa para que firmemos ese crédito?

—Sí —respondió ella mientras se esforzaba por aquietar su acelerado pulso.

De repente, él la agarró para acercarla bruscamente hacia sí, sobresaltándola. Le sostuvo la mirada durante un largo momento.

—Desde el momento en que nos besemos, volveremos a empezar. ¿De acuerdo?

Ella volvió a tragar saliva y asintió levemente.

—Bien —apretándola contra su cuerpo musculoso, aplastó sus labios contra los suyos y la obligó a abrir la boca con la presión de su lengua. Le succionó la lengua entera, con fuerza, haciéndola derretirse contra él.

No podía creer que la estuviera besando de nuevo. Dios bendito, quería más. Quería más que aquello. Lo quería por entero, todo él. Y lo quería desnudo. Ahora. Sin dejar de besarlo, empezó a bajarle frenéticamente el abrigo por los hombros.

De repente, él le agarró las manos, interrumpió el beso y se apartó tambaleándose. Entre jadeos, volvió a colocarse el abrigo y se aclaró la garganta.

—Tranquila, tranquila. Lo que tenemos que hacer ahora es vestirte y llevarte a casa. Es lo correcto...

Ella se despojó entonces de la camisola, quedando completamente desnuda a excepción de la medias y de las zapatillas, y se sentó en el jergón de paja.

—Si vas a hacerme esperar un año, o dos o tres, Matthew, será mejor que me des algo para recordarte mientras espero tanto tiempo.

Él maldijo por lo bajo.

—Como si pudiera negarme a eso... —volviéndose del todo hacia ella, se quitó su largo abrigo sin dejar de abrasarla con la mirada, y se desabotonó la braguetadel pantalón, con su visible y sólida erección latiendo debajo.

Un estremecimiento como nunca antes había sentido recorrió no ya su cuerpo, sino su alma. De alguna manera, se estaba comprometiendo con aquel hombre sin saber lo que le depararía el futuro. Y sin embargo... antaño, cuando era una niña, había soñado con grandes y emocionantes aventuras, con un amor verdadero y con una auténtica pasión que ninguna melodía de su piano había podido evocar. Si iba a arriesgarse a experimentar todo aquello, sabía que era ahora o nunca. Y esperaba que fuera ahora. Porque estaba cansada del nunca.

Capítulo 16

Nunca te ates a ti mismo al mandil de otro. Porque nunca sabes dónde ha podido estar ese mandil.

The Truth Teller,
un periódico de Nueva York para caballeros

Sosteniendo la mirada de Bernadette, Matthew se desabrochó el pantalón mientras se esforzaba por mantener la mente y la respiración tranquilas. Aunque se sentía como si no pudiera respirar, y mucho menos pensar, consciente como era de que ella lo deseaba. De que seguía deseándolo.

Apoyada sobre los codos, ella permanecía inmóvil, en *su* cama, con aquel cuerpo increíblemente blanco y hermoso, aquellos senos de pezones endurecidos, ofreciéndole todo aquello a él.

Subió a la cama y se arrastró hacia ella como un animal cerniéndose sobre su cuerpo desnudo. Recorrió con las manos aquel cuerpo que recordaba demasiado bien, delineando sus contornos mientras acariciaba con los labios sus senos suaves y su vientre plano, y vuelta a empezar. Dios. Aquello no podía ser real.

Sus carnosos labios se entreabrieron cuando se estremeció bajo su contacto.

No podía creer que ella se lo estuviera dando todo. Aquello era algo más que una segunda oportunidad. Era una segunda vida. Se inclinó sobre su boca para devorársela, deslizando la lengua entre sus labios y dientes para saborear aquel ardor y aquella dulzura que había creído que no volvería a saborear nunca más.

La lengua de Bernadette trabajó contra la suya y de inmediato se descubrió perdido en ella. Una vez más.

Se retiró bruscamente, respirando a jadeos, y se cernió de nuevo sobre ella. La deseaba con locura.

Ella abrió los ojos, aquellos ojos sensuales que parecían hechizarlo.

En silencio, le abrió los muslos sin dejar de mirarla a los ojos. Jadeaba mientras terminaba de desabrocharse el pantalón y la ropa interior para extraer su rígido miembro.

Con la mandíbula apretada, se hundió en los húmedos pliegues de su sexo. Empujó hacia delante y hacia atrás, sosteniéndole la mirada. Y continuó profundizando con cada embate hasta que no solo la sintió temblar, sino que tembló también él.

Ella cerró los ojos.

—Matthew... —impulsaba las caderas hacia delante, entregándose—. Oh, Dios. Matthew.

—Mírame —le ordenó él con voz áspera, mientras se hundía cada vez con mayor fuerza.

Ella abrió los ojos y jadeó una vez más.

Empujó a fondo, haciendo temblar sus senos con el impacto. No podía detenerse. Quería verterse en ella. Hundiéndose en su interior una y otra vez, le sostuvo la mirada con expresión feroz mientras ella gemía en un esfuerzo por mantener los ojos abiertos.

Le clavó los dedos en la cintura, apretándolo contra sí.

Incapaz de dominarse, y sintiéndose como si su cuerpo y su alma estuvieran a punto de explotar, percutió decidido a perderse en ella.

Bernadette gritó entonces y se estremeció bajo su cuerpo.

Aquel grito y aquel estremecimiento fueron todo lo que necesitó para perder el control.

Olas de éxtasis arrasaron su cuerpo mientras su verga bombeaba su semilla en su húmedo calor. Gruñó, deteniéndose, deseando que aquella semilla se asentara en su vientre para que así ella pudiera cambiarle la vida, convirtiéndolo en el padre que siempre había querido ser.

—Bernadette...

Se derrumbó contra su suavidad. Cerrando los ojos, se apretó contra ella, necesitado desesperadamente de recuperar su mente y su aliento. Nunca antes había derramado su semilla en el vientre de una mujer. Y fue así como supo que, efectivamente, era la mujer de su vida. Porque su cuerpo y su alma querían y necesitaban engendrar un hijo con ella.

Se retiró lentamente y se esforzó por sentarse, mientras volvía a colocarse la ropa. Tendiéndose de nuevo junto a ella en el pequeño jergón, le pasó un brazo por los hombros y la miró.

Contempló aquellos ojos oscuros con una opresión en el pecho.

—Me estás dando demasiado. Y yo sigo tomando demasiado de ti. Todavía tengo que redimirme ante tus ojos. Todavía tengo...

De repente sonaron unos fuertes golpes en la puerta, haciendo temblar los cerrojos.

Matthew se apresuró a separarse y se levantó, con el pulso atronando en los oídos. Dios mío. Se había olvidado de su deber para con Bernadette. El deber de protegerla del mundo al que la había arrastrado. Un mundo en el que todavía seguía atrapada por culpa de su estupidez y de su incapacidad de resistirse a todo lo que ella era. Tenía que sacarla de allí.

—Vístete —bajó la voz—. Ahora.

Ella abrió mucho los ojos. Desechando el corsé, se dirigió hacia donde había dejado la ropa y comenzó a ponerse frenéticamente la camisola y todo lo demás que pudo.

Matthew se acercó al cajón de las armas y se quedó paralizado. Le había entregado a Smock su última pistola y Andrews no le había devuelto la que le había dejado. Maldijo en silencio mientras recogía un cuchillo de carnicero.

Mirando a Bernadette, que estaba terminando de abrocharse el vestido, la señaló y se llevó un dedo a los labios.

Ella asintió mientras continuaba colocándose el corpiño.

Matthew se acercó a la puerta, apoyó un hombro en ella y gritó:

—¿Quién es?

—El comisario Royce. Abre la maldita puerta. Ya.

Matthew se quedó extrañado. El hombre no parecía nada contento. Aunque... eso tampoco era de sorprender.

—¿Qué quiere?

—¿Prefieres que vuelva a un hora más conveniente para que puedas conseguir algún arma más? ¿Es eso?

Matthew empuñó con fuerza el cuchillo.

—Le recuerdo, Royce, que no está hablando con un canalla, como podría deducirse por su tono. Está hablando con un hombre que le ha estado ayudando durante años. Así que muéstreme el respeto que merezco o no abriré esta puerta.

Se oyó un resoplido al otro lado.

—Quiero a lady Burton. ¿Está contigo?

Matthew se obligó a permanecer tranquilo.

—Sí.

—Bien. Y ahora te sugiero no ya que abras la puerta, sino que además bajes ese arma que sé que tienes ahora mismo en la mano.

Apretando los dientes, Matthew arrojó el cuchillo de carnicero al suelo y se dedicó a descorrer los cerrojos. Abrió la puerta y se hizo a un lado.

—¿Pongo la mesa para el té? ¿O prefiere codornices y caviar?

—Prefiero respeto, colaboración y, por encima de todo, silencio —respondió Royce, taladrándolo con sus ojos oscuros. Iba ataviado como era habitual con su uniforme azul, sable al cinto. El negro pelo empapado por la lluvia le caía sobre la frente—. No hables hasta que yo te lo diga. Ahora mismo, ni tú ni el resto del maldito distrito tenéis perdón de Dios después de lo que le ocurrió anoche a lady Burton. Ya hemos efectuado quince detenciones y los Astor han anunciado una impresionante recompensa de cien mil dólares a cambio de su devolución. Así que será mejor que la saques de Five Points antes de que a alguien se le ocurra secuestrarla con tal de conseguir el dinero.

A Matthew se le hizo un nudo en el estómago al oír aquello.

El comisario entró por fin, con una mano enguantada sobre la empuñadura del sable. Sus botas embarradas resonaron amenazadoramente mientras recorría el cuarto con la mirada.

—¿Dónde está? —arqueó las cejas cuando descubrió el corsé caído en el suelo—. Girándose hacia Matthew, desenfundó su sable y le puso la punta en el pecho—. ¿Qué diablos has hecho?

Matthew se lo quedó mirando fijamente. Habían sido muchas las veces a lo largo de los años en las que había visto a la gente de Nueva York apartarse de su camino, y todo por culpa de su parche y de su pobre vestimenta. Había aprendido a tragarse aquella humillación, pero ya estaba harto.

—Aparte esa espada o yo...

Pero Royce se adelantó y le puso el filo del sable en la garganta al tiempo que lo agarraba del cuello con la otra mano.

—¡Quieto! —Bernadette salió entonces del otro cuarto, con el vestido desarreglado y la melena suelta—. ¡Deponga usted esa actitud! Le hago saber que Matthew es mi amante y que lleva siéndolo desde hace algún tiempo. ¡Y ahora suéltelo!

Royce bajó el sable y soltó a Matthew con un empujón. Volviéndose hacia Bernadette, envainó la hoja.

—¿Milton es vuestro...? —se interrumpió, y endureció su tono—. ¿Acaso os ha amenazado para que digáis esto?

A Matthew le entraron ganas de soltarle un puñetazo, pero dudaba que eso contribuyera a solucionar la situación.

—Le suplico me perdone, pero... —replicó fríamente Bernadette—, ¿duda usted de nuestra asociación, señor?

—Es mi deber dudar, lady Burton. La gente me miente todo el tiempo. Y si creyera a alguien, las prisiones estarían todas vacías, ¿no os parece?

—Entiendo —Bernadette bajó la barbilla y pasó al lado de Royce, pavoneándose. Lanzando a Matthew una mirada ardiente que lo dejó pasmado, se acercó a él y le acunó el rostro entre las manos, para obligarlo a que lo mirara.

Sobresaltado, Matthew se tensó.

Fue entonces cuando lo besó. Delante mismo de Royce. Y le introdujo además la lengua tan profundamente en la boca, que Matthew se tambaleó a punto de caer al suelo.

Con el corazón acelerado, la atrajo hacia sí, no solo porque estaba disfrutando enormemente, sino porque quería demostrarle al comisario que aquella mujer era suya. Y que estaba terriblemente orgulloso de ello.

Royce se aclaró la garganta.

—No era necesaria una demostración tan elocuente.

Bernadette interrumpió el beso.

El calor de sus manos todavía le abrasaba la cara por la determinación de su gesto. Matthew abrió los ojos mientras intentaba recuperar el resuello. Dios, cuánto la amaba...

Estaba enamorado de la forma en que había luchado por él. De la manera en que había sido capaz de verlo más allá de su parche, de sus ropas y de las ventanas rotas de su vida que habían mantenido a tanta gente a distancia. Ella era todo lo que siempre había querido en una mujer. Lo era todo y más.

Afortunadamente, la señorita Drake le había dejado plantado nueve años atrás y no había encontrado a nadie desde entonces. Porque de haberlo hecho, no la habría tenido a ella.

Bernadette lo soltó, seria, y se volvió hacia Royce con gesto majestuoso.

—Espero que se disculpe con el señor Milton, señor. Porque si no lo hace, informaré de lo ocurrido a sus superiores. ¿Cómo se atreve a irrumpir en su casa y a ponerle una espada en la garganta mancillando su honor y el mío? ¿E insinuando que, por culpa de mi estatus, yo nunca podría asociarme con un hombre así? Discúlpese con él. Se lo merece de sobra.

A Matthew, que no dejaba de parpadear extrañado, se le escapó una carcajada. Maldijo para sus adentros.

Mientras se recolocaba el chaleco con una satisfacción que no había experimentado en años, se acercó lentamente al comisario y se plantó frente a él. Se lo quedó mirando fijamente.

Al hombre que siempre se había creído mejor que él.

—Que sea una disculpa sentida, Royce. Puede que me falte un ojo, pero los oídos me funcionan perfectamente.

Royce tensó la mandíbula, empuñando con fuerza el sable que colgaba junto a su muslo. Al cabo de un largo silencio, pronunció sincero:

—Nunca debí haber desenvainado mi sable sin haberme esforzado antes por comprender la situación. Y, por ello, me disculpo.

Aquello era suficiente. Matthew asintió.

—No está mal. Y ahora, quiero que ella se marche de aquí, teniendo en cuenta esa recompensa de cien mil dólares que ha sido ofrecida. Que los Astor la retiren cuanto antes, no vaya a ser que acudan de todos lados a darle caza en un esfuerzo por cobrarla. Le sugiero también que vigile a Cassidy y a los que estuvieron metidos en esto. Yo le facilitaré una lista de los inocentes. Solo puedo decirle que si no va a arrestar a Cassidy y a su gente por lo que le hicieron a lady Burton anoche, me encargaré de que todo el mundo se entere. Porque un intento de violación en masa no es muy distinto de una consumación de violación en masa. Dicho esto, para finales de esta misma semana habré disuelto a los Cuarenta Ladrones. Pienso empezar una nueva vida. Una vida que me sacará del pozo en el que he estado viviendo durante años.

Royce meneó la cabeza.

—Mi comisaría al completo está trabajando en esto, Milton, y seguimos efectuando detenciones. En cuanto a Cassidy y a sus cuatro compinches, ya están con grilletes.

Matthew experimentó una punzada de alivio al saber que aquellos canallas se encontraban ya detenidos.

—Bien. Hay una cosa más, sin embargo. El hombre que instigó todo esto, lord Dunmore, me ha pedido que me cite con él en Kill Hill esta noche a las nueve. Al parecer, quiere que me presente solo, pero no soy ningún estúpido. Le necesito a usted y a los demás guardias allí.

—Allí estaremos. De eso no te preocupes —suspirando, Royce señaló la puerta abierta—. Tengo un carruaje ahí fuera esperando para los dos. Yo todavía tengo que hacer algunas investigaciones más en el distrito, así que lleva tú a Lady Burton con los Astor. Ya están bastante preocupados y necesitan saber que se encuentra bien.

Capítulo 17

La riqueza y el privilegio no significan la Comunión con Dios.

The Truth Teller,
un periódico de Nueva York para caballeros

Casa de los Astor. Hudson Square

En menos de siete horas, cuando el sol llevara ya tiempo escondido bajo el horizonte, estaría en Kill Hill. Pero, por alguna razón, aquel pensamiento no lo inquietaba tanto como... aquello.

Vestido con su ropa llena de remiendos, Matthew esperaba incómodo detrás de Bernadette, en el vasto y pulcro vestíbulo de relucientes suelos de mármol blanco. Una enorme araña de cristales iluminaba la vasta estancia. Las paredes de brocado de seda color miel forraban no ya el vestíbulo, sino también las amplias habitaciones contiguas que parecían extenderse interminables.

Un criado de librea apareció ante él, con gesto rígido.

—¿Su abrigo, señor?

Matthew se ajustó el abrigo e intentó bromear para combatir la incomodidad que sentía.

—Quizá en otro momento, gracias. Cuando lleve abrigo de piel y chistera.

A su lado, Bernadette le dio un manotazo en el brazo.

—¡Bernadette! —llamó una voz masculina.

Matthew alzó la mirada y descubrió al joven atractivo y elegante que acababa de aparecer en lo alto de la escalera curva. Tendría unos veinte años y vestía un exquisito traje mañanero y negras botas de montar. Tenía el pelo rubio peinado hacia atrás con gomina, lo que le daba un aire mucho más gallardo y caballeroso de lo que le habría gustado admitir a Matthew.

El joven descendió rápidamente la escalera. Un anillo de oro y esmeraldas refulgió en su dedo cuando terminaba de bajar los últimos peldaños.

—La abuela y el abuelo todavía están descansando. Ha sido una noche horrible para todos. En cuanto se levanten, les haré saber que estás aquí. Gracias a Dios que estás de vuelta con nosotros. Gracias a Dios.

Matthew bajó la barbilla. «¿De vuelta con nosotros?».

Bernadette se apresuró a reunirse con el joven, con su larga melena suelta balanceándose sobre sus hombros.

—Jacob —se lanzó a sus brazos y enterró el rostro en su pecho.

—Bernadette... —murmuró Jacob contra la curva de su hombro. Sus manos desnudas subieron y bajaron por su espalda hasta hundirse en su cabello.

A Matthew le ardía la garganta mientras veía aquellas manos acariciar el pelo de Bernadette como si tuvieran todo el derecho del mundo a hacerlo. Se esforzó por permanecer indiferente, y razonable. Se dijo que estaba exagerando.

Quizá fueran primos lejanos...

Muy lejanos.

O amigos.

Muy buenos amigos.

Jacob le acunó el rostro entre las manos y apoyó la frente contra la suya.

—Me alegro tanto de que estés a salvo... Me alegro tanto...

Bajó entonces la voz y añadió algo que Matthew no llegó a escuchar.

Ella sofocó una carcajada.

Matthew respiraba en aquel momento aceleradamente, intuyendo que lo que se habían dicho había sido casi tan íntimo como una caricia. Y convencido de que no estaba dispuesto a soportarlo más.

Avanzando hacia ellos, arrancó a Bernadette de aquellos brazos. Plantándose frente al joven, gruñó:

—No sois tan inteligente si pensáis que yo voy a consentir esto.

—Matthew... —advirtió Bernadette en voz baja.

Los ojos verdes de Jacob sostenían la mirada de Matthew.

—¿Y quién es usted?

—¿Necesito decirlo? ¿Acaso mi contrariedad no resulta suficientemente evidente?

El joven enarcó sus rubias cejas. Retrocediendo un paso, lo miró de arriba abajo.

—Claro, usted debe de ser una especie de... No sabía que los gustos de ella fueran tan... anárquicos.

Era una reacción muy descarada para alguien a quien Matthew sacaba más de una cabeza. Agarrándolo de las solapas de su caro traje mañanero, lo atrajo hacia sí.

—Repite eso, niño bonito, que mis puños no te han oído.

—¡Matthew! —Bernadette se interpuso entre ellos, obligándolo a que soltara al joven—. Por el amor de Dios —apoyó una mano en el pecho de Jacob y la otra en el de Matthew.

Jacob levantó lentamente una mano y la cerró sobre la de Bernadette. Se la apretó mientras miraba fijamente a Matthew.

Aquello era la guerra. Matthew alzó un puño y lo acercó a la cabeza del joven.

—Tienes dos segundos para soltarle la mano.

—¡Matthew! —Bernadette alzó la mirada hacia él, ruborizada y estupefacta—. ¡Basta! —esa vez apoyó ambas manos sobre su pecho, soltando la del joven—. Jacob es un amigo muy querido y no tiene más de veinte años. Seguro que no querrás hacer el ridículo comportándote como un animal.

Matthew bajó el puño, cuadró los hombros y retrocedió un paso. Un joven de veinte años difícilmente podía ser una amenaza. Y, sin embargo, la manera en que Jacob continuaba mirándolo con tácito desafío, como diciéndole «que gane el mejor», contradecía esa impresión. Parecía, de hecho, flotar en el aire como un olor a pólvora. Y aunque Bernadette no lo veía, él estaba seguro de ello.

Aquel muchacho, aquel Jacob, estaba enamorado de su Bernadette.

Intentó tranquilizarse. Resultaba muy difícil permanecer tranquilo y racional sabiendo que él, Matthew, no tenía nada que ofrecerle a ella salvo el corazón que latía en su pecho, mientras que aquel galante joven parecía tenerlo todo. Incluidos dos ojos y un rostro intocado por las maldades de la vida.

Aquel «niño bonito» personificaba todo lo que Matthew había sido antaño. Aunque ni mucho menos tan rico, Matthew había sido un joven bien vestido y bien respetado. Hasta que el señor Richard Rawson tuvo la desvergüenza de robárselo todo y de arrojarlo a él y a su padre al pozo del infierno conocido como Five Points. Lo que significó no solamente un rápido final para la vida de su padre, sino que convirtió a Matthew en un mísero tuerto cuya carencia de moral, de la que antes había estado tan orgulloso, lo había hundido en el fango.

En aquel preciso momento, viendo a aquel muchacho, Matthew comprendió que nunca podría competir por el afecto de Bernadette con los hombres de su ambiente. Razón por la cual sus propios planes tendrían que ir mucho más allá de la resurrección del periódico de su padre. Una vez que el crédito que tan generosamente le había prometido Bernadette hubiera sido devuelto, ella no volvería a verlo hasta que él tuviera una casa, caballos, un carruaje y un aspecto todavía más elegante que el de aquel «niño bonito». Y cuando estuviera preparado, y fuera dueño tanto del periódico como de su nueva vida, solo entonces podría hacer suya a Bernadette. Solo entonces se casaría Bernadette con él.

Volviéndose rápidamente hacia ella, le tomó las manos y se las besó.

—Perdóname. Nunca más volveré a comportarme así.

Ella asintió, sonriendo.

Soltándole las manos, se plantó de nuevo ante Jacob y cuadró los hombros.

—No debí haberos tratado con tanta grosería, señor. No volverá a suceder.

La expresión de Jacob se endureció. Pero no dijo nada.

Porque el muchacho sabía sin ninguna duda quién era mejor hombre de los dos.

Bernadette se demoró durante un rato en el portal de su casa, observando cómo Matthew volvía a subir al carruaje del comisario Royce, que lo llevaría de vuelta a su vivienda.

Lo maldijo en silencio. Él había rechazado su invitación a entrar en casa. Lo único que le había ofrecido había sido un largo y abrasador beso de despedida, con la intención de que ambos lo recordaran. Luego le había agradecido de forma conmovedora el crédito de diez mil dólares que estaría en sus manos para finales de aquella misma semana, y también le había pedido que, una vez que el contrato estuviera firmado, no volvieran a verse hasta que la deuda estuviera pagada. Afortunadamente, al mismo tiempo había insistido en que se mantuvieran en contacto por carta durante todo el tiempo en que estuvieran separados.

Fue entonces cuando se dio cuenta de que el orgullo de Matthew era más fuerte que nunca. Aunque, en realidad, ya no le preocupaba su orgullo. Lo que más la preocupaba era si viviría lo suficiente para ver la primera impresión de su periódico, sabiendo que aquella noche acudiría con los guardias a Kill Hill para asegurarse de que Dunmore tuviera lo que se merecía.

Kill Hill. Tragó saliva. Juntando las manos con fuerza, rezó en silencio para que el nombre no fuera un augurio de la noche que se avecinaba.

Capítulo 18

En el tiempo de corrupciones que se ha apoderado de nuestra nación, levántate.
Levántate y conviértete en el alma que sabes que eres antes de que todo aquello en lo que crees se sumerja en la vileza.

The Truth Teller,
un periódico de Nueva York para caballeros

Kill Hill

Solamente el fanal de Royce iluminaba el camino a través del edificio en ruinas, cubierto de interminables desechos de cristales rotos y sogas deshilachadas. Todo parecía hablar de pasadas transgresiones. Cuerpos muertos y almas castigadas se acumulaban siempre en aquella casa llena de la escoria local. De ahí su nombre, Kill Hill.

Nadie parecía estar acechando en aquella oscuridad.

Ni siquiera las ratas. Ni las cucarachas.

Matthew podía sentir en el brazo el peso del sable que le había dado Royce. Estaba acostumbrado más bien a cuchillos de carnicero y navajas. Cambiándose el sable de mano, agarró con fuerza la empuñadura mientras se internaba con Royce en el edificio abandonado.

Finalmente se detuvieron ante la puerta medio cerrada de una bodega, debajo de la cual se distinguía una luz. Matthew se puso alerta. Aparte de la luz, el silencio se había prolongado demasiado y solo era cuestión de tiempo que algo lo rompiera. Era la regla de lo inevitable.

Abriendo la puerta del todo con un crujido, se dispuso a bajar la estrecha escalera que conducía a la bodega.

Royce le agarró del brazo.

—Déjame bajar a mí primero.

Royce negó con la cabeza.

—Conozco esta casa mejor que usted. Abajo hay una bodega y un almacén. Siga sosteniendo la luz —y empezó a bajar.

Las escaleras estaban levemente iluminadas por un único fanal de cristal que colgaba de un gancho empotrado en la madera podrida del muro. Matthew apoyó la mano libre en la pared y continuó descendiendo.

Se detuvo en el último escalón y miró a su alrededor, contemplando la estrecha y húmeda bodega.

Royce alzó el fanal.

Aquello olía a trampa. E incluso con otros cinco guardias explorando el resto de la casa, olía a chamusquina. Como si alguien estuviera esperando a pegar fuego al lugar.

—Deberíamos marcharnos.

—No nos iremos sin Dunmore.

—Hay demasiada tranquilidad. Y la regla del distrito es que si hay demasiado silencio, sal rápido mientras todavía puedas escuchar tu propia respiración.

Royce pasó entonces por delante de él, enfocando el fanal hacia la oscuridad. Señaló con la punta de su sable la estrecha puerta de madera que se abría al fondo.

—Si no encontramos nada detrás de aquella puerta, nos marcharemos.

—Me parece justo.

El olor a orines y a madera húmeda y podrida era cada vez más intenso, nublando sus sentidos con su pestilencia.

Se detuvieron ante la estrecha puerta de madera. Matthew giró el picaporte de hierro forjado y empujó. La madera crujió a modo de protesta, pero cedió. Matthew abrió del todo la puerta y se asomó a la densa e impenetrable oscuridad.

Todo seguía en silencio.

—Allí —dijo Royce en voz baja—. ¿Qué es aquello? Allí.

Matthew recogió el fanal de manos del comisario y lo alzó bien alto mientras se internaba en la habitación. Bajo sus botas crujía el heno aplastado que regaba el suelo. El resplandor iluminó los estrechos confines del almacén. Contra una pared había varias barricas boca abajo, pero cuando se volvió hacia el otro lado, se quedó de piedra. Incrédulo, soltó el aliento que había estado conteniendo.

Entre pilas de sacos de lana yacía el cuerpo medio desnudo de un joven, de cara al muro. Temblando, se agachó y dejó el sable y el fanal en el suelo, a cada lado del cuerpo inerte, para tomarlo en seguida entre sus brazos.

Se quedó paralizado mientras miraba fijamente el rostro de Ronan, que resultaba prácticamente irreconocible por la negra sangre reseca, las contusiones y los moratones.

Las lágrimas lo cegaron.

—Ronan... Dios mío.

Royce se arrodilló a su lado.

—¿Está vivo?

Matthew se inclinó para pegar la oreja a su pecho. El leve latido del corazón de Ronan le llenó de alivio. Parpadeó varias veces para contener las lágrimas que asomaron a sus ojos.

Era un mensaje de Dunmore. Aquella era su venganza. No tenía ninguna duda de que Cassidy había informado a aquel canalla de que el muchacho era lo más cercano a un hijo que había tenido nunca.

Matthew se volvió para mirar a Royce.

—Está vivo, pero quién sabe por cuánto tiempo. Tenemos que sacarlo de aquí. Recoja su sable y sígame.

Levantó rápidamente a Ronan del suelo cubierto de mugre. Sentía débiles las piernas de la impresión que le había producido verlo en aquel estado. No podía mancharse las manos con la sangre de aquel muchacho. No podía. Era demasiado joven. Y su madre, la muy maldita, nunca le había dado la infancia que habría debido merecer. En aquel momento, Matthew se juró a sí mismo que si Ronan sobrevivía a aquello, él se aseguraría de conseguir de aquella mujer la plena custodia del chico. Porque Ronan se merecía un hogar verdadero, una protección efectiva y la guía constante de un adulto: todas aquellas cosas que no había tenido nunca.

Se apresuró a salir del almacén, con el cuerpo de Ronan colgando fláccido en sus brazos. Se concentró en cada respiración y en cada paso, rezando para que el muchacho saliera adelante.

Royce se encargó de los sables y subió corriendo por delante de él mientras llamaba a gritos a los otros guardias. Desapareció escaleras arriba y abandonó la bodega.

Respirando hondo en su esfuerzo por mantener la calma, Matthew seguía clavando la mirada en cada peldaño.

De repente, Ronan soltó un gemido y giró la cabeza hacia él.

Matthew sintió que el pulso se le aceleraba. Agarró al muchacho con mayor fuerza.

—Ssshh. No te muevas. Vamos a llevarte al hospital.

—Milton. Él se vuelve... a Londres. Mañana. No se dio cuenta... de que yo lo estaba escuchando.

—Colgaremos al canalla antes de que embarque. No te preocupes por eso.

Hospital de Nueva York

Matthew soltó un suspiro exasperado y se ajustó su largo abrigo, apartándose del resto de los muchachos que estaban todos apiñados en la pequeña oficina a su alrededor, como carpas en un cubo, mientras esperaban el veredicto sobre el estado de Ronan. Lanzó una mirada impaciente al médico, que parecía más ocupado en tareas de escritorio que en otra cosa.

—¿Y? ¿Cómo está?

El doctor Carter terminó de redactar las notas sobre el diagnóstico de Ronan. Dejando a un lado la pluma, estiró la mano hacia el tazón de cerámica que tenía sobre la mesa. Llevándosela a la boca oculta por el poblado bigote, bebió un largo trago del espeso café antes de volver a dejarlo a su lado con un golpe seco.

—Vivirá, caballeros. Aparte de algunos puntos de la cara, está evolucionando muy bien. De hecho, podrán llevárselo a casa dentro de un día o dos.

Matthew soltó un profundo suspiro de alivio.

El doctor Carter se levantó y rodeó el escritorio.

—Lo revisaré por última vez. Antes de retirarme a dormir.

Matthew se acercó al hombre y le estrechó la mano con fuerza.

—Gracias, doctor Carter. Significa mucho para mí que se haya quedado levantado para atenderlo.

El hombre asintió y lo miró.

—¿Es usted su padre?

Matthew sintió un nudo en la garganta. Era inevitable que Ronan se fuera a vivir de manera permanente con él.

—No. Pero espero evitar que algo como esto vuelva a ocurrirle en lo sucesivo.

—Bien. Porque ningún chico se merece lo que ha soportado este —el médico asintió con la cabeza y se marchó.

Matthew se pasó una mano por la cara y se quedó pensativo, convencido de que aquel era efectivamente el final de los Cuarenta Ladrones. Aparte de Ronan, eran demasiados los que seguían resultando heridos y demasiados los que habían muerto. Para él, había llegado el momento de abrazar la nueva vida que le había sido entregada por una mujer increíble a la que había prometido no volver a fallar nunca. Y pretendía incluir en ella a todos sus hombres, a todos aquellos que tan valerosamente habían permanecido a su lado hasta el final.

Matthew se giró hacia Kerrigan, Plunkett, Smock, Dobson, Herring y Lamb.

—Convocaremos una asamblea mañana con el resto del grupo. Pienso someter a votación el final de los Cuarenta Ladrones, antes de que los Cuarenta Ladrones nos finiquiten a nosotros. No vamos a seguir contribuyendo a más violencia. Hemos acabado con esto.

Todos se lo quedaron mirando con ojos como platos.

Kerrigan y el resto se le encararon, tensos.

—No puedes hacernos esto, Milton. Esto es lo único que da sentido a nuestras vidas. Es lo único que...

—Lo sé —Matthew alzó una mano—. Pero no podemos seguir haciéndolo. Vuestras familias os necesitan más que la calle. Hay otras maneras de encontrarle sentido a la vida, y eso se puede hacer creando al mismo tiempo algo nuevo y bueno. Podemos convertirnos en la voz de aquellos que no la tienen, sin que ello signifique empuñar un arma o derramar sangre. Tengo una oferta nueva que haceros, muchachos. Una oferta que convertirá a cada uno de vosotros en dueño de su propia vida. Hombres que por fin serán lo suficientemente buenos a los ojos de la ciudad y de la nación. ¿Y sabéis lo mejor? Que siempre tendréis dinero en el bolsillo. Dinero limpio, honrado. Y no dinero robado y mísero que nunca será suficiente para alimentaros a vosotros y a vuestras familias. ¿Estáis interesados?

Se miraron entre sí antes de volverse hacia él.

Smock dio un paso adelante.

—Yo estoy contigo, por Mary y las niñas. ¿De qué se trata?

Si le seguía un hombre, los demás también lo harían.

—Voy a abrir un negocio y pienso abandonar Five Points para finales de esta semana. Pretendo contratar a cincuenta personas, lo que significa que cada uno de nosotros tendrá un trabajo, incluido Ronan y hasta el último miembro del grupo que quiera aceptar. Empezaré pagándoos dos dólares y medio por mes, y tres y medio a partir del mes siguiente. Y conseguiré ropa y calzado nuevo para todos solo por aceptar.

Kerrigan entrecerró los ojos, desconfiando.

—¿De qué clase de negocio estamos hablando?

—Voy a reabrir el *The Truth Teller*.

Casi todo el mundo arqueó las cejas de sorpresa.

—¿El antiguo periódico de tu padre? —bramó Dobson—. ¿Estás de broma?

—Oh, vaya. En ese periódico hay orgullo e historia —masculló Herring—. ¿Y estás diciendo que vamos a formar parte de ello? ¿Nosotros?

Matthew asintió y los barrió con un gesto de su mano.

—Hasta el último de vosotros. Porque necesito buenos hombres para que me ayuden. Y aparte de publicar crónicas sobre Irlanda y Nueva York, escribiremos también sobre aquello que nunca ha salido en prensa: la historia de nuestras luchas para sobrevivir cuando pertenecíamos a Five Points. Solo eso venderá periódicos.

McCabe silbó por lo bajo.

—Nueva York nunca será la misma después de que oiga lo que tenemos que decir.

Lamb también metió baza.

—Es verdad. Recuerdo que mi tío siempre se estaba jactando de que el periódico de tu padre tenía aquello que los otros no tenían: la maldita verdad. Que tuviera que cerrar le rompió el corazón. Y sé, sin necesidad de que se lo pregunte, que él trabajará en ello conmigo. Lleva algún tiempo necesitado de trabajo. ¿Estarías dispuesto a contratarlo?

Matthew se inclinó hacia él.

—Tu tío es uno de los mejores hombres que conozco. Sí. Ya está contratado.

Kerrigan lo miró.

—Eso te costará un buen puñado de pasta que todos sabemos que no tienes. ¿De dónde vas a conseguir el dinero?

Matthew se frotó la barbilla con el dorso de la mano.

—La dama acaudalada a la que salvamos anoche me ha ofrecido generosamente un crédito. Ya está aprobado y tendré el dinero para finales de esta semana.

Plunkett resopló.

—Esos ricos le prestan dinero a cualquiera en estos tiempos, ¿no? —se interrumpió y añadió—: Afortunadamente para nosotros.

Matthew alzó entonces las manos.

—Al coste de perder a los Cuarenta Ladrones, ¿estáis todos dispuestos a aprovechar la oportunidad de abandonar para siempre Five Points, a mi lado?

Se hizo un profundo silencio seguido de un unánime:

—¡Sí!

Matthew reprimió una sonrisa. Al igual que sus muchachos, él estaba más que dispuesto a superarse a sí mismo. Y se juró por su alma que se convertiría en el hombre no ya que Bernadette se merecía, sino en el hombre que la conquistaría para siempre.

Capítulo 19

Hace muchos, muchos años, y en Inglaterra, cierto juez (hemos olvidado su nombre) se ganó el apodo de «Juez Pulgar», porque habiendo decidido en un juicio celebrado a raíz de una riña matrimonial, que el marido podía pegar a su mujer, dispuso que lo hiciera con un palo no más grueso que su pulgar. Debe de resultar muy consolador para las damas cuyos esposos poseen un carácter demasiado dominante, y los pulgares gruesos, saber que una nueva luminaria de la judicatura (el señor Justice Park), en una sentencia reciente, ha dicho que la ley no autoriza al marido a castigar de ningún modo a la mujer. La justicia es ciertamente caprichosa.

The Truth Teller,
un periódico de Nueva York para caballeros

Dos meses después
Prisión de Sing Sing

En nombre de todo el amor que le profesaba, maldijo a Bernadette por tener el corazón que a él le faltaba. En una carta que ella le había escrito apenas unos días antes, le había suplicado que visitara a lord Dunmore, dado que había recibido una alarmante misiva del capellán de la prisión. Aparentemente, Dunmore quería que Bernadette supiera de su arrepentimiento. Deseaba morir. Y como a las mujeres no les era permitido visitar Sing Sing, le correspondía a Matthew asegurarse de que el tipo no iba a hacer tal cosa. Pese a que él era el último hombre sobre la tierra que, de buen grado, habría intentado desincentivar al canalla de que dispensase ese favor al mundo.

Por supuesto, se produjo un enorme escándalo después de que Dunmore fuera detenido al pie del barco en el que había intentado escapar y resultara condenado a ocho meses de prisión y trabajo forzado en Sing Sing. Pese a las protestas del extranjero que incluyeron misivas de incontables aristócratas y peticiones de periódicos británicos dirigidos al Estado de Nueva York.

El Estado de Nueva York no estaba interesado en hacer justicia. No, no se trataba de eso. Simplemente estaban encantados de darle una bofetada a Inglaterra, esperando transmitirle este mensaje: «no te metas con nuestro país ni fastidies a nuestros ciudadanos». Era un gesto político sin precedentes que Matthew aplaudió encantado.

El abrasador calor del sol del verano todavía no había penetrado en la helada y húmeda caliza de los interminables muros que lo rodeaban.

El hedor a podrido, a hierro oxidado, a orines y a aguas negras asfixiaba a Matthew conforme pasaba por delante de las estrechas puertas que se alineaban a lo largo de aquellos muros grises y sucios. Sombras humanas y ocasionales rostros broncos y malencarados aparecían de cuando en cuando detrás de las ventanas enrejadas de aquellas puertas.

Los únicos sonidos que se oían eran los que él producía y las botas del guardián resonando en el suelo de piedra del corredor. Para una prisión que albergaba a quinientos hombres, la impresión era absolutamente fantasmal. Era como si todo el mundo estuviera muerto.

—Solo hay una regla que debe cumplir cada preso —recitó en ese momento el guardián Wiltse—. Silencio. Silencio cuando marchan con grilletes en los pies, silencio cuando comen, silencio cuando trabajan, silencio cuando leen sus Biblias y silencio hasta cuando se agachan sobre sus cubos para hacer sus necesidades —el guardia se detuvo ante una de aquellas puertas y se volvió para clavar sus penetrantes ojos grises en Matthew—. Le ha llevado tiempo, pero este Dunmore ha asumido al fin sus pecados. Y solo han sido dos meses. Otros seis deberían convertirlo en un santo.

Sin dejar de mirar a Matthew, el guardián Wiltse sacó un anillo de llaves de hierro de un bolsillo de la chaqueta. Abrió el cerrojo.

—Dispone usted de quince minutos, señor Milton. Hable de lo que quiera, y sepa ya que él responderá a sus preguntas lo mejor que pueda, considerando que aquí no está permitido hablar. Esta es la última visita que le será autorizada. A continuación pasará a un régimen de confinamiento debido a su incapacidad para obedecer órdenes y permanecerá en él hasta el término de su condena —el guardia abrió la puerta y agitó el látigo de nueve colas que portaba en la mano—. Estaré fuera esperando con el látigo, si me necesita.

Matthew asintió y se agachó para entrar por la baja y estrecha puerta. De repente se encontró en una exigua celda sin ventanas, conteniendo únicamente un orinal y un pobre jergón de paja cubierto por una sábana con manchas de sangre. Una Biblia de tapas de cuero estaba abierta sobre el catre.

Lord Dunmore estaba sentado allí, junto a la Biblia abierta, con la cabeza despeinada entre las manos hinchadas y cubiertas de heridas. Matthew abrió mucho los ojos cuando advirtió que las manchas de sangre de la sábana procedían del propio preso. El uniforme de rayas grises que llevaba presentaba también manchas de sangre que se filtraban a través de la tela en la zona de la espalda.

A Matthew se le cerró la garganta. Rodeó al preso. Aunque la compasión era el último sentimiento que deseaba experimentar por Dunmore, ver a un hombre sangrando nunca había sido algo fácil de asimilar.

Se agachó frente a él, para ponerse a su altura y poder observarlo mejor.

—Estoy aquí de parte de Bernadette, que no mía.

El hombre sin afeitar levantó solemnemente sus ojos ambarinos hacia él, pero por lo demás no se movió. Simplemente continuó sosteniéndose la oscura cabeza despeinada entre las manos, como si se le fuera a caer si no lo hacía. Tenía el rostro demacrado, con los marcados pómulos y la cuadrada mandíbula llenos de arañazos y moratones recientes.

Matthew escrutó sorprendido aquel rostro. Aquel hombre no solo parecía completamente derrotado, sino que tenía aspecto de no haber probado una comida decente desde que fue sentenciado. Que Dios lo ayudase... ¿pero por qué debería importarle eso a él?

—¿Qué diablos has hecho? ¿Te has metido en más problemas? ¿Es que no te dan de comer?

Dunmore no dijo nada.

—¿Desobedeciste las órdenes? ¿Es eso?

Dunmore negó lentamente con la cabeza, con una expresión y una mirada carente de emoción alguna. No había tristeza, ni furia, ni miedo. No había nada. Nada en absoluto.

No era el mismo hombre. El que tenía delante estaba completamente roto.

Y, en aquel preciso momento, Matthew comprendió

que el mensaje que Dunmore le había transmitido a Bernadette había sido, en efecto, genuino. Iba a morir.

Matthew se inclinó hacia él, consciente de que tenía una obligación para con Bernadette si quería tener la conciencia tranquila.

—Bernadette está preocupada desde que recibió la carta del capellán. Quiere darte la seguridad de que, por su parte, todo está perdonado y que no necesitas castigarte a ti mismo con la perspectiva del suicidio. Y ya está. ¿Hay algún otro mensaje que desees que le transmita? ¿Alguna prueba quizá de tu arrepentimiento?

Dunmore asintió levemente y, sin dejar de mirarlo, se volvió y empezó a levantarse la camisa de lino. Esbozó un gesto de dolor mientras lo hacía, claramente determinado a ofrecerle alguna prueba.

Matthew abrió mucho los ojos cuando vio la negra sangre reseca, la pus y las costras recientemente abiertas que le surcaban la espalda. Dios. En Five Points había oído cosas sobre lo que pasaba en Sing Sing, pero nunca se había creído del todo las historias que se contaban sobre las torturas deliberadas a manos de los guardias.

Lo miró fijamente. Sentía la necesidad de saber qué era lo que estaba pasando exactamente detrás de aquellos muros.

—¿Cuántos días de latigazos has tenido que soportar desde que te encarcelaron?

Dunmore volvió a bajarse la camisa y se quedó mirando sus manos, sin responder.

—Ya sé que tienes prohibido hablar, pero dímelo con los dedos. ¿Cuántos días de latigazos has soportado hasta ahora? Quiero saberlo.

Dunmore vaciló. Lentamente le mostró los diez dedos, los cerró y volvió a mostrarle otros diez. Todavía los cerró una vez más para mostrarle otros siete.

Matthew soltó un tembloroso suspiro. Aquel hombre había sido azotado veintisiete veces desde que ingresó en prisión. Eso en sesenta y dos días que llevaba de encarcelamiento, y cuando le faltaban todavía seis meses por cumplir.

Maldijo para sus adentros. Sí, ese canalla se merecía un castigo. ¿Pero aquello? Aquello no era un castigo. Era una tortura. El hombre tenía la ropa pegada a las heridas, y empapada de una sangre que había terminado manchando el catre donde dormía. ¿Qué iba a decirle a Bernadette cuando tuviera que escribirle para informarla de la visita? ¿Que no había dicho ni hecho nada viendo cómo el tipo se desangraba? Ella nunca lo perdonaría. Diablos, ni siquiera se perdonaría a sí mismo.

Matthew se incorporó entonces y gritó:

—¡Guardia Wiltse! ¿Puede usted venir?

La robusta figura del guardián se recortó en el umbral mientras se agachaba para entrar. El hombre golpeó la pared de piedra con su látigo de nueve colas, en un seco restallido que resonó en la exigua celda.

—¿Algún problema, Dunmore? ¿Es que no estás respondiendo a las preguntas del caballero como te ordené, solo con gestos y movimientos de cabeza?

Dunmore cerró los ojos, enterrando sus dedos hinchados en su cabeza sin decir nada.

—Está respondiendo a mis preguntas. No es ese el problema —Matthew se acercó al guardián y señaló a Dunmore—. ¿Por qué diablos le han estado azotando así? ¿Y por qué no le han curado las heridas?

—Órdenes —respondió el guardián, con unos ojos grises tan helados como su expresión.

—¿Órdenes? ¿De quién? —exigió saber Matthew—. ¿De las autoridades?

—Todo prisionero recibe su tanda de castigos, señor Milton. Es por eso por lo que a esto le llaman «cárcel».

—¿Me está diciendo que todos los prisioneros son azotados a diario de esta manera?

El guardián lo miró.

—Tenemos que hacerlo.

—¿Incluidos aquellos hombres que puede que solo hayan robado un pan para dar de comer a su bendita familia?

—Los delincuentes son delincuentes, señor Milton. Así es como mantenemos aquí el orden. Y como nos aseguramos de que no tengan ningún sentido de sí mismos, como personas. Si están aquí es porque han abusado de ese sentido suyo.

«Dios mío», exclamó Matthew para sus adentros. Aquella habría podido ser su vida. Y el hecho de saberlo le llegó directamente al alma. Porque él se consideraba un buen hombre.

—Entiendo. Así que Dunmore y el resto de esos hombres no están siendo castigados por los delitos que cometieron, sino porque tienen un sentido de sí mismos que necesita ser aplastado. ¿Es eso lo me está diciendo?

El guardián se dedicó a enredar las colas de su látigo alrededor de su callosa mano.

—Yo solo estoy aquí para supervisar a estos hombres y estas celdas. Si tiene algún problema sobre como se están haciendo aquí las cosas, señor Milton, le sugiero que se dirija a las autoridades.

Matthew se inclinó sobre el hombre y masculló:

—Haré algo mejor que eso. Lo publicaré en prensa y haré que sea el público quien pida cuentas a las autoridades. Porque el castigo es una cosa, y la tortura otra muy diferente.

—Me gustaría ver cómo termina eso. Si quiere saberlo, a ningún prisionero se le ha permitido hasta la fecha recibir visita alguna del exterior. El hecho de que este sea noble le permite disfrutar de unos privilegios que los demás aquí no tienen.

Matthew señaló a Dunmore con el dedo.

—¿Llama usted a eso disfrutar de privilegios? Dios mío, no me gustaría ver en qué estado se encuentran los demás.

—Tiene cinco minutos —gruñó el guardián Wiltse—. Le sugiero que los aproveche. Porque nadie volverá a verlo hasta que haya acabado su periodo de aislamiento, de aquí a seis meses. Órdenes —dicho eso, se agachó y volvió a abandonar la celda.

Con el corazón acelerado, Matthew se volvió hacia Dunmore. Cristo. A pesar de que se trataba del mismo hombre que había azotado a Bernadette en plena cara con su fusta, que había sido responsable de que hubieran estado a punto de violarla y que había contratado a matones para que le dieran una paliza a Ronan y lo abandonaran luego en Kill Hill, aquella recíproca brutalidad no hacía sino convertirlos a todos ellos en animales. Peor aún: cientos de hombres que habían hecho muchísimo menos que lord Dunmore estaban sufriendo lo inimaginable a su lado. Aquello no era mejor que la injusticia de las calles de Five Points.

Sin embargo, el nuevo rumbo de vida que Matthew había emprendido iba a hacer posible que todo el mundo conociera aquella particular injusticia.

—Quiero que me escuches, Dunmore.

Dunmore alzó la mirada hacia él, tenso.

—Te mereces pudrirte aquí por todo lo que hiciste, pero en nombre de Bernadette, que sé que estará de acuerdo conmigo, si de verdad estás arrepentido, te mereces una segunda oportunidad. Es por eso por lo que voy a encargarme personalmente de que te curen esa espalda y que cesen esos azotes.

Dunmore parpadeó varias veces y desvió la mirada hacia la puerta abierta. Mirando de nuevo a Matthew, bajó la voz todo lo posible para que el guardián no pudiera oírle.

—Yo nunca quise que la violaran ni hicieran daño al chico. Cuando pagué a esos hombres, no fue eso lo que acordé con ellos. Declaré repetidamente eso en el tribunal, lo cual es tan cierto como la sangre que tiñe en este momento mi camisa. Dile eso —recostándose en el jergón, Dunmore esbozó una mueca. Recogió luego cuidadosamente la Biblia de tapas de cuero que tenía al lado y se la puso en el regazo. Una mano temblorosa se posó sobre la página de los Salmos que había estado leyendo.

Matthew inspiró profundamente. Parecía que aquel alma perdida estaba intentando encontrar la paz en un mundo que no tenía ninguna.

—No estoy diciendo que esto vaya a convertirnos en amigos, Dunmore, pero piensa en los titulares de prensa sobre Sing Sing. Mi periódico estará en prensa de aquí a catorce días y se tratará de un debut importante. El pueblo tiene derecho a saber qué diablos esta pasando detrás de los muros de esta cárcel. Nosotros, el pueblo, pagamos impuestos para proteger los derechos de las personas. No pagamos impuestos para desollarlas vivas.

Dunmore volvió a alzar la mirada y se levantó lentamente, cerrando la Biblia. Aunque el dolor se dibujaba en sus rasgos, estiró una mano para tocar el libro sagrado y luego la frente y el pecho de Matthew.

—Mi padre una vez me dijo que rara vez estos tres se juntaban —susurró—. Es por eso por lo que tú estás libre y yo no.

Diecinueve días después

Toda Nueva York estaba escandalizada de indignación.

No era que se necesitara gran cosa para conseguir escandalizarla, ciudad de opiniones rotundas como era, pero como en todos los escándalos de esa clase, siempre había detrás al menos una fuente fiable de información. Y Matthew podía declarar bien orgulloso que *The Truth Teller* era esa fuente.

Debido a la escalada rampante de denuncias, *The Truth Teller* había agotado todos sus ejemplares en tan solo cinco días, lo que para un semanario en su primer debut resultaba un dato impresionante.

A nadie le importaban los presos *per se*, o el hecho de que estuvieran muriendo, pero a los buenos ciudadanos de Nueva York sí que les preocupaba lo que costaba al erario público administrar un castigo tan ineficaz: una suma total de 53.571 dólares más un penique. La gente quería saber qué diablos estaba pasando y se dedicaba a protestar por toda la ciudad con carteles en los que figuraba la cantidad que estaba pagando la administración.

Como resultado, los procedimientos rutinarios de Sing Sing pasaron rápidamente a estar sometidos a tan intenso escrutinio y por tantos funcionarios de la administración, que Matthew se aseguró de que los meses de prisión que le quedaban a Dunmore fueran, al menos, tolerables. Seguía siendo una prisión, al fin y al cabo.

Por supuesto, Sing Sing no era el único lugar sometido a escrutinio. El alcalde, que nunca se había molestado en responder a ninguna de las decenas de cartas que le había remitido Matthew, todas las que había escrito durante los años en los que vivió en Five Points, por primera vez se había dignado darle respuesta. La misiva decía así:

Querido señor Milton,
Me doy cuenta de que la misión de un periódico es publicar noticias, pero intente recordar que tiene usted la

responsabilidad de asegurar que todos los representantes del Estado no sean linchados en el proceso. Le pido que nos visite a mí y al gobierno municipal de inmediato, para que podamos todos discutir sobre la mejor manera de evitar cualquier motín que pudiera producirse en la que considero sigue siendo una ciudad respetable, pese a su ineficaz desembolso de fondos.
Afectuosamente,

El Alcalde

Matthew volvió a doblar la carta y la arrojó sobre el escritorio con una sonrisa de satisfacción. Su padre le había dicho una vez que un buen periódico podía ser más eficazmente destructivo que una peste o una plaga. Bien que había tenido razón. Y si continuaba vendiendo periódicos a la misma velocidad que lo había hecho con su primera impresión, no solamente podría saldar al completo la deuda de los diez mil dólares que tenía con Bernadette, sino que la mujer en cuestión sería suya dentro de... de unos ocho meses más, aproximadamente. No estaba mal para un hombre que solo tenía un ojo para andar por la vida. Nada mal.

Capítulo 20

Pocos tienen la paciencia de Dios, y aquellos que milagrosamente reúnen aquella paciencia, descubren que no les dura mucho dado que ellos no son Dios.

The Truth Teller,
un periódico de Nueva York para caballeros

Seis meses después
Manhattan Square, hora de la sobremesa

—Maldito seas, Matthew —masculló Bernadette, contemplando el salón vacío—. Maldito seas, maldito seas, maldito seas —se interrumpió para añadir una vez más—: Maldito seas. ¡Y pensar que cancelé mi viaje a Port Royal para esto!

Hasta la fecha, apenas seis meses después de salir a imprenta, *The Truth Teller* se había convertido en el periódico revelación de la ciudad de Nueva York. La gente se lo llevaba de los quioscos y de la propia imprenta apenas horas después de que las hojas hubieran salido de máquina, casi con la tinta fresca, cada sábado. En realidad no era algo tan sorprendente. Después de todo, su controvertido debut al cubrir el tema de la prisión de Sing Sing le había asegurado que fuera leído por el gran público, y no solamente por el irlandés. Todo el mundo quería leerlo, aunque solo fuera la página dedicada a Five Points, donde se volcaban las historias del distrito sexto, todas redactadas por el propio Matthew. Cada una se leía como una emocionante aventura salida de una novela, solo que... mejor.

Al parecer, el alcalde, que desde un principio se había mostrado terriblemente desconfiado, no había tardado en inclinarse ante los galardones que había recibido el periódico. De hecho, había desarrollado una especie de adoradora debilidad por el propio Matthew que, en poco tiempo, los había convertido a ambos en grandes amigos. Según los rumores que corrían por Nueva York, Matthew y el alcalde se reunían cada viernes a beber brandy y a fumar puros.

No había sabido que Matthew fumaba. Pero, al fin y al cabo, eran muchas las cosas que nunca había sabido del hombre que, además, había asumido la tutela legal de un muchacho llamado Ronan Sullivan, al que había sacado del ambiente de Five Points. Para Bernadette se trataba de un gesto conmovedor, pero también frustrante, ya que ella no había tomado parte alguna en él.

Aunque había intentado ver a Matthew y a su joven pupilo en un evento benéfico para la alta sociedad que había sido anunciado en todos los periódicos, se encontró, para su sorpresa, con que el propio séquito de Matthew la sacó de allí. Los tres hombres del mismo le habían explicado educadamente que el señor Milton no deseaba que ella lo viera antes de que se convirtiera en propietario efectivo del periódico. Una condición que Matthew le había pedido repetidas veces que respetara durante los meses que llevaban escribiéndose.

Resultaba irritante que la estuviera forzando de aquella forma a atenerse a esa promesa. Peor aún: mujeres de todas las edades de todo Broadway y de más allá, cuchicheaban nerviosas sobre el señor Matthew Joseph Milton como si fuera una especie de recién descubierta ruina egipcia necesitada de una profunda excavación.

Sí, bueno, pero ella lo había encontrado primero...

Solo que él parecía haberse olvidado de ello.

A lo largo de aquellos atormentadores y absolutamente ridículos meses, ocho meses durante los cuales ella se había sometido a todos sus deseos, no lo había visto ni una sola vez. Ni una. Se había negado a aceptar cada visita que ella le había hecho a la imprenta, como también a su nueva casa de las afueras de Broadway.

Aunque se habían estado escribiendo largas cartas semanales durante aquellos ocho meses, en sus misivas, Matthew solo había respondido a las preguntas que había elegido responder. De hecho, a esas alturas, ella sabía casi más sobre el distrito que él mismo.

Sabía, por ejemplo, que a Ronan le encantaba jugar al *whist*, sobre todo si había dinero de por medio. Le agradaban inmensamente los panecillos de Pascua empapados en vino, prefería tocar el violín a leer y tenía una impresionante capacidad para las matemáticas. El mayor problema que Matthew tenía con el chico era su afición a las faldas.

Tras unos primeros meses de angustia constante por no poder ver a Matthew, ni siquiera a Ronan, había perdido la paciencia y había redactado la siguiente carta:

Mi querido Matthew,

Ha pasado demasiado tiempo. Aunque me considero una mujer capaz de tener paciencia, ansío desesperadamente contar con una seguridad respecto a lo nuestro. Me gustaría visitarte, aunque solo fuera por unos breves mo-

mentos. Cinco gloriosos minutos en tu presencia es lo único que pido. Aunque me conformaría con tres. Humildemente espero tu decisión,
Tuya,

Bernadette Marie

En respuesta, Matthew escribió la carta siguiente:

Paciencia.
Siempre tuyo,

Matthew

No había nada más. Nada más en absoluto. Lo que significaba palmariamente que había rechazado su ruego. Así que se tragó su orgullo como mujer y le regaló esa paciencia que le pedía mientras continuaba escribiéndole... y esperando que la mereciera.

Cuando él la sorprendió al devolver de golpe la deuda entera de los diez mil dólares a su abogado, lo que quería decir que había hecho ese dinero y más, pensó que por fin se presentaría a visitarla. Solo que no lo hizo. Desde entonces no había vuelto a recibir una sola carta suya. Ni siquiera una nota agradeciéndole el crédito.

Por culpa de ello, había roto cuatro teclas de su piano.

Apretando los dientes, enrolló el último ejemplar de *The Truth Teller* y se dedicó a golpearlo contra su escritorio, haciéndolo trizas. Y esperando que Matthew pudiera sentir aquella ofensa.

El mayordomo entró apresurado en el salón y se quedó sorprendido.

Avergonzada, Bernadette dejó el periódico sobre la mesa y lo desenrolló.

Emerson, que portaba una cajita de terciopelo rojo con un elegante lazo de satén blanco, se aclaró la garganta.

—Espero que esto os proporcione alguna alegría, milady. El criado que lo entregó lo hizo con la instrucción de que lo abrierais de inmediato. No anunció formalmente quién lo enviaba, pero lleva tarjeta.

Con el corazón acelerado, se dirigió apresuradamente hacia el mayordomo. ¿Sería de Matthew? Tenía que serlo. Habría agarrado la cajita de inmediato, pero sus estúpidas manos empezaron a temblarle y sabía que, de hacerlo, solo conseguiría que se le cayera al suelo y romper lo que había dentro.

—¿Podría leerme usted la tarjeta? Por favor. Mientras yo intento permanecer tranquila.

—Será un placer —sosteniendo la cajita contra su pecho, el mayordomo ladeó la cabeza y encontró la tarjeta color marfil que estaba encajada bajo el lazo de satén.

«Oh, por el amor de Dios...», exclamó para sus adentros Bernadette.

El hombre se la alejó de los ojos y, entrecerrándolos, empezó a leer con inquietante tono solemne:

—«A la arrebatadora lady Burton, que ha demostrado tener la paciencia de un santo. Felicitaciones del señor Milton».

Bernadette perdió el aliento. Por fin.

—¿De verdad que dice «arrebatadora»? ¿O lo ha dicho usted sabiendo que era lo que yo quería escuchar?

Emerson bufó, nada divertido.

—Dejaré esto sobre la mesa junto con el resto de la correspondencia. Como vos siempre me ordenáis que haga —se giró para dirigirse hacia la puerta.

Con el corazón acelerado, Bernadette se recogió las faldas y corrió tras él.

—Emerson, por favor. Ha sido una estupidez por mi parte. Démela.

El mayordomo se giró de nuevo y le entregó obediente la cajita de terciopelo rojo.

—Por supuesto.

Bernadette vaciló. Aunque el mayordomo le estaba tendiendo la caja, por alguna razón no podía tomarla, y mucho menos abrirla. Por alguna razón, una parte de ella temía que aquello fuera una despedida y no el «hola» que había estado esperando con tanta desesperación. Se apretó las mejillas, clavándose los dedos en la piel, incapaz de abrirla.

Esperando con la mano tendida, Emerson la miraba fijamente.

Consciente de que debía tomarla, soltó un suspiro y recogió la cajita, sorprendentemente ligera.

Admiró el precioso lazo de satén blanco perfectamente anudado que rodeaba el terciopelo rojo. Era tan hermoso... Parecía que se había tomado muchas molestias, lo cual podía constituir una buena señal.

Se la acercó a la oreja y la sacudió suavemente mientras se preguntaba qué podría contener. Algo se movía dentro, pero no sonaba como una joya. La sacudió de nuevo. No sonaba a nada conocido.

Emerson se inclinó hacia ella.

—¿La abro yo, milady?

Ella se quedó callada.

—Pensé que quizá necesitaría alguna ayuda —añadió el mayordomo.

Por desgracia, el pobre hombre había tenido que soportar todas y cada una de las rabietas que la habían asaltado durante los ocho últimos meses.

—¿Podría por favor quedarse usted conmigo, Emerson? Mientras la abro. Puede que necesite que alguien me la sujete, si acaso me desmayo.

—Para mí sería un honor sujetaros.

Ella sonrió.

—Gracias —acarició el lazo de satén y tiró suavemente de uno de sus extremos. El lazo se deshizo y, resbalando por sus dedos, fue a caer silenciosamente al suelo. Lo dejó allí. Lo único que le importaba era lo que había dentro de la caja.

Retiró cuidadosamente la tapa. Sobre el lecho de bordado blanco del fondo había... una tarjeta de visita.

Su tarjeta de visita. Y nada más.

Se la quedó mirando fijamente, estupefacta, sin saber qué hacer con ella. Impresa en lo que parecía una carísima tarjeta Bristol de pasta de marfil, la misma que usaba ella para las suyas, decía así: *M. J. Milton. 28 Broadway.*

Y en una de las esquinas inferiores, escritas de su propia mano, la abreviatura «p.p.».

Entreabrió los labios de asombro. «Cielos», exclamó para sus adentros. Porque «p.p» era la abreviatura francesa de «*pour presenter*», que significaba que si la persona que había recibido la tarjeta deseaba ser recibida, solo tenía que remitir su tarjeta de visita y una hora para realizarla.

Le estaba pidiendo que lo visitara. ¡Iba a verlo! Y lo que era más importante: él quería verla y le estaba pidiendo verla.

Sacó la tarjeta y la sostuvo ante ella mientras devolvía la cajita con la tapa a Emerson. Matthew al fin había conseguido ser un hombre independiente, dueño de su destino, y aquella era su manera de anunciárselo.

Se sonrió mientras acariciaba con un dedo la pulida superficie de la tarjeta con la elegante impresión en tinta negra. Con el corazón todavía latiendo acelerado, miró a Emerson, que se estaba agachando para recoger la cinta de satén blanco.

—Emerson, ¿querrá por favor mandar a un criado a la casa del señor Milton con mi tarjeta, para anunciarle que pretendo visitarlo de aquí a una hora?

Emerson se irguió con la cinta en la mano e inclinó la cabeza.

—Por supuesto —estiró la mano para recoger la tarjeta.

Pero ella se apresuró a apretarla contra su pecho con gesto protector.

—Oh, no. Esta es mía —sabía que aquella tarjeta iba a cambiar su vida.

—El criado necesitará la dirección, milady.

Bernadette se encogió por dentro.

—Por supuesto que sí —se la entregó al fin—. Por favor, asegúrese de que el criado me la devuelva.

—Me encargaré de ello —y, tras recogerla, Emerson desapareció del salón.

Disponía de una hora para parecer... arrebatadora, como había dicho Matthew. Oh, Dios, no se había dado a sí misma mucho tiempo...

Frenéticamente se recogió las faldas y abandonó la habitación. Cuando vio a su doncella en el pasillo, la señaló con el dedo y gritó:

—¡Samantha! Samantha, por lo que más quieras, te necesito desesperadamente. Tráeme hasta el último vestido, todas mis botas que conjunten, así como mis mitones de piel, porque está nevando. ¡Ah! Y también todos los perfumes que poseo.

Capítulo 21

Oh, Irlanda. ¿Existe algo tan maravilloso como una hora reservada para ti? Sí. Sí que existe.

The Truth Teller,
un periódico de Nueva York para caballeros

Cuando distinguió la plaza rodeada por la ancha calle cubierta de nieve, así como la fila de altas casas de piedra estilo italiano, Bernadette aspiró una bocanada de aire helado y se agarró al borde del asiento de su trineo abierto para no perder el equilibrio.

Levantando una nube de polvo de nieve, el trineo se detuvo. El criado saltó al suelo y caminó trabajosamente para abrirle la portezuela. Inclinándose, le tendió la mano.

Bernadette se incorporó. A duras penas. Estaba tan nerviosa... ¿Y si durante aquellos ocho meses algo lo había cambiado y había dejado de ser el Matthew que tanto adoraba? ¿Y si se había olvidado de lo que antaño habían compartido?

Aceptando la enguantada mano del criado, bajó del trineo.

—Gracias —una vez que sus botas tocaron el sendero cubierto de nieve que llevaba al hogar de Matthew, soltó un último y tembloroso suspiro.

El gran edificio de piedra gris estaba rodeado por robles de desnudas ramas, con una negra verja de hierro forjado sobre la que se había acumulado la nieve. Era la máxima expresión de la elegancia. Matthew ya no vivía en cuartos de ventanas rotas y paredes desportilladas en las que asomaba el chamizo.

Recogiéndose las faldas, avanzó apresurada por el sendero, atravesó la verja y subió los escalones de piedra limpios de nieve. Llamó a las dobles puertas, no una sino dos veces, y esperó mientras se desataba la cinta del bonete para ganar tiempo.

Momentos después, las puertas se abrieron. Un hombre enjuto de pelo gris, vestido con una librea azul marino, la saludó con una inclinación de cabeza.

—Lady Burton, presumo.

Ella reprimió una efusiva sonrisa.

—Efectivamente.

—Es un placer, milady —el hombre abrió del todo las puertas y la invitó a pasar.

Bernadette penetró en el amplio vestíbulo. Mientras las puertas se cerraban a su espalda, se detuvo para sacudirse la nieve del vestido. Lentamente se quitó el bonete con una expresión de pasmada incredulidad, junto con los guantes y los mitones de piel. Incontables velas de cera colgaban de la impresionante araña. Una fina tela de brocado color bronce forraba las interminables paredes, con la escalera curva de caoba al fondo.

El mayordomo la rodeó y tendió las manos hacia ella.

Bernadette le entregó el bonete, los guantes y los mitones.

—Gracias.

El hombre lo dejó todo sobre una mesa de madera labrada, también de caoba, y le acercó la bandeja de plata que contenía ya al menos una decena de tarjetas de visitas. Aparentemente, Matthew era un personaje muy popular de la sociedad neoyorquina, para haber recogido tantas a esas alturas del día. Y aunque se suponía que no era de buen tono curiosear las tarjetas, lo hizo de todas formas y se alegró de descubrir que entre ellas no había ni una sola de mujer.

—Ya envié mi tarjeta —le confió al mayordomo—. Hace una hora.

El sirviente inclinó la cabeza, pero aun así siguió tendiéndole la bandeja.

—Con todo respeto, el señor Milton dejó instrucciones de que depositarais nuevamente vuestra tarjeta, dado que esta es vuestra primera visita a su hogar. Confía en poder dejarla de manera permanente en la bandeja, para que todo el mundo la vea.

Oh, aquello era una sorpresa. Abrió la retícula para sacar la tarjeta y la dejó sobre la bandeja.

—Ya está. Espero que le dé buena suerte.

El mayordomo se sonrió y apartó la bandeja.

—Se quedará muy complacido. Por aquí, milady —la guio hasta un gran salón a través de puertas de madera que fue descorriendo—. El señor Milton bajará dentro de poco. Hay unos cuantos asuntos pendientes que debe atender primero —y se marchó.

¿Unos cuantos asuntos pendientes? «Ja, ja», rio irónica, para sus adentros. Con Matthew como actual poseedor de un exitoso periódico que imprimía cinco mil ejemplares cada sábado, a la vez que asistía a todo tipo de eventos benéficos en la ciudad y ejercía de tutor de Ronan, a quien por cierto estaba deseosa de conocer, no tenía la menor duda de que el hombre tenía algo más que unos cuantos asuntos pendientes.

Una vez a solas en el salón, el tictac del reloj francés que descansaba sobre la repisa de mármol de la chimenea parecía perforar el ensordecedor silencio. La leña crujía y crepitaban las llamas, ahuyentando el frío invernal. Se detuvo en el centro de la estancia, impresionada.

Cortinas bordadas de terciopelo verde decoraban los ventanales que daban a la gran plaza arbolada, dejando entrar la gris luz de la mañana. Infinitos candelabros iluminaban la habitación con cuadros de marcos dorados y paisajes que sabía tenían que ser de Irlanda.

Había incluso un piano en la esquina más alejada de la habitación. Una sonrisa iluminó sus labios. No había salón que estuviera completo sin uno. Todo era sencillamente perfecto. No había nada exagerado, ni recargado. La estancia era elegante a la vez que exquisitamente sencilla, sin mayores adornos que los del mobiliario más básico. La recorrió lentamente de un lado a otro, dos veces, sin dejar de mirar hacia las puertas abiertas.

Se sentó por fin y soltó su retícula. Dejándola a un lado, juntó las manos. Transcurrieron diez minutos. Luego diez. Y quince.

Exasperada, se levantó para acercarse al piano de caoba lacada. En la pequeña placa de bronce que había encima de las teclas se podía leer: *Conrad Graf*.

Parpadeó asombrada. Aquel piano procedía de Viena. Los pianos como aquel eran estimados y codiciados por los mejores intérpretes. Y allí estaba en aquel momento, en el salón de la casa de Matthew Joseph Milton. ¡Quién lo habría imaginado!

—Lo compré para ti —pronunció una voz profunda a su espalda.

El corazón le dio un vuelco en el pecho. Se volvió rápidamente, buscándolo con la mirada.

—¡Matthew!

Un caballero de anchos hombros la contemplaba a unos buenos diez pasos de distancia, vestido con un elegante traje mañanero color gris perla, chaleco bordado, pañuelo de cuello de seda blanca y botines de piel. La seguridad que parecía emanar su cuerpo sólido y musculoso expresaba a las claras que no solo era el dueño de aquella casa, sino el dueño de sí mismo: un hombre independiente a la vez que poderoso. El pelo castaño, antes decolorado por el sol, se había oscurecido considerablemente: lo llevaba bien recortado y peinado hacia atrás.

No llevaba parche. La mirada ardiente de sus ojos oscuros, incluido el nublado por la ceguera, estaba clavada en ella.

A Bernadette le temblaban las piernas.

Seguía sin pronunciar palabra. Vio un músculo latir en su mandíbula afeitada mientras su mirada recorría su cuerpo: el rostro, los senos, la cintura... sin intentar disimular lo mucho que la había echado de menos en *aquel* sentido.

Un calor abrasador empezó a subir por los muslos y el pecho de Bernadette mientras se esforzaba por parecer indiferente. Aunque no se le ocurría nada que decirle fuera del aspecto tan increíble que ofrecía, dudaba que hubiera sido capaz de pronunciar las palabras.

Aquel chaleco de seda bordada se ajustaba a su estrecha cintura de la manera más tentadora posible. Y los ajustados pantalones resultaban igual de tentadores, sujetos como los llevaba con trabillas bajo los botines de piel negro. No se parecía en nada al Matthew que recordaba.

Sin dejar de mirarla a los ojos, echó a andar hacia ella empequeñeciendo el salón con su presencia, con una larga zancada que hablaba de una seguridad y un dominio que resultaban tan atractivos como intimidantes. La estancia entera pareció vibrar hasta que se plantó por fin ante ella, apenas a un paso de distancia.

Distinguió un dulce y terrenal aroma a cigarro caro.

Al parecer le gustaba fumar puros.

Matthew cruzó los musculosos brazos sobre el pecho, con sus anchos hombros tensando la tela de su elegante chaqueta gris. Sin dejar de observarla, le preguntó:

—¿Qué tal te ha ido?

No sabía por qué, pero ella no había esperado aquellas palabras. Parpadeando, murmuró sin más:

—Bien, ¿y a ti?

—Maravillosamente bien —respondió con voz suave y ronca. Contempló detenidamente su rostro y su cabello—. ¿Te apetece sentarte?

De nuevo no supo por qué, pero no había esperado aquellas palabras. Era como si aquel hombre estuviera domesticado. Negó con la cabeza, sin dejar de mirarlo a los ojos.

—No, gracias.

Él arqueó una oscura ceja.

—¿Tienes apetito? El chef siempre tiene algo en la cocina. Puedo hacer que te lo traigan los sirvientes. Puedes tomar todo lo que gustes. Caviar, vino, queso, codorniz...

Volvió a parpadear, asombrada. Estaba... Abrió mucho los ojos. Era como si estuvieran de nuevo en Londres. Solo que con las tornas cambiadas.

—Muy gracioso, Matthew.

Él sonrió levemente.

—Sí, pensé que lo sería —pero poco a poco la sonrisa se borró de sus labios. Descruzando los brazos, se acercó aún más. Las puntas de sus botines negros llegaron a rozar el dobladillo de su vestido color rosa claro.

Bernadette se quedó sin aliento, pensando que aunque una parte de ella quería agarrarlo de las solapas y besarlo para no volver a soltarlo nunca, sabía también que, al hacerlo, estaría arruinando aquella increíble, casi dolorosa expectación que le atenazaba el pecho y la garganta. Era indudablemente la sensación más dulce que había experimentado jamás.

—Te he echado de menos —le dijo él, apretando la mandíbula—. Condenadamente de menos.

La respiración de Bernadette se había vuelto irregular.

—Y yo a ti. Condenadamente.

Matthew se inclinó hacia ella. Lo suficientemente cerca como para que el ardiente calor de su boca le acariciara la frente.

—Cortéjame hasta que estés dispuesta. ¿Lo harás?

El corazón le retumbaba en el pecho. Miraba fijamente aquella masculina boca que acababa de pronunciar aquellas inesperadas palabras. Sabía lo que eso quería decir. Significaba que las campanas de boda estarían sonando por toda la ciudad de Nueva York en su honor tan pronto como ella así lo deseara. Sorprendentemente, la idea no la hizo entrar en pánico. En absoluto. Y sabía por qué. Porque confiaba en él. Completamente.

Intentando mantener un tono firme de voz, susurró:

—Sí. Te cortejaré hasta que esté dispuesta.

Él bajó la mirada hasta su boca, con su ancho pecho subiendo y bajando de manera visible.

—Bien. Empezaremos ahora. Antes de que me despiste —retrocedió varios pasos, guardando una respetable distancia.

Soltó el aliento, estupefacta. Cualesquiera reglas a las que ese hombre se estuviera ateniendo, ciertamente no sintonizaban bien con el latido de su pobre corazón.

—¿No vas a darme un beso de saludo, al menos?

Él se la quedó mirando fijamente.

—Por muchas ganas que tenga de besarte para no detenerme nunca, no lo haré, cariño. Te recuerdo que una vez me dijiste que tu marido nunca llegó a cortejarte, pese a que tú así lo esperabas. Y sé que yo tampoco te di nunca eso. Es por eso por lo que he decidido regalarte el cortejo nupcial que nunca tuviste. En verdad que quiero que nos conozcamos bien mutuamente, al margen de nuestra relación física. Ya sabemos de nuestra atracción recíproca, pero... ¿qué pasa con todo lo demás?

Bernadette tragó saliva. Aquello era...

—Yo... esto es ciertamente abrumador —sacudió ligeramente la cabeza, todavía estupefacta—. Que tú desees llegar a conocerme de esa manera y que incluso recuerdes aquella conversación me deja anonadada.

—Claro que deseo llegar a conocerte de esa manera. Y por supuesto que me acuerdo de la conversación —le sostuvo la mirada—. Por todo lo que se refiere a ti, no hay nada que quiera olvidar.

Ella suspiró. ¿Cómo podía una mujer definir un momento como aquel? La distancia que deliberadamente él había establecido entre ellos hacía que le entraran ganas de estallar.

—¿Matthew?

—De verdad que me gustaría un beso de saludo. Solo uno. Si no te importa. He esperado ocho meses enteros para esto.

Él sonrió.

—Bernadette.

—¿Sí?

—Aunque me siento halagado, por lo que yo sé, el cortejo tradicional no incluye besos ni tocamientos. ¿Me equivoco?

Bernadette parpadeó extrañada.

—No. No te equivocas.

—Me lo imaginaba. Lo que significa que... nada de besos de saludo. Por desgracia. Y ahora, por favor, intenta respetar las reglas de ese cortejo que acabas de aceptar. Te advierto que llevo meses planeando esto.

—¿Meses? —repitió con voz desafinada.

—Meses. Así que sopórtalo. Quiero hacer esto bien —soltando el aliento, pasó de largo junto a ella para dirigirse al otro extremo del salón.

Pasmada por su reacción y por todo lo que estaba sucediendo, se volvió para mirarlo, incapaz de resistirse a admirar la elegancia de su paso. Sin aquel abrigo largo que solía cubrir la mayor parte de su figura, era mucho lo que había que admirar. Mucho. Y que Dios la ayudara: si él esperaba que se adhiriera a las reglas del cortejo tradicional... eso significaba asimismo que no podría tocarlo. No era justo.

Matthew se detuvo ante una mesa de caoba cubierta de cartas sin abrir y se giró para mirarla.

—Estás bellísima, por cierto. Más de lo que recordaba.

Ella se alisó con gesto automático las faldas de su vestido mañanero de muselina, complacida de saber que las molestias que se había tomado con su aspecto habían servido para algo.

—¿De veras?

—Cesa de hacerte la tímida, mujer. Ya sabes que sí —recogiendo un fajo de cartas, añadió—: Aunque te diré que ese perfume a rosas que llevas ahora es algo fuerte y no muy de mi gusto. Prefiero la fragancia a cítricos que solías usar antes. Si no te importa que te lo diga.

Bernadette entreabrió los labios. Recordaba perfectamente el perfume que solía ponerse. Se acordaba de todo.

—Si me he puesto este perfume ha sido porque pensaba que a ti te gustaría. Puedo volver a ponerme el de antes. ¿Lo prefieres así?

Le sostuvo la mirada.

—Sí.

La intensidad de aquella mirada prácticamente le abrasó la piel, haciéndola todavía más consciente de la distancia que él había impuesto en beneficio de su cortejo.

—Entonces me lo volveré a poner.

—Esa esperanza tenía —bajó la vista a las cartas que seguía sosteniendo.

Percibiendo que estaba esperando a que continuara con la conversación, se mordió el labio inferior. Sinceramente, ignoraba qué se suponía tenía que decir o que hacer ahora que se estaban... cortejando.

Estaba asombrada. En verdad que aquel instante no tenía precedentes. El viejo William no la había cortejado; Dunmore tampoco, ciertamente, a no ser que hacer el amor en la cama o contra la pared fuera considerado un cortejo. Y ninguno de los otros incontables hombres que habían intentado casarse con ella y con sus millones se había molestado en ir más allá del regalo de unas simples flores. Claro que tampoco ella se lo había permitido.

Entonces, ¿qué? Indudablemente había llegado el momento de que Matthew y ella llegaran a conocerse mutuamente, al margen del aspecto físico.

—Tengo entendido que piensas abrir otra imprenta en la ciudad. ¿Es cierto? —se animó a preguntarle—. ¿Es cierto?

—Sí —Matthew volvió a dejar el fajo de cartas sobre el escritorio, a excepción de una—. La verdad es que es extraordinario. Todo esto se ha desarrollado mucho más rápido de lo esperado —girándose hacia ella, dio vuelta a la carta y rompió el lacre de cera.

Se hizo un silencio.

¿Por qué estaba tan irritantemente nerviosa? Cualquiera habría pensado que no se habían tocado ni besado nunca antes. Y sin embargo... la idea de que se cortejaran mutuamente y se concentraran en algo que no fuera lo puramente físico, lo cambiaba todo. Era como volver a tener dieciocho años.

Matthew seguía dando vueltas entre los dedos a la carta

que acababa de extraer. Era como si quisiera provocarla dándole a entender que no estaba interesado en leerla, pero esperando al mismo tiempo que ella le diera una razón para hacerlo.

Lo maldijo para sus adentros. Estaba claro que no pensaba ponérselo fácil.

—Bueno, dado que no podemos hacer nada, ¿de qué te gustaría hablar?

—De nosotros —desdobló la carta.

—¿De nosotros?

—Sí. Ya sabes, de ti y de mí. De nosotros.

Bernadette tragó saliva y, por alguna razón, de repente se lo imaginó completamente desnudo. Visualizó aquellos duros y bronceados músculos, así como aquella solitaria cicatriz que le surcaba el pecho, cuyos contornos ella había acariciado. Juntó las manos para no ponerse a juguetear con ellas.

—¿Qué pasa con nosotros?

La miró.

—¿Es que no has pensado nunca sobre el asunto, pese a que has aceptado cortejarme?

—Los pensamientos racionales no merecen la pena ser escuchados —le confesó con demasiada sinceridad—. Si quieres saberlo, Matthew, mis pensamientos en este mismo momento están invadiendo el terreno de la indecencia, dada la cantidad de tiempo transcurrido desde la última vez que nos vimos.

Él sonrió, con unas deliciosas arrugas dibujándose en las comisuras de sus ojos.

—Yo ya te he desnudado al menos dieciséis veces durante los quince últimos minutos. Así que estamos empatados —sin dejar de sonreír, retomó la lectura de la carta que tenía entre los dedos.

Bernadette soltó un suspiro exasperado al tiempo que

ponía los ojos en blanco. Por Dios que aquella combinación de hombre apasionado a la vez que exquisitamente refinado resultaba absolutamente fascinante. Seguía siendo el Matthew que antes había conocido y adorado, y sin embargo... al mismo tiempo ya no lo era.

Se acercó entonces a él, y vio cómo su sonrisa desaparecía para ser sustituida por una expresión de absoluta seriedad. Se detuvo a su lado, al pie de la mesa atiborrada de cartas.

—¿Estás leyendo realmente?

Él levantó la mirada de la carta.

—No. En absoluto.

Ella sonrió.

—Pareces tremendamente contento contigo mismo y con tu vida, Matthew. ¿Lo estás de verdad?

Arrojó la carta sobre la mesa y se volvió hacia ella.

—Sí que lo estoy, cariño. Y es a ti a quien tengo que estar agradecido por ello. A ti y solo a ti.

Bernadette se sintió de pronto como si el corazón fuera a estallarle en el pecho.

—¿Y qué tal va tu experiencia de la paternidad legal?

Matthew soltó un profundo suspiro.

—Es una buena pieza, ese muchacho. Te presentaré a Ronan en otra ocasión. Ahora mismo está en la oficina, ayudando con el periódico. Estamos preparando la siguiente tirada. Es algo que le gusta hacer y, lo que es más importante, de esa manera no se mete en problemas.

—Entiendo —vacilando, no pudo evitar preguntarle—: En cuanto a usted, ¿ha estado evitando también meterse en problemas desde la última vez que le vi, señor Milton? —bromeó—. Porque debo confesarle que parece que las mujeres de Nueva York están todas locas por su persona.

—Pueden ponerse todo lo locas que quieran. Yo solo pienso en Bernadette. ¿No lo sabías?

A ella se le oprimió el corazón de emoción. Incapaz de apartarse, se acercó todavía más a él. Y, poniéndose de puntillas, acunó entre sus manos el calor de aquel rostro afeitado que tanto había echado de menos.

Él se quedó muy quieto, como sobresaltado por su contacto.

—Matthew, estoy tan orgullosa de ti y de todo lo que has conseguido... Quiero que lo sepas.

—Gracias —bajó la mirada hasta sus ojos—. Todavía me estoy adaptando. Es abrumador pasar de no tener nada a tenerlo... todo —tomando suavemente sus manos, se las apartó y apretó con fuerza antes de soltárselas. Retrocedió un paso—. Nada de tocamientos, cariño. Estoy intentando sobrevivir a esto. No es fácil.

—No. No lo es.

Bernadette apretó la mandíbula, esforzándose por demostrarle a él y a sí misma que podría sobrevivir a aquello. Aunque... ¿quién sabía por cuánto tiempo?

—Está bien. Cuéntame entonces más cosas de tu nueva vida. Cosas de las que no hayas escrito, por supuesto. ¿Qué es lo que no sé?

Él se frotó la barbilla antes de dejar caer la mano al costado.

—Todo. Ha sido como una borrosa mancha de acontecimientos.

—Ah, sí. Una borrosa mancha envuelta en una nube de humo de cigarros caros. Parece ser que te has sumado a la costumbre de fumar puros como el resto de la alta sociedad masculina de Nueva York. Puedo olerlo en tu ropa.

La miró.

—Solo fumo de cuando en cuando. Porque por mucho que me gusten, son condenadamente caros y tengo la sensación de estar quemando dinero. Literalmente hablando.

A pesar de todo su éxito, seguía siendo un hombre eminentemente práctico. Se alegraba de ello.

—Algo más.

Se quedó callado durante un buen rato, baja la mirada.

—Dunmore zarpó de vuelta a Londres hace unos días.

Bernadette asintió, sorprendida.

—Lo sé. El capellán de la cárcel me anunció su liberación.

—Él... me hizo una visita. Antes de abandonar Nueva York.

—¿De veras? —arqueó las cejas—. ¿Y?

—Fue un encuentro breve, pero civilizado. Vino a agradecernos el favor que le hicimos. Fue terrible: estuvo hablando en susurros todo el tiempo. Como si pensara que aún seguía en Sing Sing —suspiró—. Que se haya reformado o no es algo que está por ver, pero yo diría que no es el mismo hombre.

Bernadette tragó saliva y volvió a asentir, recordando las cartas que había escrito Matthew al periódico sobre los sufrimientos tan inhumanos que había padecido Dunmore. La culpa todavía la devoraba por dentro. A pesar de todo.

Matthew volvió a suspirar.

—Lo siento. No debí habértelo mencionado, pero pensé que querrías saberlo.

Ella ensayó una sonrisa, en un intento por dejar atrás todo lo sucedido.

—Gracias. Me alegro de que me lo hayas contado. Quizá haya sufrido lo suficiente como para tomar conciencia del sufrimiento que causó a su vez.

—Ciertamente —cuadrando los hombros, se aclaró la garganta—. Yo, er... no es mi intención interrumpir esta deliciosa entrevista, pero de aquí a menos de cuarenta minutos tengo una cita con el alcalde. No está muy contento con un comentario reciente que publiqué sobre él. Intenté cambiar la hora de la cita cuando supe que ibas a venir, pero eso solo consiguió enfadarlo aún más. No quiero ir, pero he de hacerlo.

Parecía que las sorpresas no dejaban nunca de sucederse. La encantaba saber que había llegado tan lejos, mucho más allá del simple hecho de ganar dinero. Estaba utilizando el periódico para revelar la verdadera naturaleza del gobierno.

—Bravo. Me alegro de saberlo. Precisamente he leído el comentario al que te estás refiriendo.

—¡Ah! ¿Y?

—Muy bien escrito. Da la casualidad de que, a través de los Astor, conozco al alcalde. Con todos sus defectos, es un buen hombre. Y escucha a su mujer, algo que me gusta mucho. Yo siempre apoyo los eventos benéficos que ella organiza. Es lo que yo llamo la Moralidad hecha diosa, siempre deseosa de hacer cambios. Mi consejo es que si alguna vez llegas a tener problemas con el alcalde, hables con ella. Él la adora por encima de todo y ella siempre prioriza el aspecto humanitario de cualquier tema. Utiliza esa adoración que le profesa en tu favor. La señora Astor lo hace todo el tiempo.

Matthew arqueó las cejas.

—Lo recordaré. Tú sigues las crónicas políticas, ¿verdad?

—No tanto —se encogió de hombros—. Los varones metidos en política son siempre superficiales, como poco; más preocupados por los negocios que por la gente de carne y hueso de esta nación. Razón por la cual profeso una sincera admiración por el alcalde. Él no es un hombre superficial.

Matthew se la quedó mirando fijamente durante un buen rato.

—Me gustaría volver a verte. ¿Cuándo podré hacerlo? ¿Pronto?

Una engreída satisfacción pareció envolverla.

—Tengo varias cenas y un evento benéfico al que asistir esta semana, pero supongo que podré hacerte algún hueco en mi agenda —arqueó una ceja con una expresión de flirteo—. ¿Qué es lo que te gustaría hacer? ¿Algo que entrañe ropa?

Él la miró de nuevo. Y sí, era una de *aquellas* miradas, con las que parecía decirle: «te quiero desnuda».

Se contuvo de atusarse demasiado el pelo.

—Supongo que eso responde a mi pregunta. Puede que quieras preguntarte tú a tu vez si la santidad es una condición al alcance de cualquiera de nosotros. Porque eso es lo que nos estamos esforzando por alcanzar aquí. Te apuesto cien dólares a que, para finales de esta semana, uno de los dos se habrá derrumbado sobre el otro. Es simplemente cuestión de saber quién se derrumba encima de quién...

Matthew hundió la barbilla en su pañuelo de cuello.

—Es precisamente por eso por lo que tengo unas cuantas reglas que me gustaría imponer, para asegurarme de que ninguno de los dos se desmandará. ¿Estás preparada para escucharlas?

—Matthew... —gruñó—. No puedes pretender en serio... ¿de verdad que vamos a exagerar tanto las cosas?

Él la fulminó con la mirada.

—Sí. Debemos hacerlo. Tengo que decirte que son muchas las cosas que han cambiado desde la última vez que nos vimos. Muchas. Este cortejo nuestro no es para divertirte a ti o a mí, no es algo superficial. Por muy sorprendente que pueda parecerte, representa también la vida respetable que ahora llevo. Al margen de dirigir un periódico de carácter social y político que me reporta mis buenos cuatro mil dólares al mes y que depende de todo lo que hago y digo, también tengo un muchacho de quince años a mi cargo, viviendo conmigo. Un chico que ya ha tenido suficientes problemas para llevar un rumbo de vida respetable por culpa del ambiente en que se crio. Así que si quieres esto y me quieres a mí, vas a tener que obedecer mis reglas. Y no me gustaría nada que te burlaras de ellas.

Aquella era probablemente la victoria más rápida que iba a conocer nunca, pensó Bernadette.

—Lo entiendo y no me volveré a burlar ni de ti ni de tus reglas. Continúa y dime cuáles son, que las seguiré.

—Gracias —suspiró—. Regla número uno: mi dormitorio es territorio prohibido. Regla número dos: tu dormitorio es territorio prohibido. Regla número tres: nuestros labios nunca entrarán en contacto. Regla número cuatro: solamente nos veremos durante las horas de visita, o en público, o en eventos en los que la presencia de gente nos permita asegurar el cumplimiento de las tres primeras reglas. Regla número cinco: todas las reglas cesarán de existir cuando me pidas que me case contigo. Permíteme que te lo repita. Yo no pediré tu mano. Serás tú quien pida la mía.

Bernadette no pudo evitar sonreírse.

—Pretendes forzar mi mano.

—Así es —se apartó—. Así que... ¿podrás hacerme un hueco en tu agenda mañana? Digamos... ¿a las dos?

—A las dos sería perfecto.

—Bien.

—¿Y podré conocer a Ronan mañana?

—No. Todavía no. Tengo otra cosa en mente para nosotros. Algo que hace años que no hago.

—¿Años? —arqueó una ceja.

—Once, para ser exactos. Confórmate con saber que pasaré a recogerte con mi trineo mañana a las dos. Abrígate bien.

Bernadette se sentía tremendamente intrigada.

—Lo haré.

—Ya estoy esperando ansioso el momento —empezó a

retirarse—. Nunca imaginé que algún día me oiría a mí mismo decir esto, pero el alcalde me está esperando. Debo por tanto pedirte que te marches —señaló la puerta del salón—. Después de ti, cariño.

Así que aquello era una despedida después de lo que había sido la más breve de las conversaciones, pero, al mismo tiempo, el más glorioso de los reencuentros. Recogiéndose las faldas, Bernadette se volvió para recoger la retícula de la que se había olvidado casi por completo y salió al vestíbulo.

Se detuvo ante la puerta principal.

Matthew recogió su bonete, sus guantes y sus mitones de la mesa lateral y fue a entregárselos personalmente.

—Permíteme que haga de mayordomo.

—Gracias —una vez que ella estuvo preparada, le abrió la puerta y se despidió con una formal inclinación de cabeza—. Milady.

Ella sonrió e inclinó la cabeza a su vez, antes de salir al frío invernal de la calle. De repente, se volvió para mirarla.

Él le regaló una elegante reverencia, sonriendo también. Después de sostenerle la mirada por un momento, cerró la puerta.

Bernadette soltó un suspiro tembloroso, con su cálido aliento formando una nube en el aire helado. Parecía que el señor Matthew Joseph Milton le había declarado una deliciosa guerra amorosa, como ninguna otra había tenido el placer de conocer.

Soplando un beso hacia la puerta cerrada, se giró y caminó apresurada por la nieve, de vuelta al trineo que la estaba esperando. Le gustaba mucho la idea de que se cortejaran mutuamente. Era muy... romántica. Sí. Esa era la palabra. Una palabra que jamás antes había asociado con hombre alguno. Romántico.

Capítulo 22

Resulta obvio que el alcalde no tiene tiempo de ocuparse con los mezquinos asuntos que asuelan los oscuros rincones de esta ciudad. Me atrevería a decir que quizá sea porque el hombre está demasiado entretenido bebiendo brandy y fumando puros de nueve centavos.

The Truth Teller,
un periódico de Nueva York para caballeros

Nada más cerrar la puerta detrás de Bernadette, Matthew apoyó pesadamente las manos en la madera y cerró los ojos. Dios mío. No iba a sobrevivir a aquello.

Se había contenido de decirle que estaba locamente enamorado de ella al menos en tres ocasiones diferentes. Y todo ello mientras sostenía en las manos una estúpida factura que había estado a punto de estrujar en sus esfuerzos por permanecer tranquilo. Lo último que quería o necesitaba era ahuyentarla de su vida, hacerle pensar que había perdido el juicio por la manera en que le había impuesto un cortejo formal y le había declarado su amor. Apartándose de la puerta, soltó un suspiro. Ahora todo dependía de ella. Algo que, en verdad, le asustaba mortalmente.

Una hora después

El alcalde cerró con fuerza las puertas correderas, una contra la otra, y atravesó su amplio despacho. Sus relucientes botas resonaron mientras se acercaba a la caja de puros que descansaba sobre una mesa lateral, contra la pared forrada de papel de seda. Abrió la caja y se detuvo. Pasándose una manaza por su cabello castaño que empezaba a encanecer, eligió un cigarro Esparteros, cortó un extremo con la cuchilla reservada para ese uso y se volvió para mirar a Matthew.

—¿Quieres uno?

Matthew negó con la cabeza.

—No, gracias. Hoy no.

El alcalde se llevó el puro a la boca, sujetándolo con los dientes, y se inclinó hacia la palmatoria que estaba sobre la mesa. Lo acercó a la llama hasta que lo encendió. Apartándose, lo dejó arder durante unos segundos antes de darle una chupada, y exhaló luego una nube de humo a través de sus labios finos.

Volviendo finalmente su baja y maciza figura hacia Matthew, lo señaló con la punta de su puro

—Creía que tú y yo éramos amigos, Milton. ¿Qué diablos estás intentando hacer? ¿Colgarme ante los ojos de mis propios electores? O, mejor todavía, ¿quemarme la casa?

Matthew se removió en el sillón de orejas del que no se había molestado en levantarse. Aquel hombre no era precisamente su divina majestad, por el amor de Dios.

—Ya le dije que publicaría mi opinión si no se comprometía más con los problemas que están acosando al distrito sexto. Le di dos meses de plazo para aceptar mi oferta de pasear por Five Points conmigo, y en ese tiempo no ha hecho usted otra cosa que beber brandy y fumar puros con el consejo municipal.

El alcalde lo fulminó con la mirada.

—Que dirijas un periódico no te da derecho a dirigirme a mí. Yo poseo esta maldita ciudad. Tú no.

Matthew chasqueó la lengua y se levantó del sillón.

—Usted no posee esta ciudad, alcalde. La ciudad le posee a usted. Y eso es algo que tanto sus concejales como usted parecen ignorar cuando empuñan sus plumas y las mojan en tinta. No solo le voté yo, sino que lo hizo también el sesenta y tres por ciento de la población de ese mismo distrito al que está usted evitando. ¿Por qué diablos el Ayuntamiento parece pensar que esta ciudad se compone únicamente de comerciantes y alta sociedad? Ni los comerciantes ni la alta sociedad necesitan otro desfile. Los desfiles ya se lo organizan ellos mismos.

El alcalde se pasó una mano por la cara, haciendo relucir su anillo.

—Como amigo tuyo, que no como alcalde, tengo que aconsejarte que ceses de publicar artículos sobre Five Points. Estás alborotando a demasiados ciudadanos y la gente está empezando a criticarnos. A pesar de tu popularidad entre el público, Milton, el Ayuntamiento está loco por taparte la boca a ti y al periódico. Llevo meses diciéndotelo.

Matthew entrecerró los ojos.

—Las intimidaciones no funcionan conmigo. Pienso luchar por defender mi causa.

—¿Lo tuyo? ¿Llamas «tu causa» a esos salvajes del distrito sexto? —el alcalde aspiró una bocanada de humo y se retiró el puro de la boca mientras lo expulsaba por la nariz—. Esos hombres no son otra cosa que matones, ladrones violadores, asesinos, vagos inútiles... Y tú lo sabes perfectamente. ¿Es por eso por lo que estás luchando? ¿Por esa escoria?

La furia invadió a Matthew. Era precisamente por eso por lo que aborrecía a la alta sociedad de Nueva York. Identificaba la miseria con la delincuencia sin pararse a pensar que era precisamente la primera la que engendraba la segunda.

Matthew se acercó entonces al alcalde, se inclinó sobre él y le arrancó el puro de la boca. Ante su atónita mirada, partió el cigarro en dos y se lo devolvió.

—Los delincuentes no nacen, sino que se hacen. Y usted, no haciendo otra cosa que fumar sus malditos puros de nueve centavos, no solamente está invirtiendo en su desgracia sino en la de los demás.

—¿Y qué diablos esperas que haga, Milton? ¿Ir allí y empezar a repartir dinero a quien lo necesite?

—No. Esa gente necesita algo más que dinero. Necesitan saber que la ciudad se preocupa por ellos lo suficiente como para ofrecerles oportunidades. Oportunidades de tener un trabajo y una educación que vaya más allá de que aprendan a escribir su propio nombre.

El alcalde puso los ojos en blanco.

—¿Y cómo puede ser responsabilidad del Ayuntamiento educarlos y proporcionarles empleo, cuando ya hay escuelas instaladas y un montón de puestos de trabajo esperando a que los ocupen? La ciudad de Nueva York tiene cinco mil hospicios que significan un gasto de más de doscientos mil dólares al año. ¡Doscientos mil dólares! Esos hombres tienen que aprender a valerse solos si con eso no les basta. Tú lo hiciste, ¿no? Pues entonces ellos también.

—Yo lo hice con la generosa ayuda de un patrón acaudalado. Pero esas personas no tienen patrones ricos que les saquen del abismo en el que se encuentran. Y si usted cree que yo solo estoy luchando por vagos inútiles, se equivoca de medio a medio. ¿Sabía que existe un orfanato en las afueras de Five Points con diecisiete cerrojos en cada puerta y tapiado hasta la última ventana, porque los niños se pierden solo para volver a ser encontrados en burdeles o muertos? Algunos de esos niños no tienen más de seis años. ¡Seis! ¿Y sabe una cosa? A nadie le importa un bledo.

El alcalde lo miraba estupefacto. Matthew se acercó aún más hacia él.

—¿No ha leído el periódico? Olvide lo que cree que sabe. Usted no sabe nada. Hay incontables mujeres y niños obligados a corromperse con esos criminales. Y cuando dejan de vivir en ese miedo, pasan el resto de sus vidas recogiendo pelo humano de los cubos de basura para vendérselo a los fabricantes de pelucas, las mismas pelucas destinadas a la alta sociedad. Esa gente no anda falta de moral, alcalde. Anda falta de dinero y de apoyo de su propia ciudad y de su propio país. Y usted tiene los medios para hacer algo al respecto. Lo único que puedo hacer yo es publicar artículos sobre ello y esperar que usted se indigne lo suficiente como para echarles una mano.

El alcalde parpadeó varias veces. La tensión resultaba visible en su entrecejo. Bajando la mirada a la mitad de su cigarro roto, que seguía encendido, masculló:

—Deberías haber sido político.

—Prefiero ser un hombre independiente, gracias. Y mi intención es desafiarlo para que se convierta en un líder capaz de ayudar a aquellos que más lo necesitan, y no a aquellos que solo quieren más y más —recordando el consejo de Bernadette, se tiró de las mangas de la chaqueta y añadió con naturalidad—: Por cierto, me estaba preguntando... ¿Tiene su esposa una opinión formada en política? ¿Alguna participación en sus decisiones?

El alcalde lo miró ceñudo.

—Tiene demasiadas opiniones y participa mucho más de lo que cualquier mujer tendría derecho a hacer. ¿Por qué?

Bendijo a Bernadette para sus adentros.

—Me alegro de ello. Quizá deberíamos invitarla a estas conversaciones. Me encantaría conocer su opinión acerca de este asunto.

El alcalde parpadeó asombrado y negó lentamente con la cabeza.

—Maldito seas, Milton, no me hagas esto. Bastante liado está este asunto como para incluirla a ella. Porque antes, el Ayuntamiento preferiría arrasar el distrito sexto entero y no volver a saber nada más de él. No les va a gustar nada que invierta los pocos fondos que tiene la ciudad en lo que consideran no son más que unos delincuentes merecedores de ser ejecutados.

Matthew le dio una palmadita en la espalda.

—Y aquí es donde usted tiene que demostrar su madera de líder frente a sus fieles contribuyentes. Le diré lo que voy a hacer. Pondré en sus manos cerca de cuatro mil cartas que entregará a sus concejales. Dígales que todas ellas llegaron a mi oficina apenas el mes pasado, exigiendo que la ciudad haga algo al respecto.

—¿Cuatro mil? —el alcalde masculló una maldición—. Ese número tendrá mucha fuerza.

—Sí. Ya lo sé.

—Sí, sí. Tú lo sabes todo, Milton —el hombre suspiró dos veces—. Sal ahora mismo por esa puerta y date por triunfador de esta conversación.

Matthew sonrió.

—Le enviaré una caja nueva de puros. Y que sepa que estaré disponible siempre que necesite que publique algo en su defensa.

—Bien. Tendrás noticias mías sobre este asunto para finales de la semana que viene.

—Preferiría que fuera mañana mismo.

El alcalde volvió a gruñir.

—Ojalá el gobierno pudiera reaccionar tan rápido. Y ahora, largo de una vez de aquí. Mi esposa me está esperando. ¿Es que no tienes tú una mujer a la que agobiar?

—Estoy trabajando sobre ello.

El alcalde alzó sus pobladas cejas.

—¿De veras? Eso sí que es una noticia —lo miró con atención—. ¿La conozco yo?

Matthew se ajustó la chaqueta.

—Aparentemente la conoció usted a través de los Astor. Lady Burton. Durante un tiempo estuvo utilizando el alias de la señora Shelton debido a un escandaloso atraco que sufrió en Nueva Orleans.

El alcalde se quedó asombrado.

—Ah, sí. «El incidente de las enaguas», creo que lo llamaron —bajó la voz—. Esa mujer, ¿no está cargada de oro?

Matthew lo señaló con el dedo.

—No es por eso por lo que pretendo casarme con ella. Así que no vaya usted a meterse en problemas difundiendo bulos.

—No, no. Por supuesto que no. Bueno, pues te doy la enhorabuena.

—Gracias.

—¿Ya has pedido su mano?

—No. Estoy esperando.

—¿Esperando? ¿A qué?

—A que ella me pida la mía. Lo cual, por desgracia, puede que lleve un tiempo. Los compromisos no son precisamente su fuerte.

El alcalde soltó una estruendosa carcajada.

—Milton, Milton, Milton... En realidad eres un flojo con disfraz de pantera. ¿Sabes una cosa? Que Dios te bendiga, porque nadie más lo hará.

Capítulo 23

Deja que tu semblante sea alegre.
Como poco.

The Truth Teller,
un periódico de Nueva York para caballeros

Cerrándose su grueso abrigo de pieles sobre la barbilla, Bernadette salió a la amplia carretera que corría frente a su casa y esperó. Aunque el aire era lo suficientemente frío como para cortarle la piel de la nariz y las mejillas, el sol iluminaba el mundo blanco e invernal que la rodeaba convirtiéndolo en un lugar mágico.

En la distancia, oyó acercarse el sordo retumbar de los cascos de los caballos.

Se volvió hacia aquel sonido.

El estómago le dio un vuelco al descubrir un trineo abierto de dos caballos y a Matthew relajadamente sentado llevando las riendas, vestido con un largo abrigo negro y tocado con una chistera.

Matthew tiró de las riendas de cuero, poniendo el tiro al paso hasta que el negro trineo lacado se detuvo ante ella con un deslizamiento perfecto. Después de colgar las riendas de un gancho sujeto al parabrisas cubierto de nieve, hizo a un lado la gran manta de lana que cubría su regazo y se levantó.

Saltando del trineo a la nieve espesa, se plantó ante ella y le tendió la mano enguantada en cuero negro.

—¿Preparada para ir a patinar sobre hielo? He traído patines para los dos.

—¿Has traído patines de hielo? —aceptó su mano—. Te lo advierto, Matthew, no he patinado jamás en mi vida. Londres no es una ciudad particularmente famosa ni por sus inviernos ni por su hielo.

Matthew se inclinó hacia ella.

—Estoy deseando agarrarte en cada giro.

Bernadette sonrió.

—Me aseguraré de mantenerte bien ocupado.

Matthew la ayudó a subir al trineo y esperó a que estuviera sentada antes de montar de nuevo. Instaló luego su enorme cuerpo a su lado, presionándole el brazo con el suyo debido al pequeño tamaño del asiento. Finalmente cubrió cuidadosamente el regazo de ambos con la manta, se caló la chistera y recogió las riendas que había dejado colgadas del gancho.

La miró.

—Es posible que quieras agarrarte fuerte, corazón. Yo conduzco rápido —hizo chasquear las riendas y los caballos partieron a toda velocidad a través de la nieve.

—¡Oh, Dios mío! —el corazón casi se le salió del pecho mientras se agarraba al brazo de Matthew y al parabrisas para mantener el equilibrio ante aquel inesperado embate.

El viento silbaba y azotaba su rostro mientras se deslizaban cada vez más rápido.

Matthew sonrió y gritó por encima del viento:

—¡Esta es la idea que tengo yo del invierno!

Bernadette se agarró con mayor fuerza a su brazo y al parabrisas. Tenía la sensación de estar a punto de salir disparada del trineo.

—¡O de una muerte rápida! —gritó ella en respuesta.

Sin dejar de sonreír, Matthew hizo chasquear de nuevo las riendas, aumentando la velocidad. Los caballos marchaban al galope, golpeando y levantando la nieve a su paso.

—Solía hacer esto con mi padre cuando teníamos dinero —le explicó, gritando—. Con la primera nevada del año, nos sacaba a la calle y corríamos a toda velocidad por toda Nueva York. ¡Dios mío, él sí que sabía conducir bien!

Bernadette se reclinó en el asiento sin soltarse en ningún momento de Matthew ni del parabrisas. Aquello era como estar navegando por un interminable océano de nieve. De pronto, un inesperado burbujeo de alegría la asaltó. Jamás había vivido nada tan maravilloso.

Miró a Matthew y reparó en el color que teñía sus pómulos y en el entusiasmo que resplandecía en su atractivo rostro. Nunca lo había visto tan lleno de vida. Era... impresionante. Absolutamente impresionante.

Matthew se inclinó hacia ella al tiempo que giraba hacia una ancha carretera que llevaba a los campos que se extendían a lo lejos.

—Agárrate.

Bernadette se aferró a su brazo y al parabrisas todavía con mayor fuerza. Continuaron avanzando y avanzando. El sol arrancaba a la nieve reflejos casi cegadores.

Un pequeño lago apareció en la distancia, rodeado de trineos y caballos. Niños y mujeres, envueltos en abrigos de alegres colores, sombreros y mitones se deslizaban por el hielo. Algunos utilizaban bastones para no perder el equilibrio, mientras que otros patinaban a toda velocidad sin visible esfuerzo entre aquellos que se las veían con serias dificultades para mantenerse erguidos.

Cuando el trineo se acercó al lago, Matthew se echó hacia atrás al tiempo que tiraba con fuerza de las riendas. Los caballos pasaron de un enérgico galope a un simple trote, con el aliento que expulsaban por sus narices y sus bocas formando nubes de vapor.

Matthew tiró de nuevo de las riendas, haciendo que el trineo se deslizara limpiamente hasta detenerse a solo unos cuantos metros del lago helado.

Las risas y los gritos de los niños hicieron sonreír a Bernadette.

Matthew agarró la manta que cubría sus regazos, la plegó en una esquina del asiento y recogió un saco que había detrás de los asientos. Saltó luego a la nieve y le tendió la mano.

—Vamos.

Bernadette se levantó, aceptó su mano y bajó del trineo.

Matthew se inclinó entonces hacia ella y dijo, arrastrando las palabras:

—El primero que llegue al lago conducirá el trineo a la vuelta, ¿hace? Porque no querrás que este endiablado irlandés vuelva a conducir, ¿verdad?

Ella alzó la barbilla, se recogió las faldas por encima de las botas con un gesto de indiferencia y empezó a caminar con gesto elegante por la nieve.

—No seas tonto. Como si estuviera dispuesta a... —y salió corriendo hacia el lago a toda la velocidad que su jadeante respiración le permitía—. ¡Ese trineo es mío!

—¡Tramposa! —gritó él, haciendo crujir la nieve mientras salía tras ella a toda carrera.

Bernadette reía a carcajadas sin dejar de correr todo lo rápido que podía.

—¡Hace falta un tramposo para reconocer a otro!

—¡Me las pagarás!

Matthew logró adelantarla, con los largos faldones de su abrigo al viento mientras aumentaba el ritmo de carrera, dejándola atrás en cuestión de segundos. Desapareció colina abajo y se deslizó hasta detenerse al borde del hielo, junto a un tronco cortado. Dio media vuelta y levantó el saco con los patines con un gesto triunfal.

—¡Irlanda uno, Gran Bretaña cero! Como tiene que ser, ¡maldita sea!

Bernadette reía mientras terminaba la carrera colina abajo y se detenía tambaleante a su lado, respirando con dificultad.

—Tú prueba a correr con un corsé.

—¡Excusas, excusas! —abrió el saco con una sonrisa de suficiencia. Después de sacar los patines por sus correas de cuero, lo dejó sobre el tronco que tenían al lado—. Siéntate. Yo te pondré los patines.

Ella se sentó en el tronco, se recogió las faldas por encima de los tobillos y levantó bruscamente los pies enfundados en las botas.

—¿Me valdrán?

Matthew se arrodilló, dejando sus propios patines a un lado. Agarró una bota de Bernadette, la encajó en la plancha de madera con la cuchilla de punta curva y se la aseguró firmemente con las correas de cuero. Repitió la operación con la otra bota.

—Ya está.

Bernadette hizo chocar un patín contra otro con expresión de asombro.

—Me quedan perfectamente. ¿Cómo sabías...?

Matthew agarró sus patines, se sentó a su lado y se los puso. Desviando la mirada hacia ella, respondió:

—Le pedí a tu doncella que me diera tus medidas a primera hora de esta mañana para poder ir a comprarlos.

Bernadette parpadeó asombrada.

—¿De verdad?

—Todavía estabas durmiendo cuando pasé por tu casa —se incorporó con los patines puestos y le tendió la mano—. ¿Estás preparada?

—¿Para caerme? Sí —le agarró la mano y avanzó tambaleante hasta el borde del hielo, dirigiéndose hacia la multitud de patinadores.

Matthew le soltó la mano, dio un paso adelante y se volvió, raspando el hielo con las cuchillas de los patines.

—No intentes patinar nada más empezar. Levanta los pies como si estuvieras caminando —le tendió de nuevo la mano.

Bernadette aceptó la mano que le ofrecía, se agarró a ella con fuerza y posó sendos patines sobre el hielo. Con movimientos torpes, intentó impulsarse. Las cuchillas salieron disparadas hacia adelante mientras ella caía hacia atrás con un grito.

Matthew la sujetó por la cintura y la enderezó. Sin soltarla, la hizo colocarse a su lado.

—Desliza un pie cada vez, intentando mantenerte en equilibrio.

Aferrándose a su mano, Bernadette hizo exactamente lo que le decía.

Aunque les llevó su tiempo y no se adentraron mucho en el lago, Bernadette consiguió finalmente mantenerse erguida. Poco después, aprendió a deslizarse sobre el hielo, y aquello fue todo lo que consiguió dominar durante las dos horas que pasaron en el lago. Aunque fue agotador, disfrutó de cada momento pasado junto a Matthew, con sus manos enormes agarrándola por la cintura.

El resplandeciente sol no tardó en desaparecer tras unas nubes grises y espesas, que cubrieron el cielo amenazando nieve.

Matthew le soltó la cintura y se señaló a sí mismo.
—Ahora es cuando yo impresiono a mi chica.
Se mordió la lengua y, haciendo girar su abrigo, comenzó a cruzar el lago patinando. Adelantaba a otros patinadores utilizando su peso y la inclinación de las cuchillas para girar a izquierda y derecha, trazando dibujos sobre la nieve.

Bernadette permaneció donde estaba, admirando con expresión soñadora su fácil manera de moverse, como si no le costara ningún esfuerzo. Le recordó el movimiento de sus propias manos deslizándose fluidamente por el teclado del piano.

Matthew patinó de nuevo hacia ella e hizo un derrape para detenerse a su lado, al tiempo que arqueaba una ceja como esperando un aplauso.

Bernadette sonrió, aplaudió entusiasmada y se volvió hacia él.

—Ha sido...

Pero en ese momento, sus propios patines se deslizaron. Abrió los ojos como platos mientras caía hacia delante, hacia Matthew, con un grito ahogado. Se agarró a su abrigo de lana para evitar la caída, mientras las cuchillas seguían resbalando en el hielo.

Matthew la agarró, sosteniéndola con sus musculosos brazos.

Bernadette alzó la mirada hacia él, aferrada todavía a su abrigo.

La miraba fijamente a los ojos.

Un fuerte viento se levantó de golpe mientras la nieve comenzaba a caer en gruesos copos que se iban acumulando lentamente en las satinadas alas de su chistera. Matthew entreabrió los labios, como si pretendiera decir algo. El aire parecía escarcharse contra el calor de aquella boca.

Encontrarse entre sus brazos y poder alzar la mirada hacia él de aquella manera era una fuente inagotable de felicidad. Bernadette jamás había experimentado nada parecido.

¿Sería aquello el verdadero amor?

Desviando la mirada, Matthew se apartó de repente y dejó caer los brazos.

—Deberíamos volver —y se quedó callado, para luego añadir—: Tengo una cita a las cinco.

Bernadette asintió, intentando ignorar la desilusión de saber que aquel momento, que el día que habían compartido, había terminado.

—Por supuesto.

En cuanto se quitaron los patines y los guardaron en el saco, Matthew volvió a agarrarla de la mano. Se la apretó y, juntos, subieron la colina donde los estaba esperando el trineo, con los caballos removiéndose ya inquietos.

Matthew la ayudó a subir, se sentó a su lado y empuñó las riendas.

—Parece que vamos a tener más nieve. Sugiero que nos demos prisa en volver. ¿Preparada?

Bernadette se reclinó entonces contra él. Matthew se quedó muy quieto, tenso. Avergonzada, tomó la manta que había quedado arrinconada contra la cadera de Matthew, le cubrió el regazo y se tapó ella también.

—Ya está.

Matthew sonrió.

—¿Estás lista, cariño?

Bernadette deslizó el brazo bajo la cálida solidez del de Matthew y le devolvió la sonrisa.

—Sí.

Matthew volvió el tiro hacia la carretera principal con intención de dirigirse de vuelta a la ciudad, hizo chasquear las riendas y lanzó los caballos a través de la nieve que caía ya con mayor fuerza, levantando remolinos a su alrededor.

Bernadette se mantuvo agarrada a él durante todo el trayecto. Matthew, por su parte, solo posaba la mirada en ella de cuando en cuando, apenas el tiempo suficiente para asegurarle que continuaba sintiendo por su persona una verdadera adoración.

Para cuando detuvo por fin el trineo delante de su casa, la nieve caía con ráfagas tan fuertes que Bernadette se quedó helada a pesar de su grueso abrigo de pieles. Matthew saltó del trineo y la ayudó a bajar. Le soltó después la mano, se inclinó sobre el vehículo, retiró el saco y sacó los patines de Bernadette. Se los tendió, sosteniéndolos por las correas de cuero.

—Son tuyos. Así podrás volver a patinar otra vez.

Bernadette aceptó los patines, los acunó contra su pecho y alzó la mirada hacia él.

—Matthew, muchas gracias. Por los patines y por el día más maravilloso que he pasado nunca.

Él inclinó la cabeza y comenzó a retroceder, caminando lentamente.

—Tendremos que volver a hacerlo —dio media vuelta, saltó al interior del trineo y empuñó las riendas. Se volvió para mirarla—. Me encantaría presentarte a Ronan. ¿Querrás venir a vernos este jueves a las cuatro de la tarde? Después, tú y yo podríamos ir a la inauguración de *Irlanda Redimida*. Es una nueva obra que representan en el Park Theatre. Tengo entradas para un palco. ¿Te interesa?

Al darse cuenta de que por fin iba a conocer a Ronan y, además, ir al teatro, Bernadette contestó con entusiasmo:

—¡Sí, claro que sí!

—Nos veremos entonces —sin dejar de mirarla a los ojos, sacudió las riendas. Mientras avanzaba, le gritó—: ¡Derrite toda esta nieve por los dos! ¿De acuerdo? Y piensa mucho en mí esta noche.

Bernadette sonrió, presionó los patines contra su pecho y le contestó, también gritando:

—¡Solo si tú piensas también en mí!

—Lo haré, cariño. Claro que lo haré.

Y sin más, Matthew y su trineo desaparecieron en la carretera, bajo la nieve que continuaba cayendo.

Bernadette aspiró profundo una bocanada de aire y, sabiendo que estaba sola, alzó la cabeza y los brazos y giró dos veces sobre sí misma, con el corazón girando a su vez dentro de su pecho.

Las cuchillas de los patines que Matthew le había regalado tintinearon al chocar entre ellas mientras daban vueltas sujetas por las correas de cuero. Aquello tenía que ser el verdadero amor. Tenía que serlo. Y aunque no lo fuera, estaba convencida de que jamás conocería algo tan glorioso como aquello.

Capítulo 24

Modales. Eso es algo de lo que esta ciudad carece.

The Truth Teller,
un periódico de Nueva York para caballeros

Jueves, última hora de la tarde

Matthew cambió de postura en su asiento y miró a Bernadette. Hasta el momento, parecía que Ronan le caía realmente bien. Gracias a Dios. Aunque se preguntaba cuánto tiempo duraría. El chico todavía era un poco rudo a la hora de relacionarse o de dirigirse a las mujeres.

Ronan acababa de recorrer el salón con un libro de tapas de cuero sostenido en equilibrio sobre su cabeza.

—Según mi tutor —explicó—, de esta manera caminaré sin contonearme. Aunque, para mí, es la manera de contonearse lo que define a un hombre. Así que ahora me debato entre el contoneo y el libro, ¿me entiende usted?

Bernadette arqueó una ceja.

—Le sugiero que aprenda a dominar ambas formas de caminar, señor Sullivan.

—¡Oh, eso sí que no tiene ninguna gracia! Significa más trabajo.

Una de las jóvenes doncellas, la señorita Greene, apareció en el marco de la puerta mientras se ajustaba la blanca cofia sobre el pelo negro, que llevaba recogido en un moño.

—¿Señor Milton?

Matthew se inclinó hacia delante en su silla.

—¿Sí, señorita Greene?

Ronan se quitó rápidamente el libro de la cabeza, despeinándose, y lo arrojó a un lado mientras se volvía también hacia la criada.

La señorita Greene los saludó con una rápida y educada inclinación de cabeza.

—Le pido me disculpe por la interrupción, pero la cocinera necesita saber si deberíamos poner otro cubierto para la cena, dado que tiene usted una invitada.

Matthew se levantó.

—Dígale a la señora Langley que lady Burton y yo pronto nos iremos al teatro, de manera que esta noche solo cenará aquí el señor Sullivan.

—Sí, señor Milton —se volvió para marcharse.

Ronan atravesó entonces el salón para acercarse a ella.

—Señorita Greene.

La criada se detuvo.

—¿Sí, señor Sullivan?

Ronan caminó a grandes zancadas hasta donde se encontraba la joven y se apoyó de espaldas en el marco de la puerta.

—¿Piensa volver a entrar en la despensa con el criado? Porque me preocupa que estén contaminando la comida con fluidos corporales que no tienen nada que hacer allí.

La joven sirvienta se giró hacia Ronan, con las mejillas intensamente enrojecidas.

Matthew contuvo la respiración.

—¡Ronan! —¡y él se consideraba un hombre brusco! Se acercó a él con paso airado, repitiéndose varias veces que no le daría la paliza que se merecía—. ¡Sube ahora mismo al piso de arriba!

Ronan abrió unos ojos como platos.

—¡Pero si no he hecho nada! Solo estoy mostrando mi preocupación, eso es todo. ¿No tengo razón? ¿Acaso no somos nosotros los que le pagamos el sueldo?

Matthew bajó la barbilla.

—No me hagas sacar las pistolas.

Ronan se apoyó contra el marco de la puerta.

—Está bien.

Miró a la señorita Greene, que a su vez, lo miró a él. Se apartó luego del marco de la puerta, giró en el pasillo y subió escaleras arriba hasta desaparecer de su vista.

La señorita Greene se volvió hacia Matthew, todavía sonrojada.

—Está intentando hacer que me despidan.

—¿Es verdad lo de usted y el criado?

La doncella hizo un gesto de contrariedad, se retorció las manos y bajó la mirada.

—Sí, señor Milton, es cierto.

Matthew se la quedó mirando con fijeza.

—¿Y con qué criado exactamente?

—Con el señor Lawrence.

—¿Y por qué sabe Ronan lo de usted con el señor Lawrence?

La señorita Greene alzó la mirada, con sus ojos oscuros abiertos como platos.

—Nos vio al ir a buscar algo de comida a la despensa —respondió al cabo de un silencio, con un tono tenso y extraño.

Matthew sintió que se le cerraba la garganta.

—¿En qué momento los vio y cuánto vio exactamente?

La doncella cerró los ojos con fuerza.

—Vio más de lo que debería haber visto. Y fue... anoche, señor.

Matthew aspiró una bocanada de aire que lo último que consiguió fue relajarlo.

—Cuando la contraté, señorita Greene, ¿no dejé bien claro ante usted y ante cada uno de los sirvientes cuáles eran sus responsabilidades hacia el señor Sullivan?

La señorita Greene asintió con los labios apretados.

—¿Y qué responsabilidad situé por encima de todas las demás y puse un énfasis especial en que su incumplimiento merecería el despido sin ninguna clase de piedad?

A la joven se le llenaron los ojos de lágrimas.

—Que jamás viera nada que un chico no debiera ver, puesto que no había tenido una verdadera infancia.

—Exactamente —Matthew avanzó hacia ella con los ojos entrecerrados—. Ese chico, señorita Greene, ha soportado demasiadas cosas durante su infancia como para que yo, ahora, pueda quedarme sin hacer nada y aceptar su conducta como aceptable. De manera que tanto usted como el señor Lawrence están oficialmente despedidos. Y aunque económicamente la compensación será generosa, no le permitiré que utilice mi nombre como referencia, a menos que quiera arriesgarse a que cuente algo por ahí que terminaría avergonzándola.

—Sí, señor Milton —ahogó un sollozo y se alejó llorando por el pasillo.

De todos los días, de todos los malditos días en los que podía haber ocurrido aquello, tenía que haber sido precisamente con Bernadette sentada en aquel condenado salón. Justo el día en el que él estaba intentando mostrarle su respetable modo de vida. Dejó escapar el aire entre dientes.

Bernadette, que se había levantado desde hacía un buen rato de la butaca, se detuvo a su lado y le consoló.

—Has hecho lo que debías. Te has mostrado firme, pero respetuoso.

Matthew se aclaró la garganta.

—Siento que hayas tenido que verlo.

Ronan bajó entonces saltando las escaleras y se dirigió hacia ellos.

—No seas tan duro contigo mismo, Milton —le dijo—. No ha sido culpa tuya. Y tampoco vi nada que no hubiera visto antes.

Matthew se lo quedó mirando fijamente.

—¿No te había dicho que subieras al piso de arriba?

Ronan le sostuvo la mirada.

—Me dijiste que subiera al piso de arriba, pero no que me quedara allí. Pensé que era para que pudieras hablar con la señorita Greene, y como he visto que ya habías terminado, yo...

Matthew se encogió por dentro. ¿Por qué no lograba ser un padre como era debido?

—No, tienes razón, no lo había especificado. Pero debería haberlo hecho —suspiró—. De todas formas, lady Burton y yo estamos a punto de irnos. No te importará quedarte solo esta noche, ¿verdad?

—En absoluto —Ronan cruzó los brazos sobre su delgado pecho y cambió el peso de un pie al otro—. Pero antes de que os vayáis al teatro, me gustaría hablar con lady Burton a solas. En el salón. ¿Puedo?

Bernadette desvió la mirada hacia Matthew.

Sus ojos se encontraron durante un instante y Matthew sintió que se le aceleraba el pulso. Solo Dios sabía de qué podía querer hablar el chico con ella, pero suponía que era bueno que tuvieran una oportunidad de conocerse mejor. Por razones obvias.

Matthew señaló a Ronan.

—Diez minutos. Y sé educado.

Ronan se llevó la mano al corazón.

—Por eso no te preocupes. Todo el mundo sabe que he aprendido del mejor. De ti.

Matthew apretó la mandíbula y dejó caer la mano a un lado. No se sintió demasiado cómodo con aquella particular declaración.

A Bernadette le temblaba el labio inferior. Parecía estar teniendo problemas para mantener una expresión neutral después de haber oído lo que había dicho Ronan.

Arrastrando la falda de su vestido verde de noche por el suelo, regresó de nuevo al salón. Sus zapatos repiqueteaban contra el suelo de madera.

Ronan señaló entonces a Matthew.

—Si yo fuera tú, Milton, hablaría rápidamente con el señor Lawrence antes de que se fuera. La señorita Greene no es la única sirvienta de la casa que anda metida en esto. Pensé que debías saberlo.

Y, sin más, entró en el salón detrás de Bernadette y cerró las puertas correderas.

Matthew permaneció fuera durante unos instantes sin saber qué hacer. Luego musitó una maldición y se encaminó directamente hacia las habitaciones de los sirvientes.

Bernadette miró al joven alto y desgarbado que permanecía plantado ante ella.

Ronan alzó un dedo y usó luego las dos manos para apartarse su ondulado cabello castaño de la frente y peinárselo con los dedos, casi como si estuviera acicalando a un semental pura sangre para una feria.

—Hay que tener un buen aspecto antes de abrir la boca para decir nada. Si no, ¿qué sentido tendría? —se ajustó las mangas de su oscura chaqueta de lana—. Teniendo en cuenta que es usted una verdadera dama y todo eso y que yo no he conocido nunca a una auténtica dama, no tengo la menor idea de cómo se supone que tengo que comportarme. Pero espero que le parezca aceptable lo que necesito decirle. No quiero que la reina de Inglaterra venga después a pedirme cuentas.

Bernadette intentó mantener una actitud seria, haciendo honor a la conversación.

—Puedo asegurarle, señor Sullivan, que la reina no tiene el menor interés ni en mi vida ni en la suya, así que puede hablar libremente.

—Lo haré —señaló con el pulgar hacia la puerta—. Milton es lo que yo llamaría un buen hombre. En realidad, es incluso mejor que eso. Es como el padre, el hermano y el tío que yo nunca tuve. Estoy preocupado por el interés que tiene por usted. La verdad es que, ahora mismo, no necesita una mujer en su vida. Especialmente, una mujer tan superficial como usted.

Bernadette abrió los ojos de par en par. Una mujer superficial. Habría podido llamarla directamente prostituta.

—Estoy absolutamente de acuerdo en que Matthew es incluso mucho más que un buen hombre, pero creo, señor Sullivan, que está siendo excesivamente atrevido en su declaración, teniendo en cuenta que no sabe absolutamente nada de mí.

Ronan bajó la barbilla.

—Sé todo lo que necesito saber.

¡Oh, Dios santo!

—¿Ah, sí? Pues bien, espero expectante la opinión que tiene usted sobre mí. Sobre todo, teniendo en cuenta que nos conocemos desde... ¿hace cuánto? ¿Una hora?

Ronan puso los ojos en blanco y cruzó los brazos sobre su chaleco de rayas.

—Permítame que ponga los ladrillos antes de echar el

cemento. No quiero que los dos se casen. El matrimonio no resuelve nada y solo sirve para crear problemas. Y Milton no necesita problemas. Le diré que él no ha vivido rodeado de mujeres como yo, de manera que no sabe lo que se hace. Usted conseguiría hundirlo. Y yo no pienso permitir eso.

Bernadette lo miró fijamente. No le hizo la menor gracia darse cuenta de que estaba hablando completamente en serio.

—¿Alguna vez ha estado casado, señor Sullivan?

Ronan dejó caer los brazos a ambos lados de su cuerpo y se inclinó hacia ella.

—Creo que ya conoce la respuesta.

—Exactamente. Y eso significa que tiene la misma idea de lo que el matrimonio entraña como de mí. Y aunque el matrimonio no es algo que me entusiasme, puesto que yo ya he estado casada y, en mi opinión, el matrimonio no es otra cosa que una forma glorificada de esclavitud para las mujeres, Matthew es algo que me entusiasmará hasta que deje de vivir y respirar. De modo que haga el favor de respetarnos a mí y a Matthew. Lo que le estoy pidiendo es que permita que suceda lo que tenga que suceder. Y si alguna vez causo algún problema que le haga preocuparse por su bienestar, le autorizo a reprenderme verbalmente de la manera que considere. Insultos incluidos.

Ronan arqueó las cejas.

—¿Insultos incluidos?

—Insultos incluidos —le tendió la mano—. Y a partir de ahora, ¿podemos considerarnos amigos? Porque, sinceramente, creo que eso es lo que a Matthew le gustaría. Y a mí también.

Ronan soltó el aliento que había estado conteniendo y miró la mano que le tendía. Cambió el peso de un pie al otro y, al final, le tomó la mano y se la estrechó.

—Amigos. De momento.

Bernadette sonrió y le estrechó la mano con firmeza antes de soltársela.

—Estoy encantada de saberlo —se inclinó hacia él y añadió—: Y, le suplico me disculpe, señor Sullivan, pero yo no soy una mujer superficial.

Ronan parpadeó asombrado.

—Lo siento.

—No se preocupe.

—¿Puedo irme ya? —preguntó el muchacho sin rodeos.

Bernadette reprimió una sonrisa.

—Sí, puede.

El muchacho se volvió con expresión azorada y corrió hacia las puertas correderas del salón. Las abrió hasta hacerlas chocar contra la pared y desapareció.

Bernadette suspiró. Aquel episodio había sido como una introducción a la maternidad. Y lo mejor de todo era que había sobrevivido. Abandonó el salón, salió al pasillo, se detuvo ante el enorme vestíbulo y alzó la mirada hacia las escaleras de caoba y el estrecho pasillo que llevaba a la parte trasera de la casa.

Todas las puertas que tenía a la vista estaban cerradas, como si todo el mundo hubiera abandonado el barco.

—¿Matthew? —llamó.

El tictac del reloj de pared del vestíbulo fue la única respuesta que recibió. Suspiró y miró a su alrededor.

Al ver la bandeja con las tarjetas de visita, se acercó hasta ella. Apretó los labios, se inclinó y fue revisando todas las tarjetas para comprobar si, tal como Matthew le había prometido, estaba allí la suya.

—Todavía está ahí —dijo una voz profunda a su espalda.

Bernadette se volvió sobresaltada.

Matthew estaba apoyado contra la barandilla de la escalera, a solo unos metros de distancia, con sus musculosos brazos cruzados sobre la chaqueta de noche y el chaleco bordado de color marfil.

—Dudas de mi devoción, ¿verdad, cariño?

Bernadette se frotó las palmas de las manos en la falda.

—No. Yo solo... He estado hablando con Ronan.

Matthew descruzó los brazos.

—¿Y? ¿Cómo ha ido?

—Bastante bien. Ahora somos amigos. O, al menos, eso espero.

—Me alegro de oírlo. Dos de mis personas favoritas deberían ser amigas.

Bernadette sonrió.

Matthew vaciló un instante y, de dos largas zancadas, se acercó tanto a ella que Bernadette pudo ver hasta la última hebra y el último botón de plata de su chaleco.

Permaneció inmóvil, mirándola a los ojos.

—Tengo algo para ti.

Los latidos que atronaban la cabeza de Bernadette eran un reflejo de los que sacudían su corazón, aunque intentó disimularlo.

—¿Ah, sí?

De repente, Matthew sacó de un bolsillo de la chaqueta una resplandeciente gargantilla de diamantes.

Bernadette desorbitó los ojos, absolutamente estupefacta. Acarició con el dedo índice las piedras con forma de lágrima y murmuró por lo bajo:

—¡Oh, Matthew! Es preciosa.

—La compré hace tiempo. Quería enviártela, pero pensé que era preferible dártela en persona —titubeó un instante—. ¿Puedo ponértela?

Bernadette sonrió de oreja a oreja.

—Por supuesto.

Matthew tomó los dos extremos de la gargantilla, se inclinó y posó las piedras preciosas alrededor de su cuello, rozándolo en el proceso. El calor de su cuerpo se transmitió al suyo mientras le ajustaba la gargantilla.

Su sonrisa se desvaneció, con aquel calor penetrando hasta el último de sus pensamientos racionales. Alzó la mirada hacia aquel rostro afeitado que se cernía sobre el suyo. Intencionadamente alzó la cabeza, esperando que él... la besara.

Matthew la miró a los ojos y apartó los dedos de su cuello, dejando que la gargantilla cayera en su lugar.

—No me mires así.

—¿Por qué no? —inquirió, aturdida.

—Porque estoy deseando besarte —respondió él sin dejar de mirarla—. Como llevo deseando hacer desde el día que fuimos a patinar sobre hielo.

Un nudo se le formó en la garganta; el aire que los rodeaba fue aumentando de temperatura hasta hacerse casi insoportable. Era evidente que el día que habían ido a patinar sobre hielo había sido tan importante para él como para ella.

—Entonces, ¿por qué no lo haces?

Desde alguna parte, encima de ellos, alguien resopló.

Ambos se separaron bruscamente y alzaron inmediatamente la mirada hacia la escalera. A Bernadette le ardieron las mejillas cuando descubrió a Ronan, que desde lo alto los observaba con expresión de suficiencia.

Matthew lo señaló con un dedo, el gesto severo.

—¡Eh! Resoplar no es una manera de anunciar tu presencia.

Ronan sonrió de oreja a oreja y chasqueó la lengua antes de girar en el rellano de la escalera y desaparecer por la esquina del pasillo.

Matthew se volvió de nuevo hacia ella.

—Deberíamos marcharnos —dijo, como si no hubiera pasado nada entre ellos.

Nada en absoluto.

Bernadette suspiró, consciente de que aquel momento tan especial había pasado. Una vez más.

Capítulo 25

DESAPARECIDA: Annabelle Netta Carson.

The Truth Teller,
un periódico de Nueva York para caballeros

Park Theatre

Si alguien le hubiera preguntado a Matthew qué demonios había pasado en el escenario iluminado que tenían debajo no solo habría bufado, sino que habría escupido directamente. *Irlanda redimida* había resultado ser un caos de danzas y saltos ejecutados por unos bailarines pobremente vestidos y cargados de tanto maquillaje que parecían, más que irlandeses, faraones egipcios. Y todo ello escenificado en un decorado de ciénagas mediocremente pintadas que no se parecía en nada a Irlanda.

Habían sido siete dólares malgastados.

Mientras todo el mundo aplaudía y el pesado telón caía sobre el escenario, miró a Bernadette. Tenía una expresión igualmente horrorizada y fijaba la mirada en aquel telón como si temiera sinceramente que pudiera volver a levantarse.

Matthew reprimió la risa y se inclinó rápidamente hacia ella.

—Sugiero que nos vayamos antes de que la emprenda a puñetazos con cada uno de esos actores y les demuestre lo que es Irlanda de verdad.

A Bernadette se le escapó una carcajada que ahogó rápidamente con su mano enguantada.

—Me encantaría verte darle un puñetazo hasta a el último de ellos, y que después escribieras una crítica completa en tu periódico sobre las carencias del guion. ¿Qué ha sido eso que hemos visto?

—No lo sé. De verdad que no lo sé. Pero preferiría que no alentaras al loco que llevo dentro —se levantó y le tendió la mano—. Vamos.

Bernadette la aceptó y se levantó también.

Matthew la condujo fuera del palco y, cuando salieron al pasillo que conducía a las escaleras que les permitirían salir del teatro, le soltó la mano en un intento por concentrarse en cualquier cosa que no fuera tocarla. Pero era condenadamente difícil representar el papel de santo.

Miró la gargantilla de diamantes que adornaba la curva de su cuello y se preguntó si realmente le gustaría la joya o si estaría fingiendo. Continuó avanzando hacia la escalera principal, intentando buscar algo que decir.

—Mañana por la tarde tengo tres horas libres. ¿Qué te gustaría que hiciéramos?

Bernadette alzó la mirada hacia él con ojos resplandecientes.

—Jamaica.

Matthew arqueó las cejas.

—¿Jamaica? —escrutó su rostro—. ¿Qué te ha hecho pensar en Jamaica?

De los labios de Bernadette escapó un leve suspiro. Fijó

la mirada en el vacío, como si de pronto estuviera viendo el mar y las islas.

—Estoy enamorada del mundo de los corsarios desde que tenía ocho años. Y Port Royal y Kingston son lugares famosos por las historias de corsarios. Tengo la esperanza de poder ir uno de estos días. Tenía planeado un viaje antes del episodio con Cassidy. Pero después tú volviste a mi vida y... cancelé el viaje.

Era evidente que le iba a tocar a Matthew hacer realidad aquel sueño. Quizá no al día siguiente por la tarde, pero sí en algún momento. Si conseguía que Bernadette cooperara, por supuesto. Hasta ese momento, ella no había dicho nada relacionado con su cortejo o con...

De repente, una mujer rubia de aspecto regio y generoso busto, vestida con un flamante vestido de seda muaré, caminó con paso firme hacia ellos, interrumpiendo su marcha.

El miedo se apoderó de Matthew cuando reconoció a la señora Klauder. La misma señora Klauder que le había cursado temerariamente varias invitaciones a... ejem... a su lecho, a pesar de ser una mujer casada con un prominente miembro del Ayuntamiento de la ciudad.

—Señor Milton, ¿dispone usted de un momento?

Matthew se detuvo, haciendo detenerse a Bernadette, y le apretó la mano.

—No, la verdad es que no.

Bernadette se lo quedó mirando boquiabierta ante semejante grosería.

—¡Matthew!

La señora Klauder miró a Bernadette con unos penetrantes ojos azules que habrían podido ser cualquier cosa menos amables.

—No creo que nos conozcamos —le dijo en un tono mucho más frío del que había empleado con él.

Matthew señaló a Bernadette.

—Le presento a lady Burton —se interrumpió y sintió la necesidad de añadir—: Mi prometida.

Bernadette volvió a alzar la mirada hacia él. Matthew le apretó de nuevo la mano. Acababan de dar a conocer oficialmente su relación.

La señora Klauder suspiró y se volvió hacia Matthew como si no deseara tener ningún contacto con Bernadette. Le tocó el brazo con una mano enguantada y se inclinó hacia él, sosteniéndole intensa y ardientemente la mirada.

—¿Podemos hablar, señor Milton?

Matthew procuró mostrarse tranquilo.

—En realidad, ya me iba.

—Solo nos llevará un momento —se acercó a él y se colocó el chal de cachemir para poder exhibir mejor sus generosos senos—. Pretendía pedirle ayuda para organizar otro acto benéfico para el orfanato el mes que viene. Necesitaríamos dedicar algún tiempo a coordinarnos y esperaba poder contar con su asistencia. ¿Podría venir a verme en algún momento de la semana que viene?

Pero aquella mujer estaba mucho más interesada en la diversión que en la beneficencia. Matthew retrocedió y se colocó al otro lado de Bernadette, poniendo una considerable distancia entre él y la señora Klauder.

—Puede pasarse por mi oficina. Allí el señor Kerner se asegurará de que reciba publicidad gratuita, dado lo mucho que desea ayudar al orfanato.

—Lo haré —dijo la señora Klauder y miró a Bernadette—. Buenas noches a los dos.

¡Dios santo! Aquello era como volver a Five Points y ponerse a lidiar con prostitutas a las que solo les interesaba ver sus pantalones a la altura de los tobillos para quitárselos por cualquier medio posible. Matthew no había sido ningún estúpido en aquella época y, desde luego, tampoco lo era en aquel momento.

La señora Klauder pasó por delante de ellos, arrastrando provocativamente el vestido de noche de muaré por la alfombra, y desapareció detrás de la barandilla de hierro para bajar por la escalera.

Matthew suspiró, aliviado de que por fin se hubiera marchado.

Bernadette le dio dos golpecitos en el brazo.

—¿Qué ha sido eso?

Matthew sacudió la cabeza y no dejó de hacerlo mientras hablaba.

—Estoy seguro de que preferirías no saberlo. Esa mujer está casada con uno de los concejales del Ayuntamiento. Lo único que puedo decir es que desde el Ayuntamiento quieren acabar conmigo. El alcalde lleva meses advirtiéndomelo. Están buscando la manera de arruinar el nombre que me he creado a través del periódico. Son unos estúpidos. Hasta el último de ellos. Y esa mujer ni siquiera es lo suficientemente atractiva como para que detenga mi paso por ella.

Bernadette parpadeó sorprendida, con un rubor tiñendo sus mejillas.

—No sabía que había mujeres capaces de hacerle detener el paso, señor Milton —replicó.

A Matthew le encantó pensar que estaba celosa. Se inclinó hacia ella.

—¿Estás celosa?

Bernadette apretó los labios.

—Es posible que tenga que hablar con el Ayuntamiento acerca de esto.

—Hazlo.

—¿Señor Milton? —preguntó de pronto un hombre a su espalda—. ¿Tiene un momento?

Matthew reprimió un gemido. Aquello era ya demasiado. Se volvió hacia un caballero con bigote al que no había visto jamás en su vida. Era un hombre de pelo largo y gris, despeinado. Su atuendo, sin embargo, exudaba prestigio.

—¿Sí, señor? ¿En qué puedo ayudarle?

El caballero titubeó, pero en seguida dio un paso hacia él.

—Mi nombre es Grigg. Pensaba hacerle una visita para pedirle que publicara un artículo sobre una desaparición.

—¿Una desaparición? —inquirió Matthew, sorprendido.

El señor Grigg miró a su alrededor y bajó el tono. La emoción contenida le quebraba la voz.

—Una niña de seis años, la hija de un íntimo amigo mío, el propietario de este teatro, desapareció de su cama hace catorce días. Alguien rompió la ventana de su domicilio y entró. Aunque la policía ya ha estado investigando el asunto, he pensado que un periódico con tanta circulación como el suyo podría servir de ayuda en la investigación.

A Matthew se le cerró la garganta.

—Sí, claro que podríamos ayudar. Por favor, venga a la oficina mañana a las nueve. Solo imprimimos el periódico una vez a la semana, pero estaría encantado de sacar una edición extraordinaria en este caso.

El hombre asintió y parpadeó varias veces para contener las lágrimas.

—Gracias. Mañana por la mañana iré a verlo. Buenas noches.

—Igualmente.

Matthew siguió con la mirada al anciano, que apretó la mandíbula y se alejó lentamente, aferrándose al bastón con su mano enguantada. Cuando una chiquilla no estaba a salvo ni siquiera en su propia cama, al igual que había ocurrido con la triste historia de Coleman, ¿qué esperanza tenían los niños que vagabundeaban solos por la calle? El mundo se merecía que alguien le prendiera fuego.

Miró a Bernadette, le agarró la mano y tiró de ella.
—Deberíamos marcharnos.

Soltó un suspiro, desesperado por sacudirse la sensación de amargura que le producía la posibilidad de que aquella niña de seis años estuviera ya muerta.

Bernadette permitió que la hiciera bajar las escaleras a toda velocidad para dirigirse hacia la entrada del teatro y, a través de la multitud, conducirla hasta la fila de carruajes.

Cuando estuvieron por fin en el interior del coche, alejándose del teatro, Matthew se volvió hacia ella y le confesó:

—Odio esta asquerosa ciudad —cerró los ojos y sacudió la cabeza—. Son demasiados días. Seguramente, esa pobre niña estará ya muerta.

—¡No digas eso! Por el amor de Dios, si tú no tienes esperanza en encontrar con vida a esa niña, ¿qué esperanza le queda?

—La esperanza es un sentimiento inútil en el mundo real, Bernadette. Se rompe cuando menos preparado estás para verla quebrarse.

El crujido de la tela del vestido le hizo abrir los ojos. Bernadette se sentó a su lado, lo abrazó y apoyó la cabeza en su hombro.

Matthew la acercó todavía más hacia sí y enterró la cabeza en su pelo, embebiéndose de aquella fragancia a cítricos con que había vuelto a perfumarse. Permanecieron inmóviles, meciéndose el uno contra el otro con el traqueteo del carruaje, mientras la noche desfilaba tras los cristales de las ventanillas.

Al cabo de un rato, Bernadette cambió de postura para mirarlo.

—No digas esas cosas, Matthew. La esperanza es lo único a lo que todo el mundo tiene acceso y lo único que mantiene la humanidad a flote.

Matthew la miró con el corazón palpitante. Esperanza. ¿Todavía cabía la esperanza en aquel descabellado mundo? En los ojos de Bernadette, sí. Y aquello le hizo desear creer en ella, aunque solo fuera por el bien de una chiquilla de seis años.

Bernadette sonrió abiertamente en medio de las sombras proyectadas por el fanal que colgaba sobre ellos.

—La devolveremos a su casa sana y salva. Sé que lo haremos. Sobre todo teniendo en cuenta la cantidad de lectores que tienes.

Matthew acunó su hermoso rostro entre sus manos, deseando que la vida fuera tan noble como lo era ella.

—Rezo para que tengas razón —escrutó sus rasgos, ansiando desesperadamente besarla, pero consciente de que, si lo hacía, no sería ya capaz de detenerse.

Soltándola, se levantó y se sentó frente a ella.

—Te llevaré a casa. Voy a tener unos días muy largos por delante. Es posible que no podamos vernos esta semana.

Bernadette asintió y bajó la mirada a sus manos enguantadas.

—Por supuesto.

Al advertir su decepción, Matthew añadió:

—En realidad... quiero que me prometas que mañana por la mañana estarás a primera hora en mi oficina, y que volverás allí todos los días hasta que podamos encontrar tiempo para estar de nuevo juntos. Es posible que me acostumbre a tenerte allí. No me vendría mal tu sonrisa, ni tampoco eso que tú llamas «esperanza».

Bernadette alzó la mirada. Sus ojos brillaban de tristeza.

—Estaré allí cada mañana hasta que la encontremos. Y sé que la encontraremos.

Aquella era la razón por la que Matthew no solo quería, sino que necesitaba desesperadamente a Bernadette a su lado durante el resto de su vida. Porque ella era capaz de regalarle esperanzas cuando no existía ninguna.

Cuatro días después

No había pasado ni un solo día desde que se publicó en portada un artículo sobre la desaparición de la niña de seis años Annabelle Netta Carson, cuando su cuerpo desnudo, violado y mutilado apareció flotando en el río Hudson. La noticia fue revelada, nada más y nada menos, que por el propio comisario Royce, que se presentó en la oficina de *The Truth Teller*.

A Bernadette la cegaron las lágrimas mientras intentaba ahogar un sollozo. Aquello fue como perder a su propia hija. Ella no había dejado de tener esperanzas. Y aquella niña solo había tenido seis años.

Matthew se mesó los cabellos y se dejó caer contra la pared más cercana con un ruido sordo.

—Dios mío...

El comisario Royce inclinó la cabeza y salió, claramente consciente de que nadie necesitaba escuchar una palabra más.

Tragándose las lágrimas, Bernadette se dirigió hacia Matthew, que continuaba agarrándose la cabeza con las manos.

Una vez ante él, intentó acercar suavemente esas manos cálidas y grandes hacia ella.

—Matthew...

Una lágrima solitaria resbaló por su mejilla afeitada.

Alzando un tembloroso dedo, Bernadette se la enjugó.

Él volvió la cara hacia el otro lado, girándose bruscamente hacia la pared.

—¡Dios mío! ¿Cómo es posible que alguien...? —apretó los dientes y descargó un puñetazo contra la pared, haciendo saltar la escayola con los nudillos.

Bernadette se sobresaltó y lo agarró del brazo antes de que pudiera volver a hacerse daño.

—Matthew, por favor, no...

Pero él se liberó y, deteniéndose, la miró.

—No quiero que me veas así —suspirando, la rodeó y ordenó con una voz de trueno—. ¡Kerner! Retira esas condenadas planchas antes de que las impriman. Vamos a re-escribir la página de portada. Todo el mundo, hasta el último ser sobre la tierra, va a conocer hasta el más sórdido detalle de lo que le ocurrió a esa pobre niña. La humanidad merece saber lo muy poco que se está haciendo. Y también vamos a asegurarnos de encontrar al hijo de perra que ha hecho esto.

Bernadette no supo cómo recuperó la voz, pero de alguna manera lo consiguió.

—Yo ofreceré cincuenta mil dólares de recompensa para cualquiera que proporcione alguna información que conduzca a una detención. Publica eso también.

Matthew se volvió hacia ella. Sus tensas facciones parecieron reconocerla por primera vez.

—Hecho.

Bajando la mano, suspiró.

—Quiero que te vayas a casa, Bernadette —se interrumpió con expresión seria—. No a tu casa, sino a la mía. Quiero que vayas y te quedes allí. Ronan te llevará. Tengo un largo día por delante, pero necesito saber que me estarás esperando cuando haya terminado, ¿de acuerdo? —apretó la mandíbula.

Bernadette asintió, percibiendo el esfuerzo que estaba haciendo por no perder la compostura.

Matthew comenzó a recoger pliego tras pliego de cada una de las mesas por las que pasaba. Las reunió todas y desapareció en una de las habitaciones traseras que conducía a la zona de imprenta, donde una larga fila de hombres inclinados sobre las mesas se afanaba en colocar cada letra de plomo en las bandejas de hierro.

De repente, Ronan se acercó a Bernadette y, al cabo de un largo silencio, le ofreció con voz queda:

—Si no le importa, yo la llevaré.

Bernadette agarró la mano del joven y le dio un abrazo.

—Gracias.

Ronan asintió, pero no dijo nada.

Bernadette lo sacudió entonces de los hombros, desesperadamente necesitada de recibir alguna seguridad.

—Pero en cuanto me dejes, quiero que vuelvas aquí y te quedes con él durante todo el tiempo que decida permanecer en la oficina. Prométeme que estarás a su lado, que te asegurarás de que está tranquilo y de que no vuelve a dar puñetazos a las paredes.

Ronan se tensó, apartándose de ella.

—Probablemente, para cuando termine el día, acabará con los nudillos llenos de sangre. Es lo que hace cuando se comete alguna injusticia grave. Nunca se ha tomado bien ese tipo de cosas.

Bernadette tragó saliva y escrutó los ojos del muchacho.

—Yo no puedo permitir eso, Ronan. ¿Lo comprendes? No puedo. Y, teniendo en cuenta que es como un padre para ti, tú tampoco deberías permitirlo.

Ronan esbozó una mueca.

—Él hace lo que quiere. Siempre hace lo que quiere. Eso lo sabrá ya a estas alturas, ¿verdad?

Bernadette asintió levemente y rezó para que Matthew no regresara a casa al final de la jornada con los nudillos ensangrentados.

Capítulo 26

Cierto caballero que conducía un carruaje se encontró junto a otro que también iba conduciendo uno. Ninguno se mostró dispuesto a ceder el paso, a pesar de lo estrecho de la carretera, y, como movidos por un impulso, guiaron furiosos sus coches el uno junto al otro. Ambos se precipitaron al suelo casi al instante, lastimándose de manera absurda. Si al menos uno de ellos hubiera tenido el buen sentido de apartarse, ambos habrían salido indemnes.

The Truth Teller,
un periódico de Nueva York para caballeros

Más tarde, esa misma noche

Bernadette caminaba nerviosa por el salón de la casa de Matthew. Miró una vez más hacia la puerta, preguntándose si debería regresar a la oficina. Hacía tiempo que se habían retirado todos los sirvientes y habían pasado más de nueve horas desde la última vez que le había visto o había tenido alguna noticia de Ronan.

El tintineo de la campanilla anunciando la presencia de

alguien en la puerta principal hizo que el corazón le diera un vuelco. ¿Sería él? ¿Podría ser Matthew? ¿Pero por qué iba a llamar a la puerta de su propia casa?

Salió a la carrera del salón y se asomó al pasillo. Consciente de que todos los sirvientes se habían retirado, se quedó inmóvil.

La campanilla volvió a sonar.

¿Y si Matthew le había pedido a alguien de la oficina que le llevara un mensaje importante? Y si...

Fue apresurada hacia la puerta y descorrió el cerrojo. Al abrir, entró en la casa un remolino de viento y nieve.

Un joven alto de amables ojos verdes, vestido con traje de noche y una chistera cubierta de nieve esperaba en los escalones de la entrada. Bernadette tardó varios segundos en reconocer a Jacob Astor.

Desorbitó los ojos. ¡Dios santo! No le había visto desde hacía... meses. Por lo que le había contado el señor Astor, el joven había montado en cólera negándose a ir a Londres. El señor Astor no se había mostrado precisamente muy complacido.

—¿Va todo bien, Jacob? ¿Qué estás haciendo aquí?

Jacob se quitó la chistera, haciendo que varios mechones rubios cayeran sobre su frente, y sacudió la nieve que la cubría.

—Emerson me informó de que podría encontrarte aquí —se inclinó hacia ella—. ¿Puedo entrar? Hace un tiempo muy malo.

Bernadette vaciló. El viento se colaba en la casa con un frío que le helaba los huesos. Teniendo en cuenta lo tarde que era y que aquella no era su casa, honestamente, no se sentía con derecho a invitarle a pasar.

—Perdona que sea tan grosera, Jacob, pero es tarde y no tengo derecho a invitarte a una casa que no es mía. Pero, por supuesto, puedes hacerme una visita mañana por la tarde. Estaré en mi casa —sonrió—. Buenas noches. Me encantará verte mañana —y retrocedió para cerrar la puerta.

—¡Espera! —gritó el joven mientras volvía a abrir la puerta con su mano enguantada—. Tengo algo para ti, por eso he venido —metió la mano en un bolsillo de su chaleco bordado y le tendió una carta—. Mi abuelo recibió esto en el correo de la tarde. La abrió porque iba dirigida a él, pero es para ti.

Bernadette titubeó por un instante, abrió la puerta un poco más y tomó la carta. Bajó la mirada a la cuartilla que tenía en la mano. Al reconocer el escudo de su padre en el lacre rojo del sello, abrió mucho los ojos.

Aquello solo podía significar una cosa.

Desdobló precipitadamente la carta, se apartó de la puerta y se acercó a una de las lámparas de aceite que descansaba sobre la mesa del vestíbulo para iluminar aquella letra que reconoció como la de su padre.

Señor Astor,
Si fuera usted tan amable de entregar esta carta a mi hija, le estaría muy agradecido. Este viejo estúpido que soy yo no pidió nunca la nueva dirección que ella se vio obligada a tomar después del desafortunado incidente de Nueva Orleans. Por favor, dígale que me arrepiento de cómo nos despedimos y que quiero volver a verla, si ella está dispuesta a viajar hasta aquí y a perdonarme. Pretendo ser un mejor padre para mi hija y me gustaría volver a formar parte de su vida de la forma que ella decida y durante el tiempo de vida que me quede. El cual, me temo, puede que no sea mucho.

Lord Westrop

Cegada por las lágrimas, Bernadette se emocionó, agradecida al mismo tiempo de que aquella carta no anunciara la muerte de su padre o alguna enfermedad. El hecho de que le hubiera escrito aquella carta significaba que la soledad había terminado devorando su alma. Probablemente en aquel momento estaría solo en la biblioteca, como siempre, leyendo un libro o rezando en silencio, como siempre también, o con la mirada fija en la ventana. ¡Maldito fuera! ¿Por qué tenía que quererle tanto?

Jacob entró en la casa y cerró la puerta a su espalda.

—¿Estás bien?

—Sí —se sorbió la nariz, intentando recuperar la compostura, y volvió a doblar la carta—. Gracias por habérmela traído.

—Por supuesto —se colocó las manos enguantadas en la espalda y cuadró los hombros—. ¿Eso significa que vas a volver a Londres?

Bernadette jugueteó con la carta.

—Es un hombre mayor y solo me tiene a mí, de modo que sí, tendré que volver.

Jacob asintió.

—Estoy seguro de que al final llegaréis a algún acuerdo. Sé que lo haréis.

—Gracias, Jacob. Eso espero.

Jacob volvió a asentir y miró a su alrededor.

—Me preocupaba que no hubieras vuelto a tu casa a estas horas. Y también a Emerson. Me aseguraré de informarle de que estás aquí, como, de hecho, él imaginaba —al cabo de un largo y tenso momento, añadió—: ¿Puedo preguntar qué estás haciendo aquí, teniendo en cuenta la hora que es? ¿Va todo bien?

Bernadette lo miró incómoda, plenamente consciente de que debía proteger el honor de Matthew, no solo por él, sino también por su periódico.

—Solo estoy esperando a que regrese el señor Milton.

Ha ocurrido un trágico suceso. Todavía no se lo he comunicado a tu abuelo, pero... él ha empezado a cortejarme.

Jacob entreabrió los labios.

—¿Que ha empezado a cortejarte?

—Sí. Esta misma semana.

—¿Y estáis pensando en casaros?

Bernadette alzó los ojos al cielo, consciente de que el asombro del joven era un reflejo del que iba a sentir su abuelo.

—Sí. Este rebelde cuco que tienes delante por fin ha encontrado un nido.

Jacob cerró los ojos por un instante y echó la cabeza hacia atrás. Luego suspiró y dejó caer los hombros.

Bernadette parpadeó sorprendida.

—¿Jacob? ¿Estás bien? ¿Qué te pasa?

Jacob abrió los ojos y arrojó su chistera, que rodó por el suelo de mármol. Dando un paso hacia ella, clavó una rodilla en tierra y rozó con sus manos enguantadas las faldas de su vestido.

—Bernadette. Mi adoradísima Bernadette...

Bernadette perdió el aliento, cerró el puño sobre la carta de su padre y bajó la mirada hacia Jacob mientras este continuaba arrodillado ante ella. El pánico la impedía respirar o moverse.

—Jacob... ¿qué estás haciendo?

De repente se abrió la puerta principal y Matthew entró a grandes zancadas, al tiempo que se quitaba el abrigo de montar cubierto de nieve.

Bernadette desorbitó los ojos.

—¡Matthew! —casi se tambaleó mientras apretaba la carta de su padre contra su agitado pecho.

Matthew se detuvo bruscamente, tensos sus duros rasgos.

—¿Qué demonios está pasando aquí?

A Bernadette le temblaba la mano tanto como el resto de su cuerpo. Apenas podía creer lo que estaba ocurriendo.

—Matthew, estoy tan sorprendida como tú. Más incluso —señaló frenética a Jacob en un gesto exasperado y empezó a retroceder. No podía creer que aquello le estuviera ocurriendo a ella. ¡Jacob Astor!

Ronan, que también había entrado en aquel momento, arqueó las cejas mientras permanecía al lado de Matthew con la mirada clavada en Jacob, que continuaba arrodillado.

Matthew arrojó el abrigo sobre la barandilla de la escalera. Su ancho pecho cubierto por el chaleco se alzaba y bajaba con cada paso que daba hacia ellos.

—¿Puedo preguntar por qué está este hombre aquí, Bernadette? Porque estoy intentando encontrar algún sentido a lo que estoy viendo.

Bernadette se encogió asustada, esforzándose por no ponerse a llorar ante la increíble inoportunidad de aquella escena mientras sostenía la arrugada carta de su padre en la mano.

—Emerson le informó de que probablemente estaría aquí. Así que acaba de llegar y…

—¡Y ha caído de rodillas ante ti! —terminó Matthew por ella con tono sombrío, nada comprensivo.

Bernadette hizo un gesto contrito.

—Sí, más o menos…

Sabía que tenía que sacar a Jacob de la casa antes de que Matthew lo destrozara. Volviéndose rápidamente hacia el pobre muchacho, le dijo:

—Aunque estoy sinceramente conmovida, por fuerza tienes que ser consciente de que esto jamás habría podido llevar a nada.

Jacob le tomó entonces las manos y tiró obstinadamente de ella hacia sí, con la rodilla todavía en tierra.

—Tengo que decirlo. Permíteme decirlo. No me marcharé de aquí hasta que lo haga.

Bernadette abrió los ojos de par en par.

—Jacob, por favor...

Matthew caminó hasta ellos y se golpeó fuertemente el pecho con el puño. El sonido sordo retumbó en el vestíbulo como un tambor de guerra.

—Esto ha sido un sincero intento de mantener la calma. Ahora, te sugiero, Jacob, que levantes esa rodilla del suelo y salgas de mi maldita casa mientras todavía la conservas.

¡Oh, Dios santo! Aquel era el lenguaje que se empleaba en Five Points. Bernadette se inclinó rápidamente sobre Jacob, intentando liberar sus manos.

—Jacob, por favor, por el amor que profesas a tus abuelos, no sigas adelante con esto.

Pero Jacob le apretó todavía con mayor fuerza las manos y la miró a los ojos. Con tono quedo pero firme, anunció:

—Bernadette, soy consciente de que voy a ser ridiculizado, rechazado y golpeado hasta sangrar por lo que estoy a punto de decirte, pero he llevado esto dentro de mí durante demasiado tiempo y necesito deshacerme de ello —inspiró profundo y soltó el aire—. Te amo. Te amo de verdad. Te quise desde la primera vez que te vi en las calles de Nueva Orleans luchando contra aquellos hombres con más brío del que había visto jamás en mujer alguna. De lo único que me arrepiento es de no habértelo dicho nunca. Yo... jamás pensé que una mujer como tú podría verme de ese modo. Y tenía razón. Al fin y al cabo, para ti siempre he sido un niño, nada más que un niño —bajó la mirada y le besó ambas manos con sus cálidos labios antes de soltárselas—. Y ahora ha llegado el momento de que me marche.

Jacob se levantó lentamente. Irguiéndose, retrocedió y se giró, con su rostro juvenil desgarrado por la angustia.

Bernadette sintió en los ojos el escozor de las lágrimas, y alguna incluso rodó por su mejilla, consciente como era del corazón, la fuerza y el valor que había escuchado en aquellas palabras. Aquello era justamente lo que debería haber hecho ella misma con Matthew el día que fueron a patinar sobre el hielo. Había perdido aquella oportunidad por culpa de sus estúpidas dudas y, solo en aquel momento, comprendió que nunca podría recuperar aquel día. Jamás.

—Jacob. Admiro tu fortaleza y tu sinceridad. Y lamento tanto que...

—No tienes que decirlo —el joven alzó una mano sin mirarla a los ojos—. He sido capaz de decírtelo cuando pensé que nunca lo haría. Eso es lo único que importa —asintió levemente.

Recogiendo su chistera del suelo, caminó hasta la puerta y la abrió de golpe. Tras salir, cerró quedamente a su espalda.

Bernadette cerró los ojos, intentando mantenerse firme mientras respiraba con agitación. Jacob Astor, un muchacho, o más bien un hombre, puesto que acababa de ganarse aquel título, le había enseñado en unos minutos más de la vida y del amor que todo lo que ella había sido capaz de aprender hasta entonces.

Lo importante en la vida era aprovechar las oportunidades.

Aunque no condujeran a nada.

Abrió los ojos y se volvió hacia Matthew, que todavía permanecía en el vestíbulo. Se detuvo al ver su cabello despeinado y... su mano derecha. La tenía rígidamente flexionada, hinchada y cubierta de sangre.

Sacudió la cabeza, sobrecogida por la angustia. Ronan había acertado al predecir que volvería con los nudillos ensangrentados. Caminando a grandes zancadas hacia él, le agarró la muñeca con fuerza y le acercó la mano a la cara.

—¿Por qué te haces esto? —preguntó con voz ahogada—. ¿De qué te sirve? ¿Has conseguido recuperar a la niña de esta forma?

Matthew liberó su mano y retrocedió. Miró a Ronan, que continuaba observándolos en silencio, y dijo con voz ronca:

—Ronan, ¿puedes dejarnos un momento, por favor?

El muchacho se limitó a mirar a Bernadette con expresión estoica.

—Si no hubiéramos llegado cuando lo hicimos, Milton, quién sabe lo que habría podido pasar. Probablemente ahora mismo Bernadette estaría retozando con ese hombre.

Bernadette abrió mucho los ojos.

Matthew se abalanzó entonces hacia Ronan, lo agarró con fuerza del cuello de la camisa y lo acercó hacia sí.

—Escúchame bien, jovencito. Tienes que dejar de comparar a todas las mujeres que conoces con tu madre. Porque no solo vas a terminar haciendo daño a todas aquellas que te rodean: vas a terminar haciéndote daño a ti mismo. Lo que acabamos de ver aquí ha sido un sincero intercambio de sentimientos entre un auténtico caballero y una verdadera dama que habría reaccionado de la misma manera tanto si hubiéramos estado aquí para verlo como si no. Y, ahora, haz el favor de disculparte con Bernadette. Porque ella es y será siempre una dama. Y no lo olvides en toda tu condenada vida.

Bernadette tomó aire: lo necesitaba. Aquella era la razón por la que se había enamorado de Matthew. Porque, incluso cuando se había visto sometido a la prueba de ver a un joven declarándole rendidamente su amor, al final había permanecido fiel a sí mismo y a ella misma, algo que muy pocos hombres habrían sido capaces de hacer.

Ronan se liberó lentamente de Matthew.

—Lo siento, Milton, tienes razón. No pretendía... —

cerró los ojos con fuerza durante unos segundos y miró después a Bernadette con expresión avergonzada, los ojos castaños anegados en lágrimas—. Lo siento. Estoy intentando ser mejor persona. De verdad, lo estoy intentando...

Bernadette corrió hacia él y, todavía agarrando la carta de su padre, lo abrazó. Cuando se apartó, sonrió para asegurarle que le comprendía perfectamente. Le dio unos golpecitos en la barbilla.

—Hace falta ser todo un caballero para disculparse. Gracias.

Ronan asintió, pero no fue capaz de mirarla a los ojos mientras se apartaba. Lanzó una última mirada a Matthew y salió corriendo escaleras arriba hasta desaparecer de su vista.

Bernadette suspiró y miró a Matthew a los ojos mientras apretaba la carta de su padre contra su pecho.

Matthew bajó la vista a la carta. Tensó la mandíbula mientras comenzaba a retroceder. Luego, girándose rápidamente, agarró el abrigo que había dejado sobre la barandilla y subió corriendo las escaleras, para desaparecer también.

Bernadette tragó saliva, intentando sobreponerse a la tensión que le apretaba la garganta.

No, aquello no era justo.

Porque, de pronto, parecía que Matthew estaba enfadado con ella.

Así que, aferrando la carta, subió apresurada las escaleras tras él.

—¿Matthew?

Se fue asomando a cada puerta que veía y, al final, se detuvo en el que parecía ser el dormitorio de Matthew. Y parpadeó asombrada ante lo que vio en su interior.

Matthew se había quedado únicamente en pantalón y había dejado el resto de su ropa amontonada en el suelo, a unos pasos de la cama.

Bernadette se quedó junto a la puerta.

—¿Matthew?

De repente se agachó y, para asombro de Bernadette, apoyó ambas manos en el suelo y se puso a hacer flexiones, bien estiradas las piernas. Cada músculo de su espalda y de sus brazos se tensaba y flexionaba mientras él subía y bajaba el torso sin cesar.

Bernadette entró en la habitación y cerró la puerta a su espalda para asegurarse cierta intimidad.

—¿Qué estás haciendo?

Matthew no dejó de hacer flexiones.

—Asegurarme de que no voy a seguir golpeando paredes, teniendo en cuenta lo mucho que eso te afecta.

El sudor perlaba su frente mientras, con la mirada fija en el suelo, continuaba flexionando los brazos, subiendo y bajando el torso.

Viendo que no iba a detenerse, Bernadette se agachó para ponerse a su altura.

—Matthew, por favor.

Se detuvo y la miró, sosteniéndose sobre los brazos. Finalmente recogió ágilmente las piernas y se sentó en el suelo con un ruido sordo junto a ella, a la turca. Buscó su rostro con la mirada, pero no dijo nada.

—¿Por qué estás enfadado? —le preguntó Bernadette, intentando mantener la voz firme.

—Porque estoy confuso.

—¿Sobre qué?

—¿Piensas conservarla? Y si es así, ¿por qué?

Bernadette pestañeó.

—¿Conservar qué?

Matthew señaló la carta con un gesto rígido.

—La carta que él te ha escrito. No te has separado de ella desde que llegué.

Así que era por eso por lo que estaba enfadado... Pensaba que no quería separarse de una supuesta carta de Jacob, incluso después de lo que había pasado.

—¡Oh, Matthew! —sacudió la cabeza y se la tendió—. Es de mi padre. No tenía mi nueva dirección y por eso se vio obligado a enviarla a la casa de los Astor. Jacob había venido a entregármela. Me temo que voy a tener que dejar Nueva York. Debo ir a ver a mi padre.

Matthew se había quedado asombrado. Recostándose en el suelo, tomó la carta desdoblada y la leyó. Sus duras facciones se suavizaron y reflejaron su angustia.

—Ahora me siento como un estúpido. No pretendía acusarte de... —suspiró, dejando a un lado la carta. Estiró luego una mano y la acercó hacia sí.

Bernadette enterró el rostro en el calor de su pecho.

Matthew trazó un sendero de besos desde lo alto de su cabeza hasta su frente. Deteniéndose de pronto, le acunó el rostro entre las manos para poder mirarla mejor.

—¿Tienes idea de lo mucho que me costó ver aquello? ¿Permanecer tranquilo? ¿Dudar de lo que ibas a decir o de lo que podías llegar a hacer?

Las lágrimas cegaron a Bernadette mientras veía y sentía la intensidad de sus palabras en sus ojos y en aquellas manazas suyas que sostenían su rostro. Y supo lo que tenía que hacer.

Le agarró las manos y tiró de él para ayudarse a levantarse y levantarlo a su vez. Inclinándose, dejó escapar un tembloroso suspiro y, al igual que había hecho Jacob con ella, se puso de rodillas ante él, con el vestido flotando a su alrededor.

—Pues si quieres saberlo, Matthew, debería haberme arrodillado yo ante ti. Debí haberlo hecho el día que fuimos a patinar sobre hielo, cuando estuve a punto de caerme, tú me sostuviste y el mundo pareció detenerse de golpe. Porque entonces supe que era tuya y que siempre lo sería.

Matthew la miró a los ojos. Su pecho se elevaba y descendía al ritmo de su agitada respiración.

—¿Qué estás diciendo?

A través de las lágrimas que comenzaban a desbordar sus ojos, consciente como era de la trascendencia de aquel momento para ella, dado que jamás había pensado que llegaría a amar o a encontrar un hombre como él, le agarró las manos para suplicarle con voz ahogada:

—Cásate conmigo, Matthew Joseph Milton, porque te amo.

—Bernadette...

Matthew cayó también de rodillas y volvió a acunarle el rostro entre las manos.

—Bernadette, seguramente ya sabes lo que siento por ti.

De la garganta de Bernadette escapó un sollozo cuando comprendió que, por atreverse a aprovechar aquella oportunidad, había sido capaz de conseguir a Matthew.

Él se inclinó y le rozó los labios. Delicadamente se los entreabrió y deslizó la lengua en su interior, prometiéndole en silencio que sería suyo para siempre.

La abrazó con mayor fuerza mientras su ardiente lengua exploraba a fondo la suya. Y le devoró la boca, con sus dedos hundiéndose con fuerza en su piel.

Bernadette se derritió por dentro. Y no solo se derritió, sino que estuvo a punto de desplomarse sobre él en medio de una especie de agonizante gozo que nunca antes había experimentado. Rodeando con los brazos sus anchos hombros, se deleitó en el calor de su boca y en el poder de aquella candente lengua.

Se besaron una y mil veces, sin cesar.

Y fue como si la estuviera besando por primera vez.

Sus grandes manos le rodeaban la cintura, con sus palmas subiendo por su espalda hasta perderse en su pelo, para descender luego nuevamente.

Interrumpiendo de repente el beso, se levantó del suelo y la alzó en brazos con un rápido movimiento.

Bernadette se aferró a él mientras Matthew se dirigía a la cama de caoba con dosel, con sus almohadas y sus sábanas blancas.

Matthew se detuvo para apoderarse de nuevo de su boca, estrechándola todavía con mayor fuerza contra su pecho. Aunque aquel demoledor abrazo hizo que le dolieran las piernas que él le sujetaba con sus musculosos brazos, a Bernadette no le importó en absoluto.

La depositó delicadamente sobre la cama. Sin dejar de mirarla, se apartó para despojarse de las dos últimas prendas que cubrían su cuerpo, los pantalones y la ropa interior. Hasta que apareció gloriosamente desnudo ante ella.

Bernadette se quedó sin aliento. Tuvo la sensación de que iba a desmayarse mientras recorría con la mirada aquel cuerpo musculoso, desde el ancho pecho y la cicatriz que tan bien recordaba, hasta la estrecha cintura y...

Tumbándose en la cama con ella, Matthew le agarró los tobillos y le quitó los zapatos. Deslizando después las manos a lo largo de las piernas enfundadas en las medias, le fue subiendo el vestido, junto con las enaguas y la camisola, hasta la cintura.

Bernadette jamás había sido tan consciente de él, tan consciente de ambos.

Matthew apartó toda aquella ropa, dejándola completamente expuesta hasta la cintura, y se colocó encima de ella, desnudo como estaba.

—Bernadette... —susurró, y le apartó el pelo de la frente con las dos manos—. Te amo desde el momento en el que me besaste delante de ese canalla de Royce y viste todas las ventanas rotas que tenía mi vida.

Aquel hombre maravilloso la había amado durante todo aquel tiempo.

Matthew escrutó su rostro mientras presionaba su erección contra la parte inferior de su cuerpo.

—Quiero que todo cambie entre nosotros. Dame permiso para hacerlo.

—¿Cómo?

Matthew se escupió en la palma de la mano dos veces y se inclinó para lubricar su miembro mientras le sostenía la mirada. Se cernió de nuevo sobre ella y, sin dejar de mirarla, presionó la punta de su miembro contra su trasero.

—Quiero esto.

Bernadette desorbitó los ojos cuando vio a Matthew sosteniendo la punta humedecida de su erección contra ella, esperando su permiso. Ella jamás había permitido que ningún hombre la penetrara de aquella manera.

Tragó saliva, mirándolo a los ojos.

Matthew se inclinó entonces y lamió su boca para luego besársela, aturdiéndola aún más con el erotismo de aquel gesto.

—Lo último que querría sería hacerte daño. Así que, si te duele, me detendré.

Bernadette respiraba agitadamente. Matthew deseaba hacerlo de aquella manera, así que también ella lo deseaba. Quería ofrecerle a aquel hombre increíble lo que no le había entregado a ningún otro. Deslizó las manos por sus hombros, saboreando el tacto de su piel bajo sus dedos.

—Sí. Sencillamente, yo nunca he... —no fue capaz de decirlo.

Matthew tensó la mandíbula.

—Es por eso por lo que quiero hacerlo.

Escupiendo de nuevo en la palma de su mano, humedeció con saliva la punta de su miembro hasta que estuvo plenamente resbaladiza. Sin dejar de mirarla a los ojos, empujó con delicadeza contra aquella abertura que ningún hombre había tocado jamás.

Bernadette sintió su verga húmeda deslizándose en su interior. Aunque le resultó incómodo, no le dolió, puesto que estaba lubricada y Matthew se movía muy, muy lentamente.

Conforme profundizaba el contacto, Matthew retiró la mano de su miembro para dirigirla hacia los húmedos pliegues de su sexo. Se los apartó con delicadeza y comenzó a acariciarle el clítoris, decidido a complacerla mientras se iba hundiendo en ella. Bernadette cerró los ojos, deleitándose con la sensación de verse penetrada y acariciada al mismo tiempo. Era una extraña mezcla de placer y dolor que se intensificaba con cada aliento.

Era algo increíble.

Matthew la penetró entonces por completo con un gruñido, a la vez que aumentaba el ritmo de sus caricias.

—Ahora eres mi virgen. Mía.

Bernadette jadeó. Era incapaz de pensar mientras Matthew se hundía lentamente en ella y la acariciaba al mismo ritmo. Sentía como si ambos contactos estuvieran a punto de deshacerla por dentro. El placer y el clímax estaban ya tan cerca... y eso que él acababa de empezar.

Se aferró a sus poderosos hombros, bajó las manos por su cintura desnuda y le clavó las uñas.

Matthew gruñó y volvió a gruñir, mientras seguía penetrándola.

Aquellas constantes embestidas y el movimiento incesante de sus dedos la hicieron estallar por fin. Soltó un sollozo de maravillada angustia, estremeciéndose bajo aquella presión que la hacía retorcerse. Estiró el cuello y el cuerpo entero en un esfuerzo por sentir hasta el último milímetro de su verga. Quería que aquello no terminara nunca.

Matthew se salió entonces por completo, para a continuación, con un suspiro, penetrarla por delante. La abrazó desesperado, aplastándola contra el colchón, y percutió en ella de manera implacable. Le hundió los dientes en un hombro y, tras una última embestida, se quedó muy quieto, gruñendo en medio del orgasmo mientras se vertía en su interior. Todavía la mordió una vez más, con mayor fuerza.

El dolor punzante de sus dientes la hizo esbozar una mueca, pero desapareció del todo cuando Matthew la soltó.

La besó dos veces allí donde la había mordido.

—Lo siento. No pretendía morderte tan fuerte.

Bernadette sonrió.

—No me ha importado nada.

Matthew la estrechó contra su pecho y rodaron por el colchón hasta que él quedó tumbado de espaldas, con ella encima. Soltando un suspiro, volvió a introducirle los dedos.

—Todo lo que tengo te lo debo a ti. Incluso el aire que respiro.

Bernadette se acurrucó contra la sólida calidez de su pecho.

—Para... —le pidió.

Matthew le besó varias veces la coronilla.

—¿Estás dolorida? He intentado... controlarme.

Bernadette soltó una risa ahogada.

—No te mentiré. Me siento como una mujer virgen después de su primera experiencia.

Matthew la abrazó con mayor fuerza.

—¿Pero te ha gustado?

Se preguntó por qué se sentía tan incómoda hablando de eso.

—Yo... Sí, admito que me ha gustado.

—Estupendo.

Bernadette sonrió y deslizó un dedo desde su tetilla hasta una de sus cicatrices, contenta de que Matthew no vi-

viera ya la dura vida de las calles, ni habitara desnudas habitaciones con las ventanas rotas. Cambió de postura para poder mirarlo a los ojos.

Matthew tenía las facciones relajadas, aunque parecía estar absorto en profundas reflexiones. Miraba fijamente el dosel de la cama.

—¿En qué estás pensando? —le preguntó ella.

—En ti —frunció el ceño—. No llegué a responder a tu pregunta. Sí, me casaré contigo.

A Bernadette se le encogió el corazón, sabiendo como sabía que desposarse con aquel hombre sería como conseguir para siempre todo lo que había anhelado. En aquel momento, le resultaba difícil creer que pudiera haber dudado alguna vez de que la promesa del matrimonio fuera capaz de proporcionarle tanta felicidad. Pero, de hecho, al propio Matthew le costaba creerlo.

—Ser tu esposa será el honor más grande que habré conocido nunca como persona y como mujer. Quiero que lo sepas.

Matthew la miró a los ojos.

—Jamás pensé que te oiría decir una cosa así —la abrazó y le dio un beso en la frente—. Hasta aquí ha llegado nuestro cortejo.

Bernadette soltó una carcajada.

—Fue glorioso mientras duró...

Acunándole el rostro entre las manos, Matthew la besó varias veces en la boca.

—Quiero tener cinco hijos. Seis, quizá, si así lo decidimos. ¿Estás preparada?

Bernadette entreabrió los labios, consciente de que todavía tenía que compartir con él cierto detalle particular sobre sí misma.

—Matthew. Yo... —bajó la mirada a la cicatriz que cruzaba su pecho, con un escozor de lágrimas en los ojos.

Luchando contra la sensación, se le escapó un sollozo—. Lo siento tanto...

Matthew se tensó de inmediato. Tomándole la barbilla, la hizo volver el rostro hacia él.

—¿Qué pasa? ¿Por qué estás llorando?

Bernadette se sorbió la nariz, enfadada consigo misma por no ser más fuerte.

—No puedo tener hijos, Matthew. Mi marido y yo lo intentamos durante doce años. Lo siento. Debería habértelo dicho.

—Yo... no lo sabía... —se quedó callado.

Como Matthew seguía sin hablar, Bernadette le pidió con voz ahogada:

—Dime algo. Dime lo que sientes. Por favor, necesito oírlo.

Matthew le soltó la barbilla y le besó la mano con fuerza, presionando los labios contra su piel.

—No importa cómo me sienta yo —murmuró contra su mano, pese a que Bernadette podía percibir lo mucho que eso significaba para él.

Le temblaron los labios mientras se esforzaba por contener otro sollozo.

—Es evidente que un hombre que organiza actos benéficos para niños y se convierte en tutor de un muchacho que ni siquiera es hijo suyo, tiene muchos deseos de ser padre.

Matthew sacudió la cabeza.

—Déjalo. Eso no importa —le secó con el pulgar las lágrimas que humedecían sus mejillas y murmuró con tono suave—: No llores, corazón. Ya tengo todo lo que podía desear. Ronan nos necesita. Otros niños nos necesitan. Hay demasiados huérfanos, no deberíamos ser egoístas y pensar que nuestro amor termina en nosotros. ¿Y qué me dices de eso que tú llamas «esperanza»? Tenemos tiempo para seguir intentándolo.

Bernadette cerró los ojos con fuerza y se abrazó desesperadamente a Matthew y a aquellas hermosas palabras, que rezaba para que fueran... ciertas.

—Bernadette... —susurró.

—¿Sí?

—Te quiero.

De la garganta de Bernadette brotó un sollozo medio estrangulado.

Matthew la besó en la frente.

—Nos casaremos de inmediato y partiremos directamente a Londres. Es importante que veas a tu padre. Kerner se ocupará del periódico mientras yo esté fuera. De esa manera, nos presentaremos ante tu padre sin vergüenza alguna, como marido y mujer.

Bernadette asintió y rezó para que lo que pudiera quedar de aquel padre de antaño, el padre cariñoso que solía sentarla en sus rodillas y besarla en la frente, los aceptara a ambos.

Capítulo 27

La esposa dirá que su marido se olvida de honrarla y venerarla, a lo cual, el marido responderá que no es él quien olvida, sino ella la que simplemente se ha olvidado de obedecerle. Con esa clase de opiniones tan rancias, caballeros, no es extraño que el mundo esté en el estado en el que se encuentra. Deben honrar y venerar no solo a sus esposas, sino también a sus hijos.

The Truth Teller,
un periódico de Nueva York para caballeros

Dos semanas después, y gracias a una licencia especial, Matthew pudo tomar como esposa a Bernadette Marie. Y supo, sin ninguna sombra de duda, porque así se lo decían su corazón y su alma, que muy pronto aquella mujer llevaría un hijo suyo en su vientre.

Mientras viajaban de Nueva York a Liverpool y luego a Londres, durante los pocos ratos que podían escapar de Ronan, que estaba haciendo entusiasmado el viaje junto a ellos, Matthew le hizo el amor a su Bernadette, derramando su semilla en su interior con una pasión y una voluntad desconocidos antes para él. Quería demostrarle que podía convertir todos sus sueños en realidad. Incluso el sueño de ser madre. Tenía la esperanza de que para cuando abandonaran Inglaterra, Bernadette llevara en su vientre al primero de sus cinco hijos.

Londres, Inglaterra, Park Lane.

El criado señaló con un gesto las puertas abiertas de la biblioteca. Matthew alargó la mano para tomar la de su esposa y se la apretó. Ronan se colocó al otro lado de Bernadette y le tomó también la mano, prestándose los tres el mismo apoyo que si fueran una familia. No importaba lo que el anciano pudiera hacer o decir al respecto.

Matthew inspiró profundamente, sabiendo que tener como yerno a un irlandés con un solo ojo no era precisamente el sueño de todo aristócrata. Juntos traspusieron el umbral y entraron en la enorme habitación forrada de libros del suelo al techo y de esquina a esquina.

Matthew arqueó las cejas. En su vida había visto tantos libros.

Bernadette se inclinó hacia él para susurrarle:

—Yo solía construir barcos piratas con estos libros cuando era niña. Y ahora aparezco aquí con el mismísimo rey de los piratas —le dio un codazo.

El pecho se le apretó de emoción mientras examinaba aquella luminosa estancia, imaginándose a su Bernadette correteando por sus rincones, haciendo balancear sus trenzas y apilando libro tras libro con feroz determinación y ojos centelleantes.

Cuando llegaron al otro extremo de la habitación, su mirada se posó en un anciano de pelo blanco como la nieve. Lord Westrop. El hombre estaba sentado en un enorme sillón de orejas tapizado de cuero y vestía una bata turca color leonado, con los pies enfundados en unas zapatillas y apoyados en un lujoso taburete.

Curiosamente, el hombre le recordó a... su padre. Su padre solía sentarse así, siempre con los pies apoyados sobre algo.

En cuanto los vio, lord Westrop abrió los ojos de par en par.

Matthew pudo ver que el anciano se arrellanaba en su butaca. Aquellos ojos oscuros viajaron de Matthew a Bernadette para reposar finalmente en Ronan.

Afortunadamente, el hombre no salió corriendo de la habitación. Aunque, teniendo en cuenta su edad, Matthew dudaba que hubiera podido hacerlo.

Se detuvieron los tres ante él y se soltaron las manos.

Matthew inclinó la cabeza.

—Mi señor.

La mano nervuda del hombre tembló cuando se posó en el brazo de la butaca. Miró alternativamente a Ronan y a él hasta que preguntó:

—¿Con quién de los dos se ha casado? ¿Quién es el señor Milton?

Bernadette se atragantó.

—Papá, no puedes estar hablando en serio.

Matthew se aclaró la garganta.

—Soy yo su marido.

Ronan sonrió con suficiencia, se inclinó hacia delante y añadió:

—Bernadette no es mi tipo. Demasiado señora para mí.

Bernadette le dio un golpe en el brazo.

Lord Westrop recorrió con mirada estoica el altísimo cuerpo de Matthew antes de posarla en su rostro.

—Ya entiendo.

Matthew se sintió como un caballo cojo que estuviera suplicando ser comprado.

—Es un honor para mí poder conoceros al fin, señor.

Lord Westrop se lo quedó mirando fijamente.

—¿Qué le ha pasado en el ojo? Creo ver una nube en él.

Al parecer, aquel hombre compartía con su hija su modo tan directo de expresarse.

—Lo perdí hace muchos años.

—¿Cómo? —insistió el padre de Bernadette.

Matthew apretó la mandíbula.

—¡Papá! —lo recriminó ella con delicadeza—. Deberías tener más tacto. Acabáis de conoceros.

Ronan se colocó al lado de Matthew y lo tomó del brazo. Con tono tenso, explicó:

—Lo perdió por mi culpa. Me salvó la vida cuando tenía seis años.

Matthew le pasó a Ronan el brazo por los hombros.

—Sabes perfectamente que no fue culpa tuya, Ronan. Podría haber manejado la situación de forma diferente, pero fui un estúpido y decidí pelear.

Un denso silencio reverberó en la habitación.

Lord Westrop cambió de postura en la butaca.

—Bernadette, ni siquiera me has saludado. Dale a tu padre un beso en la mejilla.

Ella vaciló por un instante.

—Perdóname. No sabía si querías recibirme...

Lord Westrop gruñó.

—¿Por qué te habría pedido que vinieras a Londres si no hubiera querido recibirte? Ven aquí.

Bernadette sonrió abiertamente y corrió hacia él. Se inclinó y besó su arrugada mejilla.

—Es una bendición encontrarte con tan buena salud y con tanto ánimo.

Lord Westrop le tomó la mano y le dio una palmadita en el dorso.

—Con suficiente salud y ánimo como para poder sobrevivir a todo esto, te lo aseguro. Una carta no es manera de anunciar un matrimonio —suspiró—. Me gustaría hablar a solas con el señor Milton. Si es posible.

Mirando a Matthew y claramente dispuesta a pelear por él, Bernadette respondió:

—Solo si mi marido así lo desea.

Matthew sonrió satisfecho e infinitamente conmovido.

—Prometo no sacar las pistolas —bromeó mientras se palmeaba la cintura, desnuda ya del cinturón en el que solía encajarse las pistolas desde que abandonó Five Points.

Bernadette chasqueó la lengua, sacudió la cabeza y tomó a Ronan del brazo.

—Vamos, Ronan, ¿te gustaría ver los establos?

Ronan cuadró los hombros.

—Si puedo enganchar un carruaje y conducirlo por la ciudad, sí.

A Bernadette se le escapó una carcajada. Le dio un codazo.

—Pensaremos en ello, ¿te parece? Y ahora ven.

Atravesaron juntos la biblioteca y salieron de allí.

Matthew se quedó a solas con lord Westrop. Juntando las manos detrás de la espalda, comprendió que lo mejor era ir al grano.

—Señor, no estáis obligado a fingir que os complace este matrimonio. No soy en absoluto el hombre que un padre, tanto si es aristócrata como carnicero, elegiría para su hija. Hasta yo soy consciente de ello. Pero quizá os interese saber que somos felices. Gloriosamente felices, de hecho. Bernadette es una mujer maravillosa y yo siento que es una bendición tenerla como esposa.

La expresión de lord Westrop se tensó.

—Su madre y yo fuimos muy felices. El nuestro fue un matrimonio concertado y yo era mucho mayor que ella, pero fuimos felices. Yo... intenté hacer feliz a Bernadette, pensaba que sabía lo que era mejor para ella. En aquel momento, no creía que ella pudiera encontrar la felicidad en un joven. Los jóvenes de hoy en día son... excesivamente ambiciosos y tienen tendencia a no tomarse en serio sus obligaciones matrimoniales. Ceden a las pasiones, se acuestan con otras mujeres por el mero hecho de saber que pueden hacerlo y destrozan así la vida de sus esposas. Yo no quería eso para mi hija. William, su primer marido, fue un buen hombre. Adoraba a Bernadette. Y eso era lo que yo quería para ella. Pero al final solo conseguí hacer desgraciada a esa pobre criatura. Eso es algo con lo que he tenido que cargar cada día de mi vida.

Al parecer, el anciano era consciente de hasta qué punto se había equivocado con Bernadette. Y Matthew suponía que eso era lo único que importaba.

—¿Le habéis dicho a ella algo de esto?

Lord Westrop negó con la cabeza.

—Ya vivo suficientemente avergonzado.

Matthew dio un paso hacia él.

—Creo que ya es hora de que hagáis las paces no solo con vos mismo, sino también con ella. Sé, con absoluta certeza, que ella está deseando escuchar eso de vos.

—Cuando... cuando llegue el momento, se lo diré. Cuando esté preparado —bajó la mirada a su regazo y se ajustó la bata—. Solo quiero hacerle una petición antes de bendecir este matrimonio.

Matthew bajó la barbilla, asombrado por el hecho de que no hubiera habido más discusiones entre ellos.

—Por supuesto, ¿de qué se trata?

—Quiero pedirle que usted, ese muchacho y mi hija se queden en Londres —lord Westrop se aclaró la garganta—. Me gustaría estar cerca cuando nazca mi primer nieto. Llevo esperando ese momento durante muchos, muchos años.

Matthew inspiró profundo. En realidad, podían quedarse en Londres, puesto que Coleman y Georgia se habían instalado ambos en la capital para comenzar sus nuevas vidas. Coleman como lord Atwood y Georgia como duquesa. Le gustaba la idea de poder estar cerca de sus amigos. El periódico era lo único que realmente lo retenía en Nueva York, y esa responsabilidad, reflexionó, podría trasladársela a Kerner. Aunque se trataba del legado de su padre y le resultaría difícil renunciar a él, Kerner adoraba aquella publicación y Matthew sabía que estaría a salvo en sus manos.

Pero en cuanto a la cuestión de los niños...

Tragó saliva e intentó mantener la voz firme.

—Si Bernadette así lo desea, nos quedaremos —no podía comprometerse a decir mucho más.

—Estupendo —lord Westrop capturó su mirada, con un brillo inesperado en sus ojos oscuros. Al cabo de un largo silencio, preguntó—: ¿Practica usted esgrima? Tiene aspecto de esgrimista.

Matthew arqueó las cejas.

—¿Esgrima?

—Sí. Combate con espada.

Una ronca carcajada escapó de la garganta de Matthew.

—¿Es esa vuestra manera de anunciar un duelo?

Lord Westrop soltó un bufido burlón.

—Todo lo contrario —el anciano se levantó lentamente, agarrándose al bastón que tenía al lado de la silla—. Practiqué esgrima en mis años de juventud. Y se me daba bastante bien. No me importaría poder disfrutar de otro combate antes de que sea incapaz de andar. Hay una academia de esgrima justo al final de la calle: Angelo's. Solía ir allí cuando mi esposa estaba viva y dejé de hacerlo cuando falleció. Juzgué preferible pasar ese tiempo con Bernadette —asintió y lo miró—. Quizá pudiéramos cruzar espadas usted y yo...

Matthew volvió a reír.

—La verdad es que no sé si Bernadette lo aprobaría.

—Esto es cosa de hombres —lord Westrop lo apuntó con el bastón—. Ella no tiene por qué saberlo. Además, la muy endemoniada solamente me consulta las cosas después de hacerlas, nunca antes. Tanto ella como usted me lo deben.

Matthew inclinó la cabeza, nada dispuesto a discutir con un anciano.

—Cruzaremos las espadas cuando así lo deseéis, señor.

—Muy bien. Esa es exactamente la clase de colaboración que espero de mi yerno. Si no le importa, me gustaría ir a buscar a mi hija. Dijo que estaría en los establos.

Lord Westrop abandonó la estancia, apoyándose en su bastón.

Cuando el anciano se hubo marchado, Matthew se secó el sudor de la cara y, por primera vez desde que se convirtió en el marido de Bernadette, dudó de que pudiera llegar a engendrar alguna vez un hijo con ella. Una parte de él se sentía terriblemente culpable solo de pensar en ello. Como si estuviera traicionando a Bernadette al renunciar a aquella esperanza, cuando, en realidad, solo llevaban dos meses intentándolo.

Ronan se dedicó a palmear todos los caballos, uno a uno, yendo de cubículo en cubículo.

—¿Para qué necesita un anciano tantos caballos?

Bernadette suspiró.

—Es la maldición de la aristocracia. Un solo caballo nunca es suficiente.

Alguien gruñó a su espalda.

—Me atrevo a decir que nunca un hombre se ha sentido tan insultado delante de sus propios caballos.

Bernadette parpadeó asombrada y se volvió hacia su

padre. Estaba en la puerta, vestido con su bata y con briznas de heno en las zapatillas.

—Papá, ¿qué estás haciendo aquí? No deberías haber salido de casa con tan poca ropa.

—Soy un anciano —replicó—. A nadie le importa lo que haga ahora.

Ronan titubeó.

—¿Tengo que marcharme?

Lord Westrop le señaló con el bastón.

—No, de hecho, en cuanto me vista, podrá usted llevarme a dar un paseo por la ciudad en mi carruaje. El aire es agradable y el tiempo seco. ¿Qué dice?

Ronan abrió unos ojos como platos.

—¿Me permitiréis conducirlo?

La propia Bernadette lo miró boquiabierta.

—Papá, en realidad Ronan nunca ha conducido un carruaje...

—¡Qué más da! —lord Westrop hizo un gesto de indiferencia—. Yo le enseñaré. Lo único que hay que hacer es tirar de vez en cuando de las riendas. Señor Sullivan, vaya a buscar a alguno de mis cocheros. Él le enseñará dónde está todo.

El muchacho soltó un grito de alegría y salió corriendo de los establos, levantando una nube de polvo de heno.

Bernadette puso los ojos en blanco, se recogió las faldas para evitar que se le mancharan de estiércol y se dirigió hacia su padre.

—Ten cuidado con el coche. Ronan solo tiene quince años.

—Yo tenía diez cuando aprendí a conducir un carruaje.

Bernadette arqueó las cejas, sorprendida.

—¿Diez? No lo sabía.

Lord Westrop soltó un suspiro y, al cabo de un largo silencio, explicó:

—Hay muchas cosas que no sabes de mí, querida —

alargando una mano, la agarró del brazo y se lo sacudió ligeramente—. Seré breve, porque le he prometido a ese muchacho salir a dar un paseo por la ciudad, pero he venido aquí a decirte tres cosas. La primera, que es evidente que tu marido te adora. Y, por lo tanto, no me ha quedado más remedio que aceptarlo. En segundo lugar, espero que te quedes en Londres. Y, en tercer lugar... —frunció el ceño mientras escrutaba su rostro—, si hubiera conservado una de tus antiguas muñecas, la utilizaría ahora mismo para pedirte que me perdonaras. Por todo.

—¡Oh, papá!

Bernadette se inclinó hacia él y acunó entre sus manos aquellas mejillas afeitadas en las que había dejado su huella una vida cargada de infortunios. Muchos más que los que había sufrido ella. Lo único que Bernadette había querido siempre era que su padre la quisiera.

Había disfrutado de su amor cuando era niña y lo había adorado con locura, pero conforme fue creciendo, su padre dejó poco a poco de comunicarse con ella hasta que su relación se volvió difícil. Cuando Bernadette no tenía todavía ni cinco años, poco después de que su madre falleciera, él solía pedirle a la institutriz que se ausentara cada tarde durante tres horas y se sentaba en el suelo a jugar con ella a las muñecas. Aquel había sido su medio de comunicación: las muñecas. Porque lord Westrop no había sabido comunicarse de otra forma con ella.

En aquel entonces, solía poner una voz muy aguda y hacer que sus muñecas le dijeran cosas como:

—Sé un pequeño secreto, pero no sé si te va a gustar.

Ella lo encontraba de lo más divertido y le seguía el juego moviendo su propia muñeca y preguntando:

—¿Qué secreto?

Él volvía a mover la muñeca para explicarle:

—Lord Westrop, que es tan gracioso, ha decidido contratar una nueva ama de llaves. Una mejor. Y por menos dinero. Porque, desgraciadamente, tenemos muy poco dinero. No te importará, ¿verdad?

Dependiendo de lo que él dijera, ella podía arrojarle su muñeca. Era con las muñecas con lo que solían solucionar siempre sus disputas.

Evidentemente, a medida que había ido creciendo, utilizar las muñecas para hablar el uno con el otro había comenzado a parecer una locura y, para cuando Bernadette cumplió los once años, habían abandonado aquel método. De ahí en adelante no habían sido capaces de comunicarse. Había sido como si su relación hubiera terminado.

Pero... el mero hecho de recordar lo que en otra época habían tenido la hizo concebir la esperanza de que pudieran recuperarlo.

—Si tuviera ahora mismo mi muñeca —susurró ella—, la utilizaría para decir, «te perdono, papá».

Los ojos de su padre se llenaron de lágrimas. Asintió con la cabeza, se sorbió la nariz y se apartó, con el rostro vuelto hacia otro lado. La señaló después con el bastón.

—Tengo que vestirme. No quiero hacer esperar a ese chico —y abandonó los establos, acompañando cada paso con un golpe de bastón.

Bernadette no pudo hacer otra cosa que quedarse mirándolo fijamente. Sabía que Matthew, su adorado marido, posiblemente tenía algo que ver, quizá todo, con lo que acababa de ocurrir.

Mientras Matthew visitaba a lord Atwood, que sorprendentemente se había casado, Bernadette fue en carruaje a visitar a su querida amiga Georgia que, desde hacía casi un año, se había convertido oficialmente en lady Yardley.

Cuando vio a la pelirroja tambaleándose por el salón

con una enorme barriga que ningún vestido habría podido ocultar, su asombro fue inimaginable.

Entreabrió los labios y se levantó.

—¡Georgia! ¡Por el amor de Dios! No sabía que estuvieras...

—¿Embarazada? —Georgia echó la cabeza hacia atrás. Suspiró y se dejó caer en una butaca—. La tradición dice que no se debe decir nada hasta después del nacimiento del niño. Aunque sea obvio —se frotó la enorme barriga y sonrió lentamente—. Como en este caso. Aquí dentro tengo un bebé que nacerá en cualquier momento. Robinsón me pregunta cada dos segundos si me encuentro bien o si siento punzadas.

Bernadette corrió hasta Georgia, acunó entre las manos su rostro pecoso y le dio dos besos en la frente.

—Te deseo todo lo mejor y mucho más.

Georgia le apretó las manos con fuerza.

—He oído decir que Matthew y tú os habéis casado.

—Y es cierto.

Bernadette acarició el vientre de Georgia, consciente de que había un bebé en su interior e intentando no ponerse triste por el hecho de que Matthew y ella probablemente no fueran a disfrutar nunca de nada parecido.

Georgia sonrió.

—Supongo que tú serás la siguiente. Si es que no estás ya embarazada.

Bernadette apartó la mano. Las lágrimas ardían en sus ojos. Se sentía una egoísta por arruinarle aquel momento a Georgia. Apretó los labios e intentó no llorar.

La sonrisa de Georgia desapareció.

—¿Qué te pasa?

Bernadette sacudió la cabeza y se volvió para secar las lágrimas que tan estúpidamente habían comenzado a rodar por sus mejillas.

—Lo hemos estado intentando hasta tal punto que lo tengo agotado, y él me tiene agotada a mí. Jamás pude concebir un heredero de mi primer marido y tampoco podré hacerlo del segundo. Y dado que ando tan cerca de cumplir los cuarenta, estoy empezando a aceptar que en mi vida no va a haber ningún niño. Al menos nacido de mi vientre.

—Bernadette —le dijo Georgia en voz baja—. Vamos, ven aquí.

Bernadette volvió el rostro lentamente hacia ella, se sorbió la nariz y tomó la mano que su amiga le ofrecía.

Georgia le sacudió suavemente la mano.

—¿Alguna vez te he contado el sueño que tuve con Matthew y contigo? Teníais un hijo y se llamaba Andrew. Era guapísimo.

Bernadette sollozó, incapaz de seguir conteniéndose, y apretó aquella mano querida con todo el amor de que fue capaz.

—Cuéntame qué aspecto tenía.

—Tenía el pelo negro, como tú, y los ojos negros como la noche. Era regordete y absolutamente perfecto.

Bernadette volvió a sollozar.

—Y le puse Andrew de nombre.

—Exacto. Andrew Joseph Milton.

—¡Oh, Georgia! —respiraba de manera entrecortada—. No debería pedir más de lo que ya tengo. Matthew y yo hemos pensado... en comenzar a adoptar niños huérfanos. Queremos tener cinco, en realidad.

—Hazlo. Hasta que llegue Andrew.

De nuevo Bernadette tomó el rostro de Georgia entre sus manos y la besó en la frente.

—Lo haré, hasta que llegue Andrew.

Epílogo

Un año después
Port Royal

Mientras observaba a Bernadette junto a sus hijos, caminando feliz por la arena y por el borde del agua clara del mar con las faldas recogidas a la altura de las rodillas, Matthew no tuvo la menor duda de que su familia era perfecta en todos los sentidos.

—Papá —Annabelle le clavó un dedito con determinación mientras alzaba sus ojos azules hacia él—, no me estás ayudando.

Matthew sonrió y continuó ayudándola a hacer una montaña de arena.

—Sí, mi capitán.

La llamaban así porque a la niña le encantaba dar órdenes desde que llegó a su casa.

Los seis niños, que habían recogido en Five Points, eran de diferentes edades, tamaños y formas. Ronan tenía ya dieciséis, Charles ocho, Annabelle cuatro, Elizabeth diez, John seis y Marie doce.

Al haberse liberado de *The Truth Teller* y teniendo al alcalde ocupado con los asuntos de Five Points, él podía dedicarse a cuestiones más importantes. Como la de ser marido y padre.

La vida era maravillosa. Un hombre no podía pedir nada más que una playa, el sol y una familia.

Ronan se tiró entonces sobre la arena y gritó a todos los que estaban a su alrededor:

—¿Quién quiere enterrar este tesoro? ¡Quiero que todo el mundo se ponga manos a la obra!

John, Charles, Elizabeth y Marie gritaron al unísono:

—¡Yo! —y juntos corrieron a hacer exactamente eso. Enterrarlo a él.

—¡En la cara no, en la cara no! —les advirtió Ronan.

—¡Matthew! —gritó Bernadette mientras las olas rompían lentamente contra la muselina de su falda—. ¿Puedes venir un momento?

Matthew arqueó una ceja y señaló a Annabelle.

—¿No te das cuenta de que el capitán me tiene de rehén?

—Pues ven con el capitán.

—Sí, señora capitana.

Matthew se levantó sobre sus pies descalzos y agarró en brazos a Annabelle.

—¿Acaso te dije que habíamos terminado? —le espetó la niña, en absoluto complacida.

Matthew se inclinó hacia ella y susurró:

—Vienen los piratas, así que es mejor salir corriendo —y sin más, comenzó a correr con la niña riendo y rebotando en sus brazos hacia Bernadette.

Cuando llegó al borde del agua, dejó a Annabelle en el suelo y gritó:

—¡Abandonen el barco!

Annabelle volvió a reír y miró a su alrededor.

En cuanto vio que sus hermanos estaban enterrando a Ronan en la playa, comenzó a correr a toda velocidad, recogiéndose la falda y levantando arena con sus pies descalzos.

—¡Yo también quiero enterrarlo!

Encantado de poder disfrutar de un momento a solas con su esposa, Matthew agarró a Bernadette por la cintura y la atrajo hacia sí.

—¿Estás disfrutando de esta vida de corsarios?

—Más de lo que te imaginas —escrutó su rostro durante largo rato y le dijo con ojos brillantes—: Está en camino.

Matthew se quedó sorprendido.

—¿Quién está en camino?

—Andrew.

Matthew se la quedó mirando fijamente. El estómago acababa de darle un vuelco.

—¿Te refieres a... Andrew, Andrew?

Bernadette sonrió y asintió.

—Sí, Andrew, Andrew. Quería esperar hasta estar segura. ¿Te acuerdas de lo mala que me puse en el barco? Al parecer, no fue un mareo por culpa del mar. Vamos a tener nuestro propio hijo, como Georgia predijo.

Matthew abrió unos ojos como platos. ¡Iba a ser padre! Una vez más, le acunó su rostro entre las manos y la besó con fuerza. Luego la soltó y fue descendiendo a lo largo de su cuerpo hasta terminar de rodillas en el agua y la arena, empapándose el pantalón y la camisa de lino.

Posó las manos en el vientre de Bernadette, que todavía tenía que crecer, y lo besó varias veces. La miró a los ojos.

—¿Y si es una niña?

—Si es una niña, tendremos que llamarla Andrewlina —contestó Bernadette en un tono que indicaba que estaba hablando en serio.

Matthew soltó un bufido burlón.

—No seas ridícula.

Bernadette bajó la mirada hacia él.

—Georgia nos dio este hijo, Matthew. Debemos honrarla llamándolo así. De una manera u otra.

Matthew se echó a reír y alzó las manos mientras se incorporaba.

—No voy a discutir con la mujer que amo. Así que si es una niña, se llamará efectivamente Andrewlina Milton.

NOTA DE LA AUTORA

The Truth Teller es un periódico que efectivamente existió y tuvo una historia muy particular. El dos de abril de 1825 se imprimió por primera vez. Se publicaba cada sábado y tenía su sede en la oficina número 95 de Maiden-Lane. Fue el primer periódico católico irlandés de Nueva York y lo creó un caballero cuyo lema era «La verdad es poderosa y triunfará». Con un lema y un mensaje como ese, supe que tenía que profundizar en ello y buscar una historia que estuviera a la altura de aquella pasión y de aquel sabor.

Mientras investigaba sobre la historia de aquel periódico, tuve la suerte de encontrarlo en la Biblioteca de Nueva York. Mientras me dejaba los ojos leyendo página tras página microfilmada, me sorprendieron la calidad de las noticias y su posicionamiento político y social en asuntos relacionados con la ciudad de Nueva York, Irlanda e Inglaterra. Fue impresionante poder ver la historia a través de los ojos de un auténtico neoyorquino de la época, y eso es lo que he querido infundir en las páginas de mi libro. Un aspecto muy particular de *The Truth Teller* es que también publicaba noticias relativas a personas desaparecidas. Había secciones y secciones dedicadas a ellas, hablando de las historias que el periódico y su propietario consideraban importantes.

Estudiando aquellas páginas descubrí una historia riquísima. Todo estaba en ellas, desde los precios de la comida y el tabaco (sí, esos puros de nueve centavos que fumaba el alcalde) y otras muchas cosas más. Eso me ayudó a reunir información auténtica que incluí en el mundo en el que vivían mis personajes, en el Nueva York de 1830.

Aunque en la novela cambié y deformé a los propietarios del periódico, puesto que, desde luego, Matthew y su padre no lo fueron, ya que son personajes de ficción, las citas con las que comienza cada capítulo fueron extraídas del propio periódico. Había en ellas un tono y un sabor que quise compartir. De otra manera aquellas palabras habrían terminado enterradas en la historia, puesto que los únicos ejemplares conocidos de *The Truth Teller* se encuentran depositados en los archivos de la Biblioteca de la Ciudad de Nueva York. La última edición, antes de que el periódico echara el cierre, fue el 26 de mayo de 1855.

Quería añadir que la historia relativa a la prisión Sing Sing es real. Desde el nombre del alcaide hasta los latigazos o la normativa de silencio. Lo único que no se permitían eran las visitas. Me sorprendió descubrir que los trajes de rayas de los presidiarios ya se utilizaban en 1830. Por alguna razón, siempre pensé que eran algo del siglo XX. Tristemente, los prisioneros morían por culpa de los latigazos que recibían de manera sistemática. Y se les infligían castigos aún más horribles. Los asesinos y los simples carteristas eran tratados de la misma manera. Sin nadie que vigilara a los guardias, supongo que había castigos mucho más espantosos de los que yo he tratado brevemente.

Para aquellos que puedan tener curiosidad por saber si ciertas calles de Nueva York han desaparecido, las calles originales que conformaban Five Points en el mil ochocientos eran: Mulberry, Anthony, Orange, Cross y Little Water. Actualmente, a Orange Street se la conoce como Baxter Street, Anthony Street es Worth Street y Cross Street es Park Street. Little Water ya no existe y Mulberry es la única calle de los antiguos Five Points que conserva su nombre. Todos los lugares y las calles mencionados en el libro, incluida The Diving Bell, la taberna, existieron realmente.

Como habrán imaginado, revisé incontables periódicos, fotografías, pinturas, libros, así como decenas de mapas de la ciudad de Nueva York de entre 1800 y 1833. Esto ha sido lo más cerca que he estado nunca de poder tocar la Nueva York del pasado, y espero que ustedes sientan que la han tocado también.

ÚLTIMOS TÍTULOS PUBLICADOS EN HQN

Sígueme de Victoria Dahl

Siete noches juntos de Anna Campbell

La caricia del viento de Sherryl Woods

Di que sí de Olga Salar

Vuelve a quererme de Brenda Novak

Juego secreto de Julia London

Una chica de asfalto de Carla Crespo

Antes de besarnos de Susan Mallery

Magia en la nieve de Sarah Morgan

El susurro de las olas de Sherryl Woods

La doncella de las flores de Arlette Geneve

Vuelve a casa conmigo de Brenda Novak

Acariciando la oscuridad de Gena Showalter

La chica de las fotos de Mayte Esteban

Antes de abrazarnos de Susan Mallery

El jardín de Neve de Mar Carrión